밤의 동물원

FIERCE KINGDOM
by GIN PHILLIPS

이 도서의 국립중앙도서관 출판예정도서목록(CIP)은
서지정보유통지원시스템 홈페이지(http://seoji.nl.go.kr)와
국가자료공동목록시스템(http://www.nl.go.kr/kolisnet)에서 이용하실 수 있습니다.
(CIP제어번호: CIP2018014832)

밤의 동물원

FIERCE
KINGDOM

진 필립스 장편소설
강동혁 옮김

GIN
PHILLIPS

문학동네

일러두기

1. 주석은 모두 옮긴이주다.
2. 본문 중 고딕체와 볼드체는 원서에서 강조한 부분이다.

마음속에 온 세상을 품고 있는
일라이에게

차례

나는 다만 알고 싶을 뿐이다.
울음소리가 나는 곳에 소년이 있는지. 아니면,
자기를 부르는 아기의 울음소리가 들린다는 생각이 들 때
여자는 어머니로 거듭나는 것일까.

_엘리자베스 휴이, 「에밀리에게 보내는 질문」

4:55 p.m.

조앤은 맨발로 무릎을 구부린 채 앞꿈치를 오므리고 서서, 흙바닥에 치마가 스칠 듯 말 듯, 꽤 오랫동안 균형을 잡을 수 있었다. 그런데 이제는 허벅지에 힘이 풀린다. 그녀는 한 손을 바닥에 짚고 모래밭에 늘어진다.

무언가 엉덩이뼈를 세게 찌른다. 다리 아래로 손을 뻗어 작은 플라스틱 창을 끄집어낸다. 기껏해야 손가락 길이. 놀랍지는 않다. 그녀는 언제나 예상치 못한 곳에서 초소형 무기들을 발견한다.

"창 잃어버렸어?" 그녀가 묻는다. "아니, 왕의 지휘봉인가?"

링컨은 대답하지 않지만 그녀의 펼친 손에서 플라스틱 조각을 가져가기는 한다. 그녀의 무릎에 앉을 수 있게 되기만을 기다리고 있던 게 분명하다. 아이는 몸을 젖혀 그녀의 허벅지에 편안하게 자리잡는다. 몸에는 모래 한 톨 묻지 않았다. 어쩐지 까다로운 구석이 있는 녀석이다. 핑거페인팅도 전혀 좋아하지 않는다.

"코 갖고 싶어, 엄마?"

"엄만 코 있는데."

"하나 더 갖고 싶어?"

"당연하지!"

어두운색 곱슬머리는 또 자를 때가 됐다. 아이는 이마에서 머리카락을 쓸어낸다. 나뭇잎이 두 사람 주변을 떠다닌다. 거칠고 둥근 목재로 받쳐놓은 나무지붕 덕분에 그들은 온전히 그늘 안에 들어가 있지만, 지붕 너머로는 나무 사이로 바람이 불 때마다 흔들리는 햇빛과 그림자가 회색 자갈들에 아롱진다.

"이런 여벌 코들은 어디서 나는 거야?"

"코 가게에서."

그녀는 웃는다. 손을 짚고 몸을 뒤로 젖혀 달라붙는 흙의 촉감에 자신을 내맡긴다. 축축한 모래알을 손톱 밑에서 두어 번 튕겨낸다. 햇살이 전혀 닿지 않는 공룡 마당은 언제나 축축하고 차갑다. 치마에는 모래가 묻고 스웨터에는 낙엽이 달라붙지만 그래도 이곳이 아마 그녀가 동물원에서 가장 좋아하는 구역일 것이다. 주요 관람로에서 벗어나 회전목마와 동물 체험마당, 그리고 수탉 닭장을 거쳐 삼림지대라는 이름이 붙은, 잡초투성이에 나무가 빽빽한 구역을 지난다. 이 뒤쪽의 좁다란 자갈길을 따라서는 대체로 나무와 바위, 외톨이 동물 몇 마리뿐이다. 우리에는 대머리독수리가 한 마리 산다. 어째서인지는 모르겠지만 녀석은 녹슬어빠진 픽업트럭과 함께 있다. 허공에 매달린 씹는 장난감을 노려보는 올빼미도 한 마리 있다. 언제나 앉은 채로 움직이지 않는 야생 칠면조들도. 그녀는 그 칠면조들에게 정말 다리가 있는 건지 확신이 서지 않는다. 그리고 어느 잔인한 사냥꾼의 장난질을 상상한다. 칠면조 발 여러 개가 달랑거리고 땀으로 얼룩진 목걸이를.

조앤은 이 숲의 무계획적인 기이함을 좋아한다. 이 기이함은 진짜 볼거리로 변해보고자 늘 어정쩡한 시도를 한다. 현재는 집라인 zipline이 숲을 가로질러 걸려 있지만 그걸 이용하는 사람을 한 번도 보지 못했다. 두어 해 전 이곳에 있던 애니머트로닉* 공룡들도 기억난다. 언젠가는 그야말로 귀신이 나올 것 같은 유령의 길도 있었다. 좀더 추상적인 형상들을 넌지시 나타내는 것들도 있다. 진짜일 것 같지만 그렇지 않을 가능성도 있는 커다란 바위들, 쪼갠 통나무로 만든 울타리와 개척자의 작은 집. 이중 어느 것에도 뚜렷한 목적은 없다. 텅 빈 시멘트 웅덩이들은 대형 포유류의 급수장이었을지 모른다. 이따금 자연탐방로를 만들어보려던 노력의 흔적이 보인다. 산책에 마디를 지어주기보다는 오히려 풀어버리는 임의의 표지판 같은 것. 이를테면 주변 스무 그루의 나무에는 아무런 이름도 붙어 있지 않은데, 한 나무에만 사사프라스라는 이름표가 붙어 있다든지.

"있잖아, 내가 뭐 말해줄게." 링컨이 그녀의 무릎에 손을 내려놓으며 운을 뗀다. "오딘은 어디 가면 좋게?"

그러니까 요즘 그녀는 고대 스칸디나비아 신화의 신들을 아주

* 동물처럼 보이게 만든 로봇.

많이 알아버렸다.

"눈 가게일까?"

"응, 맞아. 그러면 안대를 그만 해도 되니까."

"안대를 좋아할 수도 있잖아."

"그럴 수도 있겠네." 링컨이 맞장구친다.

주변의 모래에는 작은 플라스틱 영웅과 악당들이 흩뿌려져 있다. 토르와 로키, 캡틴 아메리카, 그린 랜턴, 아이언맨. 최근에는 모든 게 슈퍼히어로로 귀결된다. 이 모래 구덩이에는 그 영웅들 밑으로 가짜 해골들이 웅크리고 있어서, 몇몇 멸종동물의 척추가 두 사람 뒤쪽 모래 밖으로 튀어나와 있다. 모래를 쓸어낼 때 쓰는 닳아빠진 붓들이 담긴 양동이도 있다. 지금은 전생의 일처럼 느껴지는 링컨의 네 살배기 시절, 그녀와 링컨은 여기에 와서 공룡 뼈를 발굴하곤 했다. 하지만 다섯번째 생일을 맞고도 두 달이 지난 지금 아이는 이미 과거의 고고학자로부터 몇 차례의 환생을 거친 뒤였다.

공룡 구덩이는 이제 토르의 장난꾸러기 형제 로키가 갇혀 있는 침묵의 섬이다. 여벌 코에 관한 질문이 제기되지 않을 때면, 공기 중에는 서사시적 전투의 소리가 울렸다. 토르는 로키에게 불의 악마를 만들어낸 사실을 자백하게 하려 한다.

링컨이 몸을 앞으로 숙인다. 아이의 서사시가 다시 시작된다.

"사악한 악당이 낄낄거렸다." 링컨이 이야기한다. "하지만 그때 토르에게 좋은 생각이 떠올랐지!"

아이가 이야기라고 부르는 이런 서사시는 가만히 놔두면 몇 시간이고 이어질 수 있다. 그중에서도 조앤은 링컨의 창작 인물들이 나오는 이야기를 더 좋아한다. 아이는 사람들을 말로 변신시키는 호스맨이라는 이름의 악당을 만들어냈다. 호스맨의 천적은 그 말들을 다시 사람으로 바꾸어놓는 호스본이라는 녀석이었다. 잔인한 순환 고리.

다양한 등장인물들을 움직일 때마다 어조와 억양이 바뀌는 링컨의 목소리를 반쯤 흘려들으며, 조앤은 기분좋게 빈둥대는 중이다. 아침에는 유모차며 요가 바지를 입은 엄마 들로 북적거리는 이 오솔길도 늦은 오후에는 방문객들이 뜸하다. 유치원이 끝나면 그녀는 가끔 아이를 데리고 이곳에 오는데—동물원과 도서관, 여러 공원과 과학박물관을 번갈아가며 다니기 때문에—그럴 때면 가능한 한 링컨을 숲 쪽으로 데려간다. 이곳에는 귀뚜라미나 귀뚜라미 비슷한 소리가 나는 무언가가 있고, 새들이 지저귀는 소리와 나뭇잎이 바스락거리는 소리가 난다. 하지만 링컨이 크게 외쳐대는 대사를 제외하면 사람 소리는 나지 않는다. 아이는 슈퍼히어로 특유의 빠른 말투를 흡수해, 완전히 자기 것처럼 그 대사들을 반복할 수 있다.

"그자의 허리띠에 비밀 병기가 있었다!"

"놈의 사악한 계획은 실패했다!"

아이는 신이 나 몸을 흔들어댄다. 발가락 끝부터 똥똥한 두 주먹까지 온몸이 떨린다. 토르는 공중에서 깐닥거리고 링컨은 깡충깡충 뛴다. 착한 놈이 나쁜 놈을 이긴다는 생각이 좋은 건지, 아니면 흥미진진한 전투에 신이 나는 건지 그녀는 궁금하다. 선과 악 사이에는 중간지대가 있으며 대부분의 사람들이 그 공간을 차지하고 있다는 걸 언제부터 분명히 말해주는 게 좋을지도 고민이다. 어쨌든 링컨은 기분이 아주 좋고, 그녀는 일을 복잡하게 만들고 싶지 않다.

"엄마, 그다음엔 어떻게 되게?" 아이가 묻는다. "토르가 얘를 때리고 나면?"

"응?"

그녀는 정신의 절반이 휘돌아 소용돌이치는 동안에도 나머지 반으로는 귀를 기울이는 기술을 완벽히 익혔다.

"원래 로키가 토르의 정신을 조종했던 거야. 근데 주먹으로 때려서 얘가 힘을 잃어버렸어!"

"아아," 그녀가 말한다. "그럼 어떻게 되는데?"

"토르가 목숨을 구하는 거지!"

링컨은 계속해서 말한다. "하지만 마을에 새로운 악당이 있다, 친구들!" 그러는 동안 조앤은 발가락을 구부렸다 폈다 하며 생각에 잠긴다.

친구인 머리의 결혼 선물을 아직도 정하지 못했다. 개를 그리는 화가가 있는데 그 작품이면 사려 깊은 선택이 될 것 같다. 이메일을 보내 주문을 넣을지 생각해봐야겠다. '주문'이란 화가에게는 좀 모욕적인 단어겠지만. 오늘 아침 고모할머니에게 전화하려던 일도 떠오른다. 어쩌면 전화보다는—그녀는 여러 문제를 이리저리 풀어본다, 로키가 모래 속에 파묻힌 지금 정신적 효율성이 한껏 증폭하고 있으니까—링컨이 학교에서 만들어 온 우스꽝스러운 종이봉투 원숭이를 소포로 보내드리는 게 좋을지도 모른다. 그럼, 그럼.

미술작품인데 당연히 전화 한 통보다는 낫지. 이런 생각엔 약간 이기심이 들어 있기도 하지만. 전화 통화를 싫어하는 그녀로서는, 그래, 뭐 꽁무니를 빼고 도망치는 셈이니 말이다. 그녀도 안다. 하지만 어쨌거나 종이봉투 원숭이로 결정한다. 고모할머니가 만드는 스쿼시 드레싱을 생각한다. 부엌 찬장에 남은 플랜틴 칩이 생각난다. 브루스 박스라이트너가 떠오른다. 중학생 시절 〈미녀 첩보원〉에 출연한 브루스에게 약간 집착했던 그녀는 프로그램 전체가 온라인에 풀렸다는 사실을 알고 한 편씩 다시 보는 중이었다. 냉전시대 스파이들과 곱슬머리들이 나오는 1980년대 프로그램치고는 앞뒤가 잘 맞는다. 리와 아만다가 드디어 입맞춤을 했던 게 시즌 2가 끝날 때였던가, 아니면 시즌 3? 기억나지 않는다. 아직 시즌 2가 여섯 편 남았지만 시즌 3으로야 언제든 넘어갈 수 있지.

딱따구리가 근처 어딘가에서 나무를 쪼아대고, 조앤의 시야에 지금 이곳이 다시 들어온다. 링컨 손에 난 물사마귀가 점점 커지는 게 보인다. 말미잘처럼 생겼다. 자갈밭에선 그녀가 익히 알고 있는 아름다운 그림자의 변화가 일어나고, 링컨은 특유의 짓궂은 악당 웃음을 터뜨린다. 숲속에서 아들의 무게를 다리에 얹고 있는 이런 오후가 문득 희열에 가깝다는 생각이 든다.

토르가 그녀의 발에 떨어지면서 플라스틱 머리가 발가락 위로 내려앉는다.

"엄마?"

"응?"

"토르는 영화에서 왜 투구 안 써?"

"투구를 쓰면 앞을 보기가 어려워서 그런가봐."

"근데 머리를 보호해야 되잖아."

"엄마 생각엔, 어떨 때는 쓰고 어떨 때는 안 쓰는 것 같아. 기분에 따라서."

"머리는 항상 보호해야 할 것 같은데." 아이가 말한다. "투구를 안 쓰고 싸우면 위험해. 캡틴 아메리카는 왜 복면만 써? 보호가 잘 안 되는데. 맞지?"

폴은 이런 슈퍼히어로 수다를 지루해한다—남편은 미식축구 대형이나 NBA 라인업 이야기를 훨씬 좋아한다. 하지만 조앤은 괜찮다. 그녀도 원더우먼에게 홀딱 반했던 시절이 있다. 슈퍼특공대. 인크레더블 헐크. 둘이 싸우면 누가 이겨? 한번은 그녀가 외삼촌에게 물었다. 슈퍼맨이야, 인크레더블 헐크야? 외삼촌은 말했다. 글쎄, 슈퍼맨은 지고 있으면 언제든 날아갈 수 있지. 그녀는 눈부시게 기지 넘치는 답변이라고 생각했다.

"캡틴 아메리카한테는 방패가 있잖아." 그녀가 링컨에게 말한다. "그걸로 보호하는 거야."

"머리 위로 빨리 방패를 못 올리면?"

"캡틴 아메리카는 아주 빨라."

"그래도." 아이가 납득할 수 없다는 듯 말한다.

"그래, 네 말이 맞아." 그녀가 말한다. 링컨이 옳으니까. "정말 투구를 써야겠네."

베이지색에 툭 불거져나온 인공 바위 같은 것이 구덩이 뒤쪽 벽을 이루고 있다. 작은 동물 한 마리가 그 뒤에서 뭔가를 찾아 사방을 뒤적거린다. 그녀는 그게 쥐가 아니기를 바란다. 다람쥐라고 상상하면서도 고개를 돌리지 않으려고 신경을 쓴다.

그녀는 핸드백을 열어 핸드폰을 본다. "한 오 분쯤 있다가 정문으로 슬슬 가야겠다."

놀이 시간이 끝났다고 알려줄 때면 자주 그러듯, 링컨은 엄마한테 아무 말도 듣지 못한 것처럼 행동한다.

"닥터 둠은 맨날 가면을 써?"

"엄마 말 들었어?"

"응."

"엄마가 뭐라고 했는데?"

"이제 곧 가야 한다고."

"좋아." 그녀가 말한다. "그래, 닥터 둠은 항상 가면을 써. 흉터 때문에."

"흉터?"

"응, 연구실에서 실험하다 생긴 흉터."

"왜 흉터 때문에 가면을 써?"

"흉터를 가리고 싶으니까." 그녀가 말한다. "보기 싫다고 생각하거든."

"왜 보기 싫다고 생각하는데?"

그녀는 밝은 주황색 낙엽이 내려앉는 걸 지켜본다. "글쎄, 흉터 때문에 자신이 남들이랑은 달라 보이니까." 그녀가 말한다. "어떨 때는 사람들이 달라 보이는 걸 싫어하거든."

"흉터 보기 싫지 않은데."

아이가 말할 때 숲 너머에서 크고 날카로운 소리가 들려온다. 파열음 두 번, 이어서 몇 번 더. 빵, 마치 풍선이 여러 개 터지는 것 같다. 아니면 불꽃놀이이거나. 그녀는 동물원에서 뭘 하면 작은 폭발음 같은 게 날 수 있을지 떠올려본다. 핼러윈 축제와 관계된 걸까? 사방에 조명이 걸려 있긴 하다. 이곳 삼림지대는 아니지만 좀 더 인기 있는 관람로에는 온통. 그 바람에 변압기라도 하나 터진 걸까? 공사중인가? 착암기라든지.

또 한 번 빵 소리가 난다. 또 한 번, 또 한 번. 풍선이라기엔 너무 시끄럽고 착암기라기엔 빈도가 너무 낮다.

새들은 조용하지만 낙엽은 계속해서 빠르게 떨어져내린다.

링컨은 신경쓰지 않는다.

"닥터 둠 대신 배트맨을 써도 돼?" 아이가 묻는다. "배트맨은 까만색 옷 입잖아. 엄마가 딱 맞는 가면 만들어줄 수 있어?"

"당연하지."

"뭘로 만들 거야?"

"포일로." 그녀가 제안한다.

다람쥐 한 마리가 흙구덩이의 지붕을 파헤친다. 녀석이 나무로 펄쩍 뛰면서 부드러운 휙 소리가 들린다.

"그럼 쉐터에는 뭘 쓸 거야?"

그녀는 아이를 내려다본다.

"스웨터?" 그녀가 되묻는다.

아이가 고개를 끄덕인다. 그녀도 마주 고개를 끄덕이며 곰곰이 생각에 잠겨 기억을 되돌린다. 링컨의 머리가 작동하는 방식을 해

독하는 데 전념한다. 이건 존재하는지도 몰랐기에 더욱 즐거운 엄마 노릇의 일부다. 아이의 정신은 복잡하고 독특해 고유한 세계를 엮어냈다. 자면서는 가끔씩 완전한 문장을 외친다. "계단 밑은 안 돼!" 그 마음속 구조를 들여다볼 창, 엿볼 만한 틈새들도 있었다. 하지만 결코 그 전체를 알지는 못할 것이다. 바로 그게 짜릿한 부분이었다. 그녀가 실재하는 것만큼 아이는 전적으로 독립된 존재였다.

쉐터라. 그녀는 수수께끼를 풀어본다.

"얼굴의 쉐터 말하는 거야?"

"응. 보기 싫다고 생각하는 거."

그녀는 웃는다. "아. 엄마는 '흉터'라고 한 거야. 그 왜 아빠 팔에, 아빠가 어렸을 때 뜨거운 물에 덴 자리 같은 그런 거. 엄마가 넘어졌을 때 무릎에 생긴 것 같은."

"아." 아이가 부끄러워하며 말한다. 그리고 웃는다. 아이는 농담을 빨리 알아듣는다. "흉터구나, 쉐터가 아니고. 그럼 쉐터가 보기 싫다고 생각하는 건 아니에요?"

"닥터 둠이 쉐터를 어떻게 생각하는지는 잘 모르겠네."

"얼굴에는 쉐터가 없잖아."

"응. 그건 흉터야."

그녀는 귀를 기울인다. 반쯤은 흉터 문제를 좀더 재치 있게 다룰 수 있었을까 하는 생각을, 반쯤은 총성을 생각한다. 하지만 총성이었을 리는 없다. 총성이었다면 지금쯤은 다른 소리도 들렸어야 한다. 비명이나 사이렌 소리, 혹은 스피커에서 나오는 안내방송 목소리라든지.

아무 소리도 없다.

전투 장면을 너무 많이 봤나보다.

그녀는 핸드폰을 확인한다. 동물원이 문을 닫을 때까지 몇 분밖에 남지 않았다. 사람들이 숲 뒤쪽 이곳에 있는 둘을 보지 못하고 지나쳤다고 해도 전혀 이상할 게 없다. 그녀는 그런 경우를 여러 번 상상해보았다. 동물원에서의 하룻밤 야영. 어쩌면 의도적으로 이 뒤쪽에 숨어 칠흑 같은 깊은 밤에 동물들을 만나러 갈 수 있을지도 모른다. 그런 상황을 다룬 어린이책도 있지 않은가. 물론 터무니없는 소리다. 당연히 경비원들이 있을 테니까. 그렇다고 여기에서 경비원을 본 적이 있는 건 아니지만.

가야 한다.

"가야겠다, 아들." 그녀가 무릎에서 아이를 들어올린다. 자기 발에 몸무게를 실을 때까지 기다리니 아이는 마지못해 그렇게 한다. 그녀는 재킷을 입혔어야 한다고 생각한다. 아이가 춥지 않다고 맹세까지 하는 바람에 재킷을 차에 두고 오도록 했는데.

"좀만 더 있으면 안 돼?"

그녀는 모래밭에서 일어나 샌들에 발을 밀어넣는다. 샌들을 선택하는 바람에 링컨에게 재킷을 입으라고 말할 도덕적 권위를 잃어버렸다.

"안 돼." 그녀가 말한다. "거의 다섯시 반이야. 문 닫을 시간이 됐어. 안됐지만 빨리 나가지 않으면 여기에 갇힐지도 몰라."

그럴지도 모른다는 가능성에 그녀는 이제 슬슬 초조해진다. 너무 오래 기다렸다. 숲에서 그 먼길을 걸어나간 다음에도 어린이 구역을 통과하는 긴 관람로를 지나야 한다. 정말이지 시간을 아껴야 한다.

"놀이터에 들렀다가 다리로 건너가면 안 돼?"

"오늘은 안 돼. 내일 다시 오자."

아이는 고개를 끄덕이고 모래밭에서 듬성듬성한 풀밭으로 내려선다. 링컨은 규칙을 어기는 걸 싫어한다. 동물원 사람들이 집에 가야 할 시간이라고 하면 집에 가는 것이다.

"신발 신는 거 도와줄 수 있어?" 아이가 묻는다. "그리고 내 친구들 엄마 가방에 넣어도 돼?"

그녀는 허리를 숙여 아이의 발에서 모래를 털어낸 뒤 창백한 발가락과 볼이 넓고 짤막한 두 발에 양말을 신긴다. 운동화에서 찍찍이끈을 떼어낸다. 눈을 드니 팔 하나 길이만큼 떨어져 있는 곳에 내려앉는 홍관조가 보인다. 이곳 동물들은 그들을 전혀 두려워하지 않는다. 몇 센티미터 거리 안에 있는 참새나 얼룩다람쥐나 다람쥐가 종종 눈에 띈다. 녀석들은 링컨이 연출하는 전투는 무엇이든 지켜본다.

그녀는 플라스틱 모형들을 핸드백 안으로 떨어뜨린다.

"다 됐다."

5:23 p.m.

조앤은 빠뜨리고 가는 플라스틱 인간은 없는지 모래 구덩이를 훑어본 다음 링컨의 손을 잡고 숲에서 나가는 오솔길로 향한다. 언제쯤 아이가 엄마 손을 더이상 잡고 싶어하지 않게 될지 궁금하다. 어쨌든 지금은 두 사람 다 똑같이 만족한다. 스무 걸음도 가기 전에 나무들이 걷히고—이곳의 고립이란 그저 환상일 뿐이다—수달 우리 앞 바위들 위로 후드득 폭포 쏟아지는 소리가 들린다.

수달은 조앤과 링컨이 가장 좋아하는 동물 중 하나로, 이야기에 빠져 있는 링컨의 주의를 돌릴 수 있는 동물은 수달을 포함해 몇 종류 안 된다. 그 수달 두 마리는 인조 바위 돌출부가 있는 동굴식 우리에 산다. 녀석들은 널찍한 유리벽 뒤 녹색 웅덩이에서 유유히 헤엄치거나 몸을 뒤집고 자맥질을 한다. 바위들은 인도 바로 위에 있다. 관람객들의 머리 위쪽에 있는 폭포가 쏟아져 수련 잎과 갈

대, 보라색 꽃이 피는 줄기 따위로 빽빽한 거북 연못으로 흐른다. 연못 위로 구불구불 나아가는 목재 오솔길은 그녀에게 언제나 삼림지대에서 가장 예쁜 곳으로 느껴졌지만…… 지금은 그저 텅 빈 듯 보인다.

옆에서 링컨이 웃는다. "수달 좀 보렴. 수영하는 거 봐봐."

아이는 아직도 'ㅜ' 발음을 어려워한다. '수달' 대신 '슈달'이라고 한다. 렉스 류터*. 축구에서 골 넣기.

"엄만 수달 발이 좋더라."

"발이 있어? 지느러미가 아니고? 강아지 발 같은 진짜 발? 원숭이 발처럼 손가락 달린 발?"

그녀는 잠시 멈추어 수달의 해부학적 구조를 짚어주고 싶은 유혹을 느낀다. 삶이 온갖 놀라운 것들로 가득차 있음을 아이가 아는 것, 주의를 기울여야 함을 아는 것이야말로 아마 그녀가 가장 바라는 일일 테니 말이다. 저거 봐, 예쁘지? 링컨은 동물원 주차장에서 휘발유 웅덩이를 들여다보며 말했다. 하지만 시간이 없다. 손을 잡아당기자 아이는 수달에게서 빨리 고개를 돌리지 못하면서도 쉽게 따라온다. 그들은 나무다리에 발을 디딘다. 양옆에는 수련 잎이 있다. 그녀는 다른 누구라도 보이면 좋겠다고 생각한다. 늦어서 뛰면서도 수다를 멈추지 않는 다른 가족 말이다. 그렇다고 이 길에 그들만 있는 게 딱히 이상한 일은 아니다. 오후에는 출구로 가는 내내 아무도 보지 못하는 일이 자주 있다. 오늘은 폐장 시간이 가까

* 렉스 루터. 〈슈퍼맨〉에 나오는 악당.

워질 때까지 평소보다 오래 버티기도 했고. 그녀는 속도를 낸다.

"달리기 할까?" 그녀가 묻는다.

"아니."

"깡충 뛰기는?"

"아니, 괜찮아."

링컨은 터벅터벅 걷는다.

뭔가를 하지 않겠다는 아이의 고집이 그녀가 보이는 열정의 양에 정비례하는 건 아닌지 가끔 궁금해진다. 아이는 계속해서 한가롭게 다리를 건너며 가끔씩 멈추어 사소한 일에 정신을 팔거나 비단잉어를 내려다본다. 아예 멈춰 서서 턱을 긁기도 한다. 서두르라는 말에 인상을 쓴다. 표정을 보고 그녀는 아이가 무얼 부탁할지 알아챘다.

"안아줘."

"차까지 계속 안고 갈 수는 없어." 그녀가 말한다. "네가 너무 자라서."

그녀는 처지는 아이의 입술을 지켜본다.

"대신 이렇게 하자." 그녀는 일이 커져서 속도가 더 느려지기 전에 말한다. "허수아비 있는 데까지만 가자. 그럼 거기서부터는 엄마가 안고 갈게. 허수아비까지 잘 걸어가면."

"알겠어." 목소리가 떨리고 입은 더 삐쭉거린다. 그녀와 속도를 맞추어 발을 움직이면서도 울음을 터뜨리려 한다.

문득 그녀는 걸을 때 울면 안 된다는 말을 구체적으로 해주지 않았다는 생각이 든다. 엄밀히 따지면 아이는 그녀의 조건에 맞추고 있다. 어쩌면 울다가도 몇 초 만에 토르의 투구나 오딘의 안대 같은 스쳐가는 생각에 정신이 팔릴지 모른다. 또는 더 시끄럽게 울어서 그녀가 포기하고 안아주게 될 수도 있다. 그때쯤이면 실제로 꽤 긴 거리를 그 작은 다리로 불평 없이 걸었을 테니까. 계속 울더라도 차 있는 곳까지 걸으라고 단호하게 버틸 수도 있다. 그녀는 링컨이 그런 떼쓰는 아이로 자라기를 원치 않으니 말이다.

부모 되기란 예상과 추정, 그리고 비용 대 이익 계산으로 이루어진 견제와 균형의 엄청난 시스템이다.

잠자리 한 마리가 맴돌다 쏜살같이 날아간다. 왜가리가 물가를 따라 길을 쪼며 나아간다. 목재로 포장된 오솔길은 나무와 거친 풀밭을 이리저리 가르며 이어진다.

링컨이 칭얼거리던 걸 그쳤다. 조지아 불도그의 응원가를—"우리의 조지아에 영광, 영광!/우리의 조지아에 영광, 영광!"—흥얼거리고 있는 게 틀림없다. 하지만 그런 생각이 들자마자 아이는 텍사스 롱혼의 응원가로 갈아탄다. 가족 중 두 팀의 팬은 없지만 링컨은 슈퍼히어로와 악당들을 흡수하듯 응원가 가사를 흡수한다.

아이는 수집가다. 뭔가를 모은다.

나무들 사이로 텐트처럼 생긴 회전목마 꼭대기가 보인다. 설거지 구정물 같은 하늘에 대비되어 하얗게 빛나고 있다. 두 사람은 닭장처럼 생긴 우리들을 지난다. 외발독수리의 폐쇄형 우리와 거의 보이지 않는 왜가리 한 쌍의 우리다. 죽은 통나무와 맥문동, 연녹색 잡초들이 있다. 조앤은 늘어진 나뭇가지를 향해 걸어간다. 이파리 하나가 떨어져 노란 나비로 변하더니 하늘로 이리저리 날아오른다.

마침내 그들은 대로처럼 넓은 콘크리트 인도로 돌아와 있다. 핼러윈 장식용 호박 램프가 울타리 기둥마다 얹혀 있다.

문명 세계로 몇 걸음 들어가며 그녀는 회전목마를 힐끗 본다. 목마는 고요하고 조용하다. 그려진 기린과 얼룩말과 곰과 고릴라와 타조들은 얼어붙은 상태다. 링컨은 한때 회전목마를 아주 좋아했다. 타본 건 얼룩말뿐이지만. 지금 회전목마 동물들 주변에는 고무박쥐와 클리넥스로 만든 초소형 유령들이 회전목마의 목조 뼈대에 매달려 둥둥 떠 있다. 그녀와 링컨은 회전목마를 덮은 하얀 캔버스 천이 그들 위로 펼쳐진 곳까지 가까이 다가간다. 밝고 고요하다.

"엄마," 아이가 말한다. "안아줘."

"허수아비까지 가면." 그녀가 자신을 향해 뻗어 있는 두 팔을 모른 체하며 말한다. "조금만 더 가자."

이번에는 반항하지 않는다. 둘은 서둘러 회전목마를 지나 푸드코트와 어린이 구역 물의 나라를 향해 간다. 어깨 높이의 분수들이 그때까지도 아치를 그리며 블루라즈베리 색깔 물놀이터로 떨어지고 있다.

"여기 메두사가 왔었어." 링컨이 큰 소리로 알은체를 하자 그녀가 물안개 너머 그늘진 곳을 본다. 거기에 거북이와 개구리, 도마뱀의 석상이 있다. 아이는 요즘 석상이 보이기만 하면 메두사가 지나간 흔적이라고 말한다. 거미줄을 보면 여기 스파이더맨이 왔었어, 라고 한다.

"저런, 불쌍해라." 메두사의 희생자들을 지나칠 때마다 그녀가 으레 하는 말이다.

"눈을 감았어야지." 아이가 으레 하는 말이다.

그녀는 코알라 카페의 불 꺼진 유리창을 힐끗 본다. 비닐로 싼 샌드위치와 과일 젤리와 삶은 달걀이 놓인 선반들이 보이지만 안에서는 어떤 기척도 없다. 플라스틱 의자가 네모난 테이블 위에 거꾸로 얹혀 있다. 보통 폐장 시간 십오 분 전에 직원이 식당을 닫고 건물을 잠그기 때문에 놀랄 일은 아니다.

오른쪽으로 좀 떨어진 곳에는 바위산과 흔들다리를 갖춘 놀이터가 있다. 옛날 옛적, 링컨이 남극에 관심을 가지던 시절에 그 큰 바위들은 빙하였다. 작년 봄에는 흔들다리 위에서 기사와 성 놀이를 하며 보이지 않는 왕들에게 대포를 가지고 나오라고, 투석기에 바윗덩어리를 채우라고 고함을 쳐댔다. 똑같은 다리가 이제는 지상으로 내려오는 토르의 무지갯빛 통로다. 일 년 후면 링컨도 유치원에 간다. 근래의 슈퍼히어로 시절도 빛이 바래 그녀가 짐작조차 할 수 없는 무언가로 대체될 것이다. 그러다가 어느 순간에는 동물원 자체가 대체되고 인생은 사라져버릴 것이며, 그녀의 손을 잡고 있는 이 아이는 완전히 다른 누군가로 변해 있을 것이다.

지금 그들은 서두르고 있다. 선물가게며, 구멍에 머리를 집어넣고 고릴라 시늉을 할 수 있는 나무판자를 서둘러 지난다. 어린이 구역 가장자리의 바닷말이 달라붙은 수족관 근처에 이르자 속도를 늦춘다—링컨이 참지 못하고 거대거북을 찾아본다. 몇 미터 앞에서 나이든 여자가 수족관의 둥근 벽면을 바로 돌아 약간씩 뒤로 휘청거리며 나타난다. 손에는 신발 한 짝을 들고 있다.

"바위가 나왔네, 타라야." 나이든 여자가 말한다. 그 목소리에는 그녀가 누군가의 할머니라는 걸 알게 해주는 어떤 발랄한 절망감이 어려 있다. "서둘러야지, 자."

자매임이 분명해 보이는 금발 여자아이 두 명이 시야에 들어온다. 할머니는 몸을 숙여 더 작은 아이에게 신발을 내민다. 머리를 땋은 그 아이는 링컨보다 약간 어려 보인다.

"가야 돼." 애써 작은 발에 고무 샌들을 신기며 할머니가 말한다. 그런 다음 몸을 편다.

작은 아이가 무슨 말을 하는데 너무 작아서 들리지 않는다. 이제는 겨우 1미터쯤 떨어져 있는데도 말이다. 날벌레 몇 마리가 수족관 유리에 부딪힌다.

"차에 도착하면 벗겨줄게." 할머니가 숨찬 목소리로 말하며, 두 아이의 손목을 잡고서 기우뚱 한 발을 내디딘다. 아이들이 링컨에게 눈을 깜빡이지만 할머니는 아이들을 재촉해 앞으로 간다.

"할머니다." 너무 큰 소리다. 링컨이 아주 갑작스럽게 멈추는 바람에 조앤의 팔이 홱 당겨진다.

"엄마가 보기에도 그러네." 그녀가 속삭인다.

조앤은 나이든 여자를 힐끗 본다. 공기에서 꽃향기가 밴 화학물질 냄새가 풍긴다. 6학년 시절의 매닝 선생님을 떠오르게 하는 향수 냄새다. 매닝 선생님은 학교 마지막날, 오직 그녀에게만 『푸른 돌고래의 섬』을 주었다. 어느새 할머니와 손녀들은 사라졌다. 이미 수족관의 마지막 둥근 벽면을 지나가버렸다.

"나한테도 할머니가 있으면 저렇게 생겼을까?" 링컨이 묻는다.

아이는 요즘 할아버지나 할머니에게 집착한다. 그녀는 그 집착도 다른 모든 단계처럼 빠르게 지나가기를 바란다.

"너 할머니 있잖아." 조앤이 아이를 다시 앞으로 당기며 말한다. "할머니. 아빠네 엄마. 크리스마스 때 여기 오셨어, 기억나지? 그냥 멀리 사시는 것뿐이야. 가야겠다, 아가."

"할머니 할아버지가 아주 많은 사람들도 있잖아. 난 한 명밖에 없어."

"아냐, 세 명 있어. 기억 안 나? 지금 안 가면 골치 아파져요."

이 말은 마법 같은 효과를 발휘한다. 아이는 고개를 끄덕이고 속도를 올린다. 표정이 그토록 진지하고 단호할 수 없다.

또 한 번 빵 하는 소리가 난다. 전보다 더 크고 가까워졌다. 열두 번쯤의 날카로운 파열음이 허공에 울려퍼진다. 그녀는 무슨 유압식 장치일지도 모른다는 생각이 든다.

어느새 연못 가장자리에 도착했다. 동물원에서 가장 큰 그 연못은 거의 호수에 가깝다. 그녀는 물을 가로지르는 백조들을 힐끗 본다. 오솔길이 둘로 갈린다. 오른쪽 길은 연못 반대편 아프리카관까지 이어지지만, 왼쪽 길을 따라가면 몇 분 후에 출구에 이른다. 저 앞에서 녹색과 빨간색 앵무새들이 휙휙 날아오르는데 비정상적으로 조용하다. 그녀는 이 모든 콘크리트 한가운데에 있는 그들만의 작은 섬, 풀로 뒤덮인 둔덕과 막대기 같은 나무들이 있고 벽돌로 둘러싸인 그 웅덩이를 좋아한다. 이 섬은 첫번째이자 마지막 정거장이므로, 동물원에 올 때마다 마지막 의례로 거쳐간다.

"앵무새 울음소리 연습해볼까?"

"연습 싫어." 아이가 말한다. "그냥 허수아비가 보고 싶어."

"어차피 걸어가는 동안 허수아비가 보여."

연못을 둘러싼 울타리를 따라 허수아비들이 길게 줄지어 서 있다. 그중 대부분이 머리 대신 호박을 달고 있어 링컨은 거기에 사로잡혔다. 아이는 슈퍼맨 허수아비와 흰 우주 헬멧처럼 칠한 호박 머리를 한 우주비행사 허수아비를 아주 좋아했고, '더 캣*' 허수아비는 특히 더 좋아했다.

"어서, 아가." 그녀가 말한다.

아이가 손을 놓고 두 팔을 든다.

울타리 저편을 힐끗 본 그녀는 '고양이 피터**'의 선명한 파란색 머리를 알아본다. 울타리를 반쯤 내려간 곳에 몇몇 허수아비가 쓰러져 있다. 바람에 날렸나. 아니, 돌풍은 없었다. 그런데도 허수아비들이 쓰러져 있다. 앵무새 우리와 그 뒤로 대여섯 개가 사방에 흩어져 있다.

아니, 허수아비가 아니다. 허수아비가 아니야.

움직이는 팔 하나가 보인다. 허수아비라기엔 너무 작은 몸이 보인다. 창백한 엉덩이 위로 치마가 아무렇게나 들려 있고 두 다리가 구부러져 있다.

그녀는 천천히 눈을 들어 더 먼 곳을 바라본다. 땅 위의 형체들과 앵무새들을 지나 더 먼 곳, 공중화장실과 직원 전용 문들이 있는

* 닥터 수스의 동화책 『더 캣 인 더 해트』의 주인공.

** 에릭 리트윈의 동화책 『고양이 피터』의 주인공.

길고 납작한 건물이 보이고, 가만히 서 있는 한 남자가 눈에 들어온다. 얼굴은 다른 방향을 향하고 있어 보이지 않는다. 분수 옆이다. 청바지와 어두운색 셔츠 차림에 외투는 입지 않았다. 머리카락은 갈색 혹은 검은색이고 더 자세히는 보이지 않는다. 마침내 남자가 움직이자 어쩔 수 없이 그 움직임이 눈에 띈다. 남자가 화장실 문을 걷어차고 팔꿈치를 들어 문을 붙든다. 오른손에 총이, 라이플총처럼 길고 검은 총이 쥐여 있다. 여자화장실의 빛바랜 녹색 벽 뒤쪽으로 사라지는 그의 어두운색 머리카락 위로 좁다란 총끝이 더듬이처럼 뻗어 있다.

앵무새 근처에서 뭔가가 또 움직인 것 같다. 다른 누군가가 서 있다. 하지만 그녀는 이미 돌아서고 있다. 더이상 보지 않는다.

그녀는 링컨을 꽉 붙들고 안아올린다. 아이의 두 다리가 그녀의 엉덩이에 부딪히며 무겁게 흔들린다. 그녀는 링컨의 엉덩이 아래에서 오른손으로 왼쪽 손목을 잡아 두 팔을 연결한다.

그녀는 달린다.

5:32 p.m.

그녀는 앞으로 간다. 물론 시체들 쪽이 아니라 연못을 돌아 아프리카관을 향해서. 움직이는 동안 숲으로 돌아갈 수도 있었다는 생각과 지금이라도 뒤로 돌아 둘만의 공룡 마당이나 키 큰 나무 그늘로 향할 수 있다는 생각이 들지만 돌아서고 싶지 않다. 그 남자가—아니, 남자들인가?—자기들을 보았는지, 따라오고 있는지 확실하지 않으니까. 어쩌면 뜸을 들여 따라오는 중인지도 모른다. 총을 쥐고 있는 건 그놈이니까, 놈은 서두를 필요가 없으니까. 마음속 한곳에서는 돌아가지 않겠다고 고집을 피우며 앞으로 가는 게 더 낫다는, 그쪽이 더 안전하다는 생각이 든다.

가. 가. 가. 그녀의 머릿속에서 그 말이 반복된다. 두 발이 그 말에 박자를 맞추어 콘크리트 바닥을 두드린다.

무장괴한이 그들을 지켜보며 걸음을 떼는 모습이, 얼굴에 점점 미소가 번지며 호숫가를 도는 모습이 떠오른다. 속도를 올리는 그가 상상된다.

그녀는 견딜 수가 없다. 어깨 너머로 힐끗 봐서는 아무도 보이지 않는다. 그래도 제대로 살펴볼 수는 없다, 속도를 늦추고 싶지 않으니까.

달음질을 치자 니트 스커트가 다리에서 팽팽하게 늘어난다. 치마를 더 높이 끌어올리고 싶지만 남는 손이 없다. 찢어질지도 몰라, 차라리 그랬으면. 신발 밑에서 작은 돌들이 긁히는 소리가 난다. 그녀는 두 발가락 사이의 샌들 끈을 꽉 잡는다. 신발 바닥이 파닥이는 소리가 들린다. 신발이 벗겨지는 것, 또하나의 공포다.

이 길을 따라서는 머리 바로 위로 온통 핼러윈 조명이 걸려 있다. 한 걸음씩 나아갈 때마다 즐겁게 빛난다. 하얀, 선명하게 하얀 조명. 링컨이 실수로 그녀의 눈에 손전등을 비췄을 때와 같다.

하늘이 어두워진다.

"우리 왜 뛰는 거야?" 링컨이 묻는다. 18킬로그램에 달하는 몸무게가 통째로 그녀의 엉덩이뼈에 부딪쳐 튕긴다. 아이가 그토록 오랫동안 조용히 있었다는 게 놀랍다. 어쩌면 행선지가 주차장이 아니라는 걸 이제야 알아차린 건지 모른다.

그녀가 대답하려고 숨을 모으는데 폐가 타는 듯하다.

"이따가," 그녀가 말한다. 숨을 들이쉬어야 한다. "말해줄게."

아이의 두 팔이 그녀의 목 주변을 조인다. 밝은 조명 바로 뒤로는 그들이 가는 방향과 평행하게 기찻길이 뻗어 있다. 지금 이 순간 옆으로 다가와 두 사람을 휙 실어갈 빨갛고 검은 작은 기차를 볼 수만 있다면 무엇인들 내주지 못할까. 직접 달리는 게 그 기차보다 더 빠를지도 모른다는 생각이 들기는 하지만 말이다. 그렇더라도 기차를 원한다. 조앤은 두 팔이 이미 아프기 시작했다. 공원으로 산책하러 갔던 지난주가 문득 떠오른다. 오리도 이빨이 있어? 진짜로 나 안 물어? 오리도 발 있어? 애기 때는 나 왜 안 걸었어? 나는 발 있었어? 다리는? 사실 그날 오후에는 집으로 돌아가던 중 더이상 아이를 안고 갈 수가 없어서 우는 아이를 풀밭에 내려놓아야 했다.

오늘 그녀는 아이를 내려놓지 않을 것이다.

"엄마!" 짜증이 나는지 아이가 그녀의 얼굴에 손을 대고 말한다. "'이따가'는 아까 지났잖아."

"나쁜 사람이 있었어." 조앤이 말한다. 겁에 질려 넋이 나가지 않았더라면 결코 하지 않았을 말이다.

"어디에?"

그녀는 맥락을 놓쳤다. "뭐가 어디야?"

"나쁜 사람이 어디에 있었어?" 아이가 묻는다.

그녀는 두 걸음 만에 기찻길 교차로를 뛰어넘는다. 기차가 온다면 그걸 모는 또다른 인간이 있다는 뜻이고, 그녀는 다른 사람을 보고 싶었다. 뒤에는 호수가 있고, 그 건너편에는 시체들과 그 남자가 있다. 좋은 일이다. 구불구불 언덕을 따라 아프리카관까지 올라가는 길에는 양옆으로 나무들, 잎사귀가 널찍한 열대우림의 식물들이 심겨 있다. 나무들 덕분에 아무도 두 사람을 보지 못할 것이다. 이제 두 사람은 확실히 눈에 덜 띄었다. 누가 보고 있다면 말이다.

“저 뒤에 있었어.” 그녀가 하마터면 발을 헛디딜 뻔하며 말한다.

사이렌 소리가 들린다. 얼마나 가까운지 알 수는 없지만 경찰이 오고 있다는 뜻이다. 그들이 모든 것을 바로잡을 것이다. 하지만 지금 당장은 그녀에게 도움이 되지 않는다.

“난 나쁜 사람 못 봤는데. 나쁜 사람인지 어떻게 알아?” 아이의 턱이 그녀의 어깨에 부딪친다.

그녀가 질문에 대답하지 않으면 링컨은 기분이 나빠진다. 아이가 울음을 터뜨리는 건 바라지 않는다. 큰 소리를 내서는 안 되니까. 또 떼를 쓰기 시작하거나 더 나쁘게는 몸을 축 늘어뜨릴지 모르니까. 몸을 늘어뜨리면 두 배는 무거워진다.

“도망가야 돼.” 그녀가 헐떡이며 말한다. “지금 당장. 그러니까 엄마 좀 도와줘. 다리 좀더 조이고 꽉 잡고만 있어. 안전한 곳에 가게 해주면 그때 대답해줄게.”

그녀는 간신히 모든 말을 내뱉는다. 폐가 터질 듯하고, 허벅지는 비명을 지른다. 해는 나무 꼭대기 너머로 떨어진 뒤이고 발아래 식물의 그림자들은 길고 여위어 보인다.

팔꿈치가 바나나 잎에 스친다. 날개처럼 단단하고 넓적하다.

“어디야?” 아이가 묻는다. 그럼 그렇지. 아이는 절대 질문을 멈추지 않는다. “어디 가는데?”

그녀도 모른다. 어느 쪽으로 가야 하지? 그다음에는? 대체 뭘 찾는 거야? 두 발의 리듬을 유지하고서 그녀는 발가락을 더 꽉 조인다. 이 길이 오르막이 아니기만을 바라며.

이 짓을 오래, 더는 할 수 없다.

숨는다. 숨어야 한다.

틀림없이 가장 먼저 해야 할 일이다. 그다음엔 경찰이나 폴, 아니면 둘 다에게 전화를 걸 수 있을 것이다. 그녀는 경찰을 불러야 한다고 생각한다. 왜? 그냥 그녀와 링컨이 여기 갇혔다는 걸 알려주려고? 당연히 경찰도 동물원에 남아 있는 사람이 누군지 알아야 하지 않을까? 그녀는 오른쪽 엉덩이에서 왼쪽 엉덩이로 아이를 옮기고 붙잡은 손을 다시 바로 잡는다.

"엄마!" 아직도 대답 같은 걸 바라며 아이가 말한다. 링컨은 항상 대답을 원한다.

조앤과 링컨은 드디어 언덕 꼭대기에 올라왔다. 대단히 야생적으로 조경된 식물들의 벽을 빠져나와 아프리카 코끼리 구역을 바라보고 있다. 온통 모래언덕과 초원, 흐르는 시냇물뿐이다. 왼쪽으로든 오른쪽으로든 돌아야 한다. 오른쪽 길은 기린과 사자와 호랑이에게로 이어진다. 왼쪽 길은 코뿔소와 들개와 원숭이 들을 돌아간다.

"엄마!"

조앤은 아이의 머리에 입을 맞추고 왼쪽으로 돈다.

"엄마 어깨에 이빨 부딪쳤어." 아이가 말한다.

"미안." 그녀가 말한다.

이제와 생각해보니 숲과 공룡 마당으로 이어지는 그 익숙하고 좁은 오솔길로 향하지 않은 게 다행스럽다. 키 큰 나무들이 주변에 잔뜩 있어도 몸을 숨길 곳은 마땅히 찾지 못했을 것이다. 몇 안 되는 좋은 자리는—통나무 오두막과 나비 집 정도일까?—너무 뻔했을 테고. 물론 발견되면 도망쳐 운신할 공간이 있었을 것이다. 하지만 링컨이 붙어 있는데 얼마나 움직일 수 있을까? 아니, 필요한 건 도망칠 공간이 아니다. 누군가 그들을 발견한다면 아무리 달려봐야 소용없다.

바로 이게 중요하다는 생각이 그녀의 뇌리를 스친다. 혼비백산하는 와중에도 뇌가 제 기능을 하고 있다는 증거다.

그렇다. 아무리 달려봐야 소용없다. 보이지 않게, 아주 잘 숨어야 한다. 누가 바로 옆을 지나가더라도 보이지 않게. 그녀에게는 토끼굴이 필요하다. 벙커가. 비밀 통로가.

아이는 더이상 그녀를 부르지 않는다. 그녀의 두려움 속 무언가가 저절로 전달된 게 틀림없다. 다행이다. 적당한 공포라면, 아이를 얌전하게 만들 뿐 겁에 질리게 하지는 않는 공포라면. 그게 어느 정도의 공포인지 사실은 알 수 없다. 일단 안전해지고 나면 알아낼 것이다.

코끼리 구역은 끝없이 펼쳐져 있다. 난간을 돌자 음악소리가 들린다. 처음엔 알아들을 수 없이 여기저기 울리는 음일 뿐이었지만 머잖아 그녀는 〈고스트 버스터즈〉의 주제곡이란 걸 알아챘다. 콜라 자판기를 지날 때쯤 들려오는 음악은 명랑하고 지나치게 시끄럽다. 링컨은 그 자판기를 배트맨 컴퓨터라고 상상하곤 한다.

조커가 또 장난을 하려 드는군! 배트모빌로 가자! 엄마, 배트맨 전용 세차장이 있어? 배트모빌도 더러워질 텐데 컨버터블이잖아. 씻을 수 있어? 발목이 약간 돌아가지만 그녀는 속도를 늦추지 않는다. 오른쪽 난간에는 진짜 코끼리가, 졸린 표정의 코끼리가 놀랄 만큼 가까운 곳에 있다. 녀석의 튼튼한 몸집이 다행스럽다. 녀석의 코에서 나는 부드러운 딱딱 소리가 눈에 보이는 듯 그 리듬이 읽힌다. 하지만 그녀는 반대 방향으로, 왼쪽으로 돌아서며 불과 몇 미터 떨어져 있는 넓은 건물을 훑어본다. 사바나 스낵바. 그 건물의 억새지붕 아래에서 천장 선풍기가 불어내는 여름공기를 맞으며 건포도를 먹은 적이 있지만, 실제 식당 건물 안에 앉아본 적은 없다. 그녀는 밖에 남아 코끼리를 지켜보며 아프리카에 있다고 상상하길 좋아한다. 언젠가는 링컨을 아프리카에 데려가야겠다고 늘 생각해왔으니까. 아이에게 보여줄 그 모든 장소들을 떠올리는 것이 좋다. 태국에서 진짜로 코끼리 탔어, 엄마? 응, 네가 태어나기 전이야. 그녀는 지나가는 길에 화장실을 눈여겨보며 속도를 늦추지만 걷어차이던 문을 떠올리고는 다시 속도를 올린다. 식당 건물. 지금은 저곳이 더 안전할지도 모른다. 당연히 문에는 자물쇠가 있을 테고, 안의 공간도 더 넓을 것이며, 사무실과 창고에도 더 좋은 자물쇠와 숨을 곳과 벽장들이 있을 테니까. 문에 기대어 쌓아놓을 의자나 테이블, 무거운 상자들도 있을지 모른다. 순간적으로 든 생각에 그녀는 마음이 기운다. 억새지붕 그늘 아래로 쏜살같이 나아가 유리문을 밀친다. 하지만 문은 꼼짝도 하지 않는다. 안은 사방이 어둡다.

영업중. 표지판에는 그렇게 적혀 있다.

마녀의 물약 슬러시. 다른 표지판에 보라색과 분홍색으로 쓰인 말이다. 소름 끼치게 맛있다!

조앤은 빙 돌아 다시 뛰기 시작한다. 링컨의 두 팔이 목을 꽉 조인다. 덕분에 팔에서는 약간이나마 아이의 몸무게가 덜어진다. 그러나 그녀는 기운이 다 빠져 균형을 잃은 상태다. 하마터면 콘크리트 기둥을 들이박을 뻔했다.

알고 보니 머리 위에 스피커가 있다. 음악이 요란하게 울린다. **당신 침대에 잠들어 있는/보이지 않는 사람이 있다면/누구를 불러야 할까?/고스트 버스터즈.**

그녀는 파빌리온*에서 멀리, 스피커에서 멀리 떨어져나와 어둑해지는 햇빛 속으로 되돌아간다. 코끼리와 녀석의 우아한 코는 사라지고 없다. 그렇게 큰 게 어떻게 사라질 수 있을까? 그녀는 링컨의 귀에 괜찮아, 라고 계속 속삭인다. 이렇다 할 목적은 없지만 다시 속도를 높인다. 평상시 동네를 돌 때의 안정적인 달리기 리듬과는 전혀 다르다. 그녀는 아무런 준비가 되지 않았다. 오빠가 떠오른다. 군대에서 훈련을 받던 시절 오빠는 13.6킬로그램짜리 자루를 몸에 묶은 채 수킬로미터를 달리는 러킹이라는 운동에 흠뻑 빠져 있었다. 그때는 오빠에 대해 거의 알지 못했다. 오빠는 아버지와 함께 오하이오로 이사했다가 그녀보다 한참 전에 집을 떠났고, 여름에 이 주 정도나 간혹 명절에 만날 수 있을 뿐이었다. 오빠는 성인이 되어 그녀를 만나러 오더니 그녀에게 슬쩍 자기 배낭을 지게 했다. 그렇다, 그녀가 첫 마라톤에 출전하기 칠 년 전 일이었다. 그녀는 오빠에게 깊은 인상을 남기고 싶었지만 등은 땀으로 축축해졌고 두 블록을 달리고 나니 숨이 찼다. 지금도 그녀는 숨이 찬다. 이두박근이 타는 듯하고, 링컨의 몸무게 때문에 몸이 옆으로

* 휴게소로 쓰이는 대형 텐트.

치우친다. 러킹을 계속해왔다면 훨씬 나았을 텐데.

얼마나 오래 뛰었을까? 삼 분? 사 분? 아주 잠깐일까. 영원일까.

1980년대 음악의 신시사이저 소리 너머로 계속 사이렌 소리가 들린다. 지금은 더 시끄럽다.

코뿔소 우리에 거의 도착했다. 십대 두 명이, 그녀에게 달려오는 소년과 소녀가 보인다. 뭔가 잘못되었다는 걸 아는 사람처럼 달린다. 폐장 시간 전에 정문에 도착하려고 애쓰는 것만은 아닌 듯하다. 그녀는 사람들이 보이면 좋겠다고 생각했지만 이제는 아니다. 사람들은 그저 문제를 복잡하게 만들 뿐이다. 두 아이는 그녀를 보고 속도를 늦추더니—남자아이가 얼굴에서 떨어지려는 선글라스를 붙잡는다—동시에 입을 열어 뭔가를 묻는다. 조앤은 그냥 그들을 지나쳐 간다. 이동하면서 몸을 옆으로 돌린다.

여자아이의 치마는 주황색이고 가장자리에는 검은색 레이스가 달려 있다. 너무 짧고 꽉 끼어서 속옷을 간신히 가린다. 대체 얘 엄마는 뭐하는 사람일까. 아마 실제로는 아주 좋은 엄마일 것이다. 소시지 껍질처럼 생긴 치마를 입어도 너는 아름답다고 가르쳐주는 엄마.

"출구 쪽으로는 가지 마." 조앤이 속도를 늦추지 않은 채 말한다. "어떤 남자가 사람들을 쏘고 있어."

"쏜다고요?" 여자아이가 말한다.

소년은 더 많은 말을, 너무 많은 말을 흘린다. 그 말들이 공중에서 사라진다.

"너희를 보면 죽일 거야." 조앤이 어깨 너머로 소리치지만 이미 아이들을 한참 지나쳐 왔다. "경찰 올 때까지 어디 숨어 있어."

그녀는 돌아보지 않는다. 중요한 것은 링컨뿐이다. 아이가 콘크리트 바닥에 피를 쏟는 최후를 맞게 할 수는 없다.

식당이 잠겨 있었던 건 좋은 일이다. 거기 숨는 건 멍청한 짓이었을 테니까. 그녀와 링컨은 잘 숨었을지 몰라도 남자가 건물들을 확인했을 것이다. 그렇지 않은가? 실내가 놈의 첫번째 표적이 될 것이다. 문을 걷어차 열고 창문을 깨뜨리고 물건들을 쳐서 넘어뜨리고. 놈에게는 그렇게 물건을 망가뜨리는 일이 만족감을 주는 게 틀림없다. 탁 트인 야외에는 부숴버릴 것이 별로 없다. 가구나 문이나 뼈처럼 그렇게 단단한 것은.

가능한 한 조용히 하는데도, 그녀는 자신의 숨소리와 발소리가 들린다. 바람소리와 그리 멀지 않은 곳에서 들려오는 자동차 소음, 가지에서 떨리는 나뭇잎 소리도 들린다. 굳이 귀기울여 들어본 적이 한 번도 없는 모든 주변 소음들. 그녀에게는 이 주변 소음이 필요하다. 링컨이 완벽히 조용해지는 일은 결코 없을 테니까. 착한 아이지만, 완전히 침묵하리라고 기대할 수는 없다. 단 한 번의 속삭임으로 살해당하면 어쩐단 말인가?

탁 트인 야외.

그러면서도 감춰진 곳. 아무도 살펴보지 않을 만한 장소.

그녀는 뒤쪽 코끼리 서식지의 열린 공간을 힐끗 본다. 바위도 충분하고 한쪽 벽면은 전체가 커다란 암석으로 되어 있지만 지면까지 내려가는 길에 가파른 낭떠러지가 있다. 뛰어내릴 수는 없다. 코끼리들도 있는데다 순전히 머저리 같은 생각이다. 하지만 탁, 불

꽃이 튄다. 무장괴한이 전시관을 확인하지는 않겠지, 설마?

열 걸음도 떼기 전에 든 생각이다. 너무 빠르기도 하고 너무 느리기도 했다. 지금이라도 몸을 돌리면 그 십대들이 보일 가능성이 높았다. 그래봐야 이 모든 생각은 아무 소용이 없다. 멀찍이서 사자가 울부짖는다. 충격적인 소리는 아니다. 동물원에서는 늘 폐장 직전에 동물들에게 먹이를 주고, 사자는 항상 그 시간을 기다리며 소리를 낸다. 사자가 다시 울부짖는다. 안도감마저 들 정도다. 그녀는 상자에 들어 있는 야생의 존재들에게 둘러싸여 있다. 실낱같은 연대감을 느낀다.

원숭이 한 마리가 지절댄다. 고음에 공격적인 목소리. 어쩌면 사육사들이 저녁 배식을 시작조차 못했을지 모른다는 생각이 든다. 어쩌면 방해를 받았을지도 모른다.

그때 그녀는 생각이 난다. 호저*.

원래 건물은 모두 잠겨 있어야 하지만 그렇지 않을지도 모른다. 어쩌면 마지막 열쇠꾸러미는 목적지에 이르지 못했을 수도 있다.

그녀는 아주 오랫동안 해본 적 없는 기도를 하며 유인원관으로 몸을 돌린다. 왼쪽의 아프리카를 주제로 한 놀이터—북, 가면, 시소, 쇠똥구리 조각상—를 지나, 거미원숭이들이 나른하게 누워서 아무것도 모른 채 손과 꼬리로 그네를 타는 복잡한 밧줄 길 아래를 쏜살같이 지나 유인원관 입구에 도착한다. 이중문을 밀치니 즉시 열린다. 그녀는 건물의 깊은 곳, 서늘하고 어두운 복도로 전력 질

---

* 몸에 길고 빳빳한 가시털이 덮인 동물.

주한다. 꼬리에 흑백 줄무늬가 있는 여우원숭이들을 지나자 굽어진 길에 다다른다. 사방에 그림자가 드리워져 있고, 바닥을 관통해 나무둥치들이 자란다. 이곳의 경치가 대부분 그렇듯 그 나무들이 진짜인지 인공물인지는 알 수 없다. 하지만 자세를 바로잡으려고 한 손을 뻗자 나무껍질이 진짜처럼 느껴진다.

"어떤 아저씨가 사람들을 쏘고 있었어?" 링컨이 목덜미에 대고 묻는다.

"응."

"그 사람이 우리 쫓아와?"

"아니." 그녀가 말한다.

"그럼 왜 도망쳐?"

전시관 안에서 자연광이, 유리창에 갇힌 햇빛이 보인다. 동물들에게는 몸을 숨길 바위와 동굴이 있다는 생각이 어쩔 수 없이 든다. 유리벽만 통과할 수 있다면 그 동굴들은 보이지 않는 공간으로까지 이어질지 모른다. 하지만 그녀는 벽을 통과할 수 없기에—투명인간이라도 되어야 하나? 아니면 엑스맨?—복도를 따라 계속 가볍게 달리며 매끄러운 유리와 거칠면서도 깔끔한 콘크리트 벽돌 벽을 스친다.

그녀도 알고 있다. 언젠가는 근육이 작동을 멈출 것이다. 두 팔이 풀려 아무리 애를 써도 축 늘어질 때가 올 것이다. 하지만 지금은 어깨에서부터 손목까지, 엉덩이에서 발목까지 지속적으로 후끈거리고 펄떡댈 뿐이다.

"엄마?"

"거의 다 왔어." 대답은 하지만 발음이 제대로 나오지도 않는다.

원숭이들이, 수많은 원숭이들이 있다. 모두 아무런 관심이 없다.

그때 유리문이 보인다. 어깨를 들이밀자 다시 바깥이 나왔다. 시원한 공기가 불어온다. 그녀의 가슴 높이까지 올라오는 낡은 난간이 마주보인다. 난간 뒤에는 울타리 안으로 소나무와 키 큰 풀이 자라고 있는 작은 황야다. 그녀는 테라스의 나무 널빤지 위에 서 있다. 전시관 사이에 있는 곳이다. 왼쪽에는 또하나의 유리문이 보이는데, 개코원숭이와 오랑우탄과 다른 유리 온실 서식지들과 탁 트인 통로로 이어졌다. 그녀에게는 아무 쓸모도 없었다. 벽돌 벽 위의 표지판은 호저의 습성을 설명하고 있다. 호저가 유인원관에 배치된 이유에 대한 설명은 없지만 말이다. 몇 달 전, 손에 메모장을 든 사육사가 호저가 죽었다고 말해주었다. 링컨이 듣지 못하도록 조용한 목소리로. 조앤과 링컨은 정기적으로 새로 온 동물을 확인했다. 그녀가 링컨에게 진실을 말해주었기 때문이다. 아이가 죽은 새나 다람쥐, 으깨진 바퀴벌레를 본 적이 없는 것도 아닌데 그 무엇도 절대 죽지 않는다는 듯 행동할 이유는 없었으니까. 링컨은 아기 호저가 오기를 고대했지만 우리는 계속 비어 있었다.

그녀는 우리가 계속 비어 있었기를 바란다.

그녀는 난간으로 더 가까이 다가가 키 작은 나무들과 속이 텅 빈 통나무들을 훑어본다. 몇 안 되는 잡초 다발이 있지만 흙과 자갈로 이뤄진 군데군데 헐벗은 땅들이 압도적으로 많다. 모든 게 흐트러져 방치되고 있다. 우리 한가운데, 90에서 120센티미터쯤 되는 큰 바위들은 그녀가 기억하는 그대로다. 돌로 된 벽이 대략 3미터 넘게 펼쳐지며 주변을 감싸고 있어 뭐든 그 뒤에 있는 건 제대로 보이지 않는다. 철제 울타리가 덩굴에 반쯤 덮여 공간을 봉쇄한다. 울타리는 높이가 족히 4미터는 된다. 꼭대기의 판자는 엄두도 못 낼 정도로 가파르게 안쪽으로 각이 져 있고—정말이지 호저가 벽을 타고 오르기라도 할까봐?—가장자리를 따라 소나무들이 높이 서 있다.

호저 우리는 이 뒤쪽에, 유인원관의 굽이굽이 깊숙한 곳에 숨겨져 있다. 인간에게는 어울리지 않아 보인다. 그리고 바로 그렇기에, 그녀에게는 그 우리가 완벽하게 느껴진다.

그녀는 링컨을 난간에 내려놓고 아이의 몸무게를 떠넘기며 가쁜 숨을 쉰다. 난간은 쉽게 넘을 수 있다. 반대편에는 거의 그녀의 발 길이만한 짧은 턱도 있다. 일단 거기에 발을 두고 링컨을 들어올리면 된다. 뭔가 잘못된다 하더라도 바닥까지의 낙하 거리가 1미터도 채 되지 않으니 아이는 다치지 않을 것이다. 하지만 울음을 터뜨릴 수는 있다. 그러면 그 소음은…… 아니, 아이가 떨어질 위험은 없다. 그녀가 계속 한 손으로 잡고 있을 것이다.

"이렇게 하자." 그녀가 말한다. "엄마가 넘어갈 때까지 널 바로 여기 앉혀둘 테니까……"

아이는 머리를 저으며 그녀의 팔꿈치를 꽉 잡는다.

"엄마, 동물들이 있는 데로 들어가면 안 돼!"

"여긴 동물 없어, 기억 안 나?" 그녀가 말하며 애써 아이의 손가락을 떼어놓는다. "호저 집이잖아. 아직 다음 호저는 안 왔고."

"울타리는 동물들을 안에, 사람들을 밖에 두려고 있는 거야." 링컨이 말한다.

아이가 언제나 규칙을 따른다는 게 지금처럼 유감스러웠던 적은 없다.

"오늘은 달라." 그녀가 말한다. "지금은 비상 규칙이야. 총을 든 남자들이 우리를 찾지 못하게 숨어야 한다는 게 그 규칙이고."

링컨은 잡은 손을 풀고 등뒤를 보더니 다시 그녀를 붙든다.

"떨어질 거 같아." 아이가 말한다. "너무 높아."

"엄마가 널 떨어지게 두겠어?"

"싫어." 아이가 말하며 그녀에게 바싹 몸을 붙인다. "엄마."

"엄마가 손으로 잡고 있을게. 이제 엄마가 딱 넘어갈 거야……"

"엄마." 아이가 칭얼거린다.

"쉿. 엄마가 잡고 있어."

그녀는 몸을 밀어올려 말을 타듯 난간에 올라탄다. 두 손은 링컨의 몸 양옆에 두어 두 팔로 계속 감싸안는다. 위험하긴 하지만, 그녀는 몸을 흔들어 마저 난간을 넘어간다. 두 발꿈치가 턱 위에 꽤 안정적으로 내려앉는다.

아이는 두 손으로 그녀의 양쪽 손목을 하나씩 가볍게 쥐고 있다. 그 숨소리가, 거의 울먹이는 소리가 들린다. 사람들을 쏘는 남자 때문일까, 정상적인 경계선을 완전히 깨버렸기 때문일까? 알 수 없다.

"엄마."

"엄마가 잡고 있어." 조앤이 그렇게 말하며 링컨에게 한쪽 팔을 두르고 팔꿈치 안쪽을 써서 가슴 쪽으로 당긴다. 아이의 발꿈치가 철조망에 툭 부딪힌다.

"엄마가 내려줄 거야." 그녀가 아이에게 말한다. "여기 이 작은 계단에 두 발을 올리고 쇠로 된 부분을 두 손으로 꼭 잡아. 그런 다음에 엄마가 땅으로 뛰어내려서 널 들어줄게."

그녀는 말이 채 끝나기도 전에 아이를 들어올린다. 더이상 생각할 기회를 주지 않는다. 보통은 이것저것 생각한다고 아이가 더 용감해지진 않으니까. 더욱이 그녀는 이 일을 이 초 안에 해결할 수 있다. 그녀는 한 손으로 난간을 꽉 잡는다. 허리를 구부리고 몸을 난간에서 떼어 들어올 공간을 만들고서 아이를 뒤쪽으로 미끄러뜨린다. 한순간에 아이는 그녀의 팔과 팔꿈치에만 매달려 공중에 뜬다. 아이의 공포가 느껴진다. 그녀는 자신이 서 있는 턱에 아이의 두 발을 올려놓는다. 아이의 운동화가 그녀의 가죽 샌들 사이에 끼어 있다. 그녀는 아이의 손가락을 철조망에 꽉 감싼다.

"꽉 잡아."

그녀는 몸을 밀어내린다. 부드럽고 손쉽게 발밑의 흙에 내려선다. 풀은 그녀의 손목을 간질일 정도로 키가 크다. 그녀는 아이를 자기 쪽으로 당기고 몸을 돌려서 두 팔로 그녀의 목을 감게 한다. 아이의 두 다리가 그녀의 엉덩이를 꽉 감싸고, 그녀가 다시 움직인다. 아이가 시야를 가리고 있지만 최선을 다해 발밑을 살핀다. 임신했을 때 울퉁불퉁한 땅이 배에 가려지는 바람에, 보이지 않는 장애물 달리기 코스처럼 느껴지던 게 생각난다. 마침내 그들은 그녀가 그토록 매혹적이라 생각했던 커다란 바위 뒤에 있다.

그녀는 몸을 낮추어 단단하고 차가운 바위에 등을 대고 주저앉는다. 두 다리가 땅에 퍼질러진다. 아이는 여전히 그녀에게 몸을 감고 있다.

5:42 p.m.

링컨이 그녀를 붙든 채 힘을 풀지 않아 그녀는 한 손으로 가방에서 핸드폰을 꺼내 아이의 둥근 머리통 바로 뒤로 해서 눈앞으로 들어올린다. 손바닥이 아이의 엉킨 곱슬머리를 스친다. 두피에 시럽이라도 문질러댄 것처럼 머리카락 뒤쪽이 언제나 헝클어져 있다. 그녀는 엄지로 화면을 문지른다. 그리고 얼어붙는다. 경찰에게 전화해야 할지, 폴에게 전화해야 할지 아직도 확신이 서지 않는다. 경찰은 이미 여기 와 있는 게 분명하고, 그녀에게 할 질문도 있을 것이다. 하지만 그녀가 듣고 싶은 건 폴의 목소리다.

그때 폴이 보내둔 문자메시지가 보인다. 그녀는 회색 바탕 위 검은 글씨의 메시지를 응시한다. 네모난 말풍선이 너무도 익숙하다.

오늘 오후에 동물원 간 거 아니지? 연락 줘, 빨리.

폴은 그들의 행선지를 모른다. 보통은 그녀가 링컨을 카시트에 태워 안전벨트를 채울 때 오후 행선지가 발표된다. 그때까지는 그녀도 목적지를 모른다. 폴이 지금 이런 질문을 하는 건 분명 뭔가 알고 있기 때문이다.

그녀는 답장을 쓴다. 전화를 걸어야겠다는 생각도 들지만 엄지손가락들이 자동적으로 답장을 쓰기 시작한다. 습관이다.

아니, 동물원 맞아. 무슨 일이 일어나는 건지 알아? 우린 지금 호저 우리에 숨어 있어.

남편이 호저 우리의 위치를 알 리 없다. 그녀만큼 자주 동물원에 오지 않으니까. 그녀가 덧붙인다.

유인원관 안이야.

그녀는 '전송'을 누르고, 즉시 두번째 메시지를 쓰기 시작한다.

경찰 불러. 출입구에서 시체들을 봤어. 무장괴한이야.

다시 한번 그녀는 '전송'을 누른다. 메시지 순서가 어딘지 잘못됐다. 뒤죽박죽이다. 하지만 글자를 입력하는 엄지손가락을 멈출 수가 없다. 엄지손가락의 움직임을 보는 게 좋고, 저절로 엮여 문장을 이루는 글자들을 보는 게 좋고, 화면의 빛이 좋다. 글자를 입력하는 한 존재하는 건 단어들로 가득찬, 차곡차곡 쌓인 푸른 도형들뿐이다.

우린 괜찮아. 아주 안전해. 그러고는 그녀의 엄지손가락이 멈춘다. 또 무슨 말을 할 수 있을지 생각한다.

링컨의 머리카락이 그녀의 팔을 간지럽힌다. 아이가 슬슬 몸을 움직이며 꿈틀거린다. 그녀는 숨을 죽이고 콧노래로 〈에델바이스〉를 부른다. 그녀와 폴이 매일 밤 링컨에게 불러주는 자장가다. 콧

노래가 너무 빠르고 소리도 높다. 빨리감기 한 노래 같다.

그녀는 다른 뭔가를 입력해야 한다. 초조한 듯 손가락들이 허공을 가볍게 두드려댄다.

"핸드폰 왜 봐?" 그녀의 어깨에 목소리가 막힌다.

"아빠야." 바로 그때 폴이 또다른 메시지를 보내온다.

이거 읽어봐. 지금 전화할게. 사랑해.

메시지 아래에는 링크가 있다. 그녀는 글자와 숫자 아래에 그어진 푸른 줄을 힐끗 본다. 그때 전화벨이 울리면서 너무 시끄럽게 딸랑거린다. 진동으로 바꿔놓아야 한다는 생각을 미처 못했던 것이다. 그녀는 즉시 전화를 받는다.

"얘기 못해." 왠지 전문가 같은 목소리다. 마치 회의가 한창이기라도 한 것처럼. 어디서 나온 목소리인지 잘 모르겠다. "조용히 있어야 돼. 그놈들이 어디 있을지 몰라."

앞서 메시지를 보낸 것도 습관 때문만은 아니었을지 모른다. 어쩌면 그녀의 일부는 나머지 부분이 방금 깨달은 사실을 이미 알고 있었을 것이다. 핸드폰은 위험요소다. 소음을 낸다. 핸드폰에 대고 이야기를 하면 그것도 소음이 된다. 소음이 그놈들을 데려올 것이다.

단순하기까지 한 문제다. 제대로만 생각하면 모든 게 완벽하게 말이 된다.

그녀가 다시 입을 연다. "우린 괜찮지만……"

말을 마치기도 전에 남편이 입을 연다. 그의 목소리가 너무 시끄럽다.

"무슨 일이야?" 그가 묻는다. "같이 있는 사람은 있어? 경찰은 봤고? 링컨은 괜찮아? 안전하다니 무슨 뜻이야? 그 사람들이 당신한테 올 수도 있어? 세상에, 함께 있지 못해서 미안해, 여보…… 너무 미안해……"

그녀는 남편이 떠들어대도록 내버려둔다. 그녀의 목소리를 듣고 싶어하는 남편의 마음을 이해하고, 자기에게도 똑같은 마음이 있다고 생각한다. 하지만 그의 목소리는 함께 있다는 느낌을 주지 못한다. 오히려 남편이 더 멀리 있는 듯한, 아니, 그녀가 더 멀리 있는 듯한 느낌이 든다. 그녀의 일부가 그를 향해 둥실둥실 동물원 밖으로, 그녀가 아는 삶 속으로 떠가는 것만 같다. 하지만 그녀는 어디로도 떠가고 싶지 않다. 그럴 수 없다. 그녀는 여기, 온전히 여기에 있어야만 한다. 지금 이 순간, 그녀는 남편을 위로할 수 없다.

"우린 괜찮아." 그녀가 속삭인다. 아직도 무슨 변호사 같은, 흡사 CEO 같은 목소리다. 그런 사람들이 목소리를 죽이는 경우가 있는지는 모르겠지만. "숨어 있어."

"뭔가 봤어?" 그가 묻는다.

"사랑해." 그녀가 말한다. "우린 괜찮아. 근데 통화는 못해. 집중해야 해서. 멀리서 어떤 남자를 봤어. 그게……" 그녀는 링컨의 정수리를 힐끗 내려다본다. "출입구에서 총격이 있었는데 그 직후에 내가 근처를 지나갔어. 그다음엔 링컨이랑 도망쳐서 숨었고. 내가 아는 건 그게 전부야. 전화는 다시 하지 마. 안전해지면 내가 걸게."

"내가 911에 전화해서 경찰한테 당신이 호저 우리에 있다고 말할게." 남편이 말한다. 말소리가 헐떡이는 숨소리에 섞여 나온다. 가파른 언덕을 올라 사무실로 갈 때, 뭐든 그 순간 머리에 맴도는 노래로 그녀에게 세레나데를 불러주는 그 목소리다. 남편은 언제나 노래를 부른다. 남편은 그녀가 웃으면서 먼저 전화를 끊으리라는 걸 안다. "사랑해. 링컨한테도 전해줘. 안전하게 있어야 돼."

그녀는 전화를 끊고 링컨에게 얼굴을 돌린다. 그녀에게 몸을 기댄 아이는 불편한 듯 안절부절못한다. 다리를 버둥거리며 운동화 신은 발로 그녀의 옆구리를 파고든다. 그녀는 아이의 양쪽 겨드랑이 아래로 두 손을 미끄러뜨려 넣고서 아이가 몸을 돌려 두 발을 몸 아래에 두도록 도와준다. 아이가 일어서자 그녀는 아이의 허리에 한 손을 두른다.

"아빠였어." 그녀가 속삭인다.

아이는 뒤쪽 바위에 기댄다. "알아."

"귓속말로 하자." 그녀가 말한다. "아빠가 사랑한대."

"아빠가 사랑하는 거 알아."

"조금만 조용히."

"응." 아이가 속삭인다.

아이가 다시 양무릎을 튕겨댄다. 두 발은 가만히 있지만 온몸이 통통 튄다. 어깨는 깐닥거리면서 팔다리가 풀린 기이한 춤이다.

하늘이 분홍색으로 물들기 시작한다. 기다란 라벤더색 띠가 나무 꼭대기를 가로지른다.

"우리 아가 의젓하네."

"나쁜 놈이 지금 쫓아오고 있어?"

"엄마도 몰라." 그녀가 말한다. "하지만 그렇더라도 여기서는 우리를 못 찾을 거야."

아이는 계속 몸을 튕겨대며 고개를 좌우로 돌려 새로운 풍경을 인지한다. 늘 그렇듯 호기심에 차 있으면서도 신중하다. 링컨의 눈이 사방으로 쏘다니는 동안 두 발은 굳게 서 있다. 그녀는 그 둘의 싸움을 지켜본다.

호기심이 이긴다. 아이는 손가락질을 하며 건물의 벽돌 벽 쪽으로 한 걸음을 뗀다.

"저기 물그릇 있다." 아이가 말한다. "머들스 그릇하고 똑같네."

"그러네." 그녀가 맞장구친다.

그녀는 주변의 풀을 다시 훑어본다. 우리 주변에는 링컨이 발견한 깨지고 말라비틀어진 플라스틱 그릇 말고도 여러 엉뚱한 물건들이 흩어져 있다. 오른쪽으로 좀 떨어진 곳에는 잉크 펜이, 난간 더 가까이에는 반짝이는 헤어밴드가 보인다. 철제 울타리 근처에는 흰 양말이 보이는 것 같다.

"물그릇은 호저가 쓰는 거야?"

"그런 거 같아."

"호저가 물을 마셔?"

그녀는 손으로 아이의 입을 틀어막는 상상을 한다. 아이를 꽉 끌어안고서 완벽하게 가만히, 완벽하게 조용히 있으라고 명령하는 상상. 마음은 굴뚝같지만 그것이 통하는 시나리오는 떠오르지 않는다. 말을 못할 정도로 심하게 겁을 주면 아이는 아마 훌쩍이기 시작할 것이다.

"쉿." 그녀가 다시 말한다. "조금만 더 조용히 말해. 물은 모두가 다 마셔."

"모두가 다?" 아이가 속삭인다.

"모두가 다." 그녀가 다시 말한다.

"그럼 호저가 저 그릇에서 물을 마신 거야?" 아이가 더 가까이 다가와 그녀의 오른쪽 옆구리에 몸을 붙이며 말한다. "그런 다음에 이 바위 옆에 앉은 거야, 우리처럼? 남자였을까? 아니면 여자?"

링컨에게서는 어떤 공포의 징후도 보이지 않는다. 푸른 두 눈이 크고 휘둥그렇긴 하지만 그 눈이야 항상 그렇게 크고 휘둥그렇다. 아이는 편안하게 그녀에게 몸을 기대고 있다. 호저의 집에 들어와서 오히려 조금 신이 나는 모양이다. 물론 아이는 정말로 두려운 게 뭔지 전혀 모른다. 아이는 '척 E. 치즈*'의 생쥐 마스코트와 '칙필레**'의 암소 마스코트를 두려워한다. 지난주에는 우연히 텔레비전에서 히스 레저가 나오는 〈배트맨〉을 봤다. 엄청나게 마음이 불편해지는 영화였는데, 링컨은 옛 1960년대 판에 나온 조커가 더 무섭다고 우겨댔다. 아이는 배트맨이라면 모르는 게 없는 전문가다.

아이는 가끔씩 확성기에서 나오는 예상치 못한 목소리에 울음을 터뜨리고, 서커스 단장이 끔찍하다고 생각한다. 하지만 지금은 오

---

* 미국 피자 체인점.

** 미국 닭 요리 체인점.

른손의 물사마귀를 뜯으며 조용히 노래하고 있다. "우리의 조지아에 영광, 영광!/우리의 조지아에……"

그렇지만 침착하고 둥근 얼굴 뒤에서 무슨 일이 벌어지는지 알 방법은 없다. 그녀가 설명 비슷한 것이라도, 일종의 계획이라도 알려줘야 한다. 아이는 원래부터 예측 가능한 일정을 좋아했다. 화요일은 어린이집 음악의 날, 수요일은 스페인어 날, 목요일은 그림 교실, 폴이 데리러 가는 수요일을 빼면 매일 그녀가 가고, 일요일 밤에는 저녁식사로 중국 요리를 주문하고, 토요일 아침에는 한 시간 내내 만화를 볼 수 있다. 링컨은 그런 계획을 아는 걸 좋아한다.

무슨 일이 일어날지 아는 걸 좋아한다.

"자." 그녀가 속삭인다. 아이의 손가락이 그녀의 아래턱을 스친다. 아이는 거기에 난 주근깨를 다시 확인하는 걸 좋아한다. "다 괜찮아질 거야. 여기 있으면 우린 안전해. 전투 끝에 나쁜 놈들이 감옥으로 잡혀가는 이야기에서처럼 말이야. 그냥 여기 앉아서 나쁜 놈들이 가버릴 때까지만 잠시 조용히 있으면 돼."

아이가 고개를 끄덕인다.

"나쁜 놈 이름은 뭐야?"

"엄마도 몰라."

"이름이 있어?"

"그럼. 모든 사람은 이름이 있어. 그냥 엄마가 모르는 거야."

아이는 다시 고개를 끄덕이며 물사마귀로 시선을 돌린다. 그녀는 바위에 몸을 붙이고 두 다리를 바짝 당긴 채 한 손은 계속 아이의 다리에 대고 있다. 그리고 등뒤를 힐끗 본다. 배치된 바위 덕분에 그들은 유인원관에서 접근해오는 모든 시선으로부터 완전히 가려져 있다. 그녀는 머리를 위로 젖힌다. 나무 꼭대기들과 하늘뿐이다. 그들이 목격될 가능성은 없다.

이어 그녀는 우리 둘레의 울타리를 살피며 왼쪽에서 오른쪽으로 훑어본다. 우리 너머에는 여태 주의를 기울이지 않았는데, 지금은 철제 울타리를 따라 나 있는 덩굴이 필요한 만큼 빽빽하지 않다는 생각이 든다. 그 너머로 다른 우리의 뒤쪽이 부분적으로 보인다. 그녀는 동물원 지도를 애써 떠올려보며 보이는 건 아프리카관의 일부일 게 틀림없다고, 더이상 쓰지 않는 폐쇄된 우리일 수도 있지만 코뿔소 우리일 가능성이 가장 높다고 생각한다. 그 우리의 울타리를 따라 대나무가 빽빽하게 자랐고, 그 너머로는 아무것도 보이지 않는다. 덩굴의 또다른 틈새 너머로는 기찻길의 레일 몇 개가, 그 옆에는 곡선을 그리며 멀어질 뿐 어디로 이어지는지 알 수 없는 아스팔트길이 보인다. 일반 관람로의 일부일지도 모른다. 외부 관람로에서 호저 우리를 본 적은 한 번도 없지만 말이다. 사육사들만 사용하는 뒷길일 수도 있다. 사실 중요한 문제는, 그 길을 따라 걸어오는 사람이 두 사람을 볼 수 있느냐는 것뿐이다.

담쟁이덩굴의 틈새가 그렇게 크지는 않은 것 같다.

지금은 불안한 소리가 전혀 들리지 않는다. 발소리도, 총성도. 사이렌 소리도 없다. 그녀는 왜 사이렌 소리가 더이상 들리지 않는지 궁금하다.

그녀는 문득 폴이 보내준 링크를 확인하지 않았다는 생각이 들어—그런 데 정신을 팔 여유가 없었다—핸드폰을 집어들고 엄지

손가락으로 화면을 문지른다. 지역 뉴스 사이트를 클릭하자 홈페이지 화면을 두 개의 짧은 문단이 긋고 지나간다. 그녀는 '총격'과 '남성 한 명', '사상자 다수 발생 추정' 등의 문구들을 빠르게 훑는다. 그리고 단신의 마지막 문장. "경찰이 현장에 출동해 있다."

마지막 문장이 남긴 공허함에 극도로 화가 난다. 그 문장은 그녀에게 아무것도 말해주지 않는다. 경찰이 와 있다고? 주차장에, 아니면 겨우 몇 미터 떨어진 곳에? 헬리콥터를 타고 하늘에서 낙하하고 있는 건가? 십여 명이, 아니면 백여 명이?

링컨이 다시 그녀를 밀치며 풀려난다. 아이도 다리를 뻗을 필요가 있다는 생각에 내버려둔다. 몇 걸음 걸어가자 그녀가 아이의 셔츠를 다시 잡아당긴다.

"가까이 있어." 그녀가 말한다. "경찰이 올 때까지 가만히, 조용히 있어야 돼."

"경찰이 우리한테 오고 있어?"

그녀는 그 부분을 이야기하는 걸 잊어버렸다.

"응." 그녀가 말한다. "우리는 경찰이 동물원에 도착해서 총을 든 사람을 잡을 때까지 기다릴 거야. 그런 다음 경찰이 와서 우리한테 집에 가도 된다고 말할 거고. 하지만 아주 조용히 있어야 돼. 나쁜 놈이 우리를 보면 안 되니까. 숨바꼭질 같은 거야."

"난 숨바꼭질 싫어."

"귓속말로 해야지." 그녀가 다시 말한다.

"난 숨바꼭질 싫어." 아이가 귓속말이라고 할 만한 목소리로 말한다.

"혼자 숨는 게 싫은 거지." 그녀가 다시 알려준다. "이번엔 엄마가 너랑 같이 숨잖아."

아이는 풀이 돋아 있는 흙에 발을 끌고 다니며 신발부리를 걷어차 작은 먼지구름을 띄운다. 잠시 동안 아무 말도 하지 않고 땅에 끌리는 자기 발만 지켜본다. 그리고 바위를 손으로 쓸어내린다.

"남바 남바 남바 남바 남바." 아이가 노래하기 시작한다. 처음 다섯 음절이 지난 뒤에야 그녀는 미시간 스테이트의 응원가를 알아듣는다. 링컨이 부르는 노래에는 종종 가사가 없다. 아이는 머리꼭대기까지 소리와 동작으로 가득차 있고, 둘 중 하나는 언제든 가장자리로 흘러넘치려 한다. 보통은 나쁜 일이 아니지만 지금은 그 때문에 공포심이 표면까지 끓어오른다.

그녀는 앙다문 이에 힘을 푼다. 앙다물고 있었다는 걸 깨달은 것도 턱이 욱신거리기 시작해서다.

"남바 남바 남바 남바." 아이가 계속 반복한다. 음정이 완벽하게 맞는다.

"너무 커." 그녀의 목소리 역시 너무 크다.

그런 반응을 예상하고 있었다는 듯 아이가 고개를 끄덕인다. 이미 그녀의 어깨 너머 무언가를 응시하고 있다. 아이는 한 발을 딛고 서서 균형을 잡는다.

"있잖아." 아이가 건물 쪽으로 머리를 기울이며 속삭인다. "저거 비니야."

"비니?" 그녀가 따라 말한다.

아이는 팔을 들어 벽에서 튀어나온 수전을 가리킨다. "응."

"저 수도꼭지처럼 생긴 거?"

"응. 저건 수도꼭지가 아니야. 비니가 수도꼭지처럼 생긴 거야."

"엄마도 궁금하네."

"비니 얘기?"

"응."

그녀는 이제 이를 앙다물고 있지 않다. 너무 세게 숨을 몰아쉬지도 않는다. 자신의 소리가 완전히 정상이라고 생각한다. 더는 변호사처럼 말하지 않고 있는 게 거의 확실하다. 그녀는 말을 할 때마다 노력한다. 모든 단어가 반드시 침착하고 편안하게 들리도록, 머리를 쥐어뜯으며 비명을 지르고 울부짖기 일보 직전의 미친 여자가 아닌 링컨의 엄마 같은 목소리를 내도록.

아이는 가까이 다가오면서도 앉지는 않는다. 근처에 맴도는 미친 여자의 존재를 느끼는 건지도 모른다.

"음." 아이가 말한다. "비니는 머리랑 긴 코랑 상아가 있어. 몸이 길고 다리엔 털이 복슬복슬해."

"그리고?" 그녀가 속삭인다.

"입은 없어. 코로 먹고 눈으로 냄새를 맡아. 혀도 절대 없고."

"그런데 동물원에 살아?"

"응." 아이가 말한다. "동물원에만 살아. 야생 비니는 들어본 적 없는데."

"위험하니?" 그녀는 묻고 나서야 그러지 말았어야 했다는 생각이 든다. 아이의 주의를 다른 데로 돌리려고 애쓰는 중이니 나쁜 것들이 도사리고 있다는 생각을 상기시킬 필요가 전혀 없다.

아이는 신경쓰지 않는 듯하다.

"위험한 것도 있어."

"저건 위험한 거야?" 그녀가 수전 쪽을 보며 묻는다.

"아니." 아이가 말한다. "저건 기어올라가는 종류야. 비니는 나무에서 나무로 기어다니는 걸 좋아하는데, 올라갈 수 없으면 땅을 기어다녀. 어떤 비니는 풀로 돼 있어. 어떤 건 식물이나 속옷으로 돼 있고. 아니면 고기나."

그녀는 그 문제를 생각해본다. 일부러 미소를 짓는다. 보통이라면 그렇게 했을 테니까.

그녀는 이렇게 뭔가를 지어내는 아이의 모습을 좋아한다. 한번은 아이가 호텔 로비에서 그녀를 올려다보며 이렇게 큰 소리로 알렸다. 내 주머니에 작은 여자애가 두 명 있어. 아주 작은 여자애들인데 한 명은 루시고 다른 애는 파이어맨이야. 자기가 가진 모든 동물인형이, 아무도 바지를 입지 않는 교회에 갔다고 말한 적도 있다.

이건 좋은 일이라고, 그녀는 생각한다. 덕분에 공포가 자리를 빼앗긴다.

"그런데 비니들이 수도꼭지처럼 생겼어?" 그녀가 말을 유도한다. 아주 조용한 목소리로. 그녀도 자신이 이렇게까지 조용히 말할 수 있는지 몰랐다.

"비니는 육식동물이야." 그게 질문에 대한 답이라는 듯 아이가 속삭인다. "파충류이기도 해. 근데 하마랑도 비슷하고…… 공격적일 수 있으니까."

그녀는 아이와 보던 책 어디에 '공격적'이라는 단어가 나왔는지 떠올리려 애쓴다. 악어 책이었나? 아니면 고대 그리스인 책? 그때 허벅지에서 핸드폰이 진동한다. 그녀는 핸드폰 불빛을 손바닥으로 가리고 남편의 문자를 읽는다.

못 견디겠다. 확인할 수밖에 없었어. 뭐라고 말 좀 해봐.

그녀는 핸드폰을 쥔 손에 꽉 힘을 넣는다. 뻔하다. 폴은 끔찍한 일들을 상상하고 있다. 항상 최악의 일을 상상하면 놀라더라도 기분좋게 놀랄 일밖에 없어요. 사귀기 시작했을 때 폴은 그녀에게 말했다. 그녀는 여태 들어본 것 중 제일 멍청한 말이네요, 라고 했다. 가끔은 그런 폴의 단호한 비관주의가 두 사람만의 농담거리가 된다. 하지만 지금은 그렇지 않다. 지금 폴의 비관에는 정당한 이유가 있다.

괜찮아. 그녀가 입력한다. **우린 정말로 안전한 곳에 있어. 내가 책임지고 계속 안전하게 있을 거야. 경찰은 아직 동물원에 안 들어왔어?**

몰라. 전화로는 다들 아무것도 안 알려줘. 차 끌고 동물원으로 가는 중이야.

"저 비니는 못 움직여, 엄마." 링컨이 속삭인다. "저기 저 비니는 하나도 안 움직여."

"엄만 저게 기어오르는 비니인 줄 알았는데." 그녀가 말하는 동시에 메시지를 입력한다.

그녀는 생각한다. 남자 한 명 그리고 경찰 병력 전부. 무장트럭이나 야간 투시경이나 최루가스나 FBI 요원이 있어야 하는 거 아닌가? 첫번째 총성을 들은 지 적어도 삼십 분은 지났는데.

왜 이렇게 오래 걸린대?

모르겠어. 알아봐야지. 사랑해.

링컨이 뭔가 말한다. 여러 차례 반복한 모양이다.

"뭐라고, 아가?" 그녀가 묻는다.

"예전에는 기어올라갔다니까." 아이가 말한다. "저 비니가 예전엔 기어올라갔다고, 엄마. 예전에는……"

아이의 말을 무시하는 행동은 했던 말을 반복하게 만들 뿐이다.

"그래," 그녀가 빨리 말한다. "그렇구나. 저 비니가 예전에는 기어올랐구나."

아이는 옷깃을 씹으며 수전을 뚫어지게 바라본다.

"죽었나봐."

그녀는 아이를 본다. 핸드폰이 아직 손에서 빛나고 있다.

"엄마 생각엔 아마 잠든 거 같은데."

"아냐," 아이가 말한다. "죽었어. 비니들은 아주 쉽게 죽는단 말이야."

그녀는 화면을 다시 내려다보고 폴에게 나중에 연락하겠다고 한다. 핸드폰이 확실히 진동으로 되어 있는지 대여섯 번 다시 확인한다. 그리고 억지로 핸드폰을 땅 옆에 내려놓고, 다시 한번 아들과 단둘이 된다. 도와줄 사람은 아무도 없다. 죽은 비니뿐.

"엄마 생각엔 자는 거 같아." 그녀가 되풀이한다.

아이가 셔츠를 씹고 옷깃을 물어뜯는다. 보통 때 그녀는 그만하라고 말하지만 이번에는 못 본 체한다.

"목말라." 아이가 속삭인다.

화제가 바뀐 것이 반갑다. 그녀는 핸드백에 손을 넣는다. 물이야

음수대에서 마시면 된다고 고집을 부린 날도 많았는데, 오늘이 그런 날이 아니라서 다행이다.

"여기 홀짝홀짝 있네." 그녀는 그렇게 말하며 빨대컵을 건넨다.

"으으음." 아이가 길게 꿀꺽인 다음 말한다. 윗입술을 따라 반짝이는 축축한 콧수염이 생겼다. "아직도 차갑네."

더 마신다. 턱에서 물이 뚝뚝 떨어진다. 마침내 아이는 빨대컵을 내리고 셔츠로 입을 닦는다.

한 번인가 두 번쯤 그녀는 어른과 이야기할 때도 '음료' 대신 '홀짝홀짝'이라는 말을 썼다. 그들의 집에서는 사전에 있는 모든 단어만큼이나 실제적이고 일반적으로 쓰는 말이다. 링컨과 함께하기 전에는 단어가 아니었던 수많은 단어 중 하나. '깔끔한 개'는 턱받이를 의미했다. 덜렁거리는 개는 음식을 흘리지만 깔끔한 개는 턱받이를 한다는 내용의 책이 있었기 때문이다. 자기 셔츠가 더러워지는 걸 보면 링컨은 깔끔한 개 해도 돼? 하고 묻곤 했다. 손마디는 손가락 무릎이라고 했다. 더 어릴 때, 너무 어려서 아직 '그'라고 할 수도 없을 때에는 단어 아닌 단어들로 이루어진 자기만의 어휘 목록이 있었다. 한동안 아이는 공을 '다dah'라고, 건포도는 '주자zuh-zah'라고 불렀다. 그림을 나타내는 신호는 코를 훌쩍이는 것이었다. 핑거페인팅 대신 코로 그림 그리기를 시도한 적이 있었기 때문인데, 분명히 인상 깊었던 모양이다.

손목을 구부린 채 한 팔을 공중에 찌르는 건 '플라밍고'를 나타내는 신호였다.

달걀을 더 달라고 할 때면 식식대는 소리를 냈다. 쉬이이익. 달갈이 프라이팬에 닿으면 나는 소리처럼 말이다. 아이는 자신만의 언어를 창조했다.

아이가 태어나기 전에는 아주 많은 것들이 존재하지 않았다.

케일린에게 한 가지는 분명했다. 이건 엄마 잘못이었다. 엄마가 핸드폰을 빼앗지만 않았어도 모든 게 달라졌을 것이다. 케일린은 여기 서서 경찰이나 아빠나 다른 누구에게든 전화를 걸었을 것이다. 틀림없이 다들 그녀의 소식을 듣고 싶어 죽을 지경일 테니. 같은 학교의 빅토리아가 자동차 사고를 당해 뇌진탕이 온 후 엄청나게 많은 메시지를 보냈던 게 생각났다. 그때도 모두가 무척 걱정했다. 동물원 비품 창고에 갇히는 일에 비하면 그쯤이야 아무것도 아니었다.

아니, 터무니없는 기대다. 사흘 연속으로 늦잠을 자 카풀을 놓치는 바람에 엄마가 학교까지 태워다주어야 했다는 이유로, 겨우 그런 이유로 핸드폰을 빼앗겼다. 엄마는 이 모든 일에 심한 죄책감을 느낄 것이고, 어쩌면 케일린에게 아예 최신형 핸드폰을 사줄지도 모른다.

그런 생각을 하자 기분이 좋아지려고 하지만 많이는 아니다. 손에 닿는 강철 문은 단단하고 차갑다. 문의 매끄러운 금속성 감촉이 마음에 들어 손자국을 남기듯 손가락을 뻗는다. 손은 케첩이 묻어 끈적거린다.

이곳에는 케일린 혼자다. 핸드폰이 있으면 절대 혼자가 아니지만.

세번째로 지각한 날 케일린은 침실 창문으로 밖을 내다보았다. 다른 여자애들이 탄 카풀 차량이 진입로에서 후진해 나가는 게 보여서 그들을 잡으려고 계단을 달려내려갔다. 걔들이 그렇게 빨리 떠난 건 케일린 잘못이 아니었다. 그런 건 지각으로 치면 안 된다. 하지만 엄마는 신경쓰지 않았다.

케일린은 빗장을 슬며시 움직여 문을 조금 연다. 아주 가느다란 실금 같은 공간 너머를 내다본다. 아무것도, 아무도 없다. 얼굴에서 머리카락을 쓸어내고 동물 크래커를 한입 베어 문다. 기린이다. 설탕 덕에 입안의 텁텁한 맛이 가신다. 양파튀김이나 감자튀김이었다면 더 좋았겠지만.

음식은 언제나 도움이 된다.

아빠는 혼자 있기 싫어하는 케일린을 놀려댄다. 텔레비전을 보는 아빠의 휴식 공간이든, 엄마가 조리대를 청소하는 부엌이든, 꼭 다른 사람이 있는 곳에서 숙제를 하려 든다고 말이다. 아빠는 케일린이 자기 침실에서조차 혼자 있기 싫어한다고 말하는데 아마 맞는 말일 것이다. 첫째니까 지하실로 짐을 옮겨도 좋다는 얘기를 들은 뒤에도 케일린은 여동생과 같은 방을 썼다. 어쨌든 그녀는 잠들려고 애쓸 때 누군가의 숨소리가 들리는 게 좋다.

엄마가 여기 있었으면 좋겠다는 생각이 든다.

괜찮다. 그녀는 상상할 수 있는 한 가장 안전한 장소에 있다. 누구라도 돌아오면 이 문을 걸어잠그면 된다. 놈들은 절대 그녀에게 이르지 못할 것이다. 겁을 먹는 건 멍청한 일이다. 아빠라면 무서워하지 않았을 텐데. 어렸을 때 아빠는 권총을 들고 숲으로 가 동물들을 쏘고 배를 따 안에 무엇이 있는지 살펴보았다. 타오르는 모습을 보겠다는 생각만으로 의자에 불을 질렀다. 아빠는 가만히 앉아서 꿈만 꾼 적이 없었다. 항상 뭔가를 해냈다.

케일린은 자기도 뭔가 해내는 사람이기를 꿈꿨다.

동물 크래커를 하나 더 먹는다. 사자다.

마거릿은 걷는 속도를 헤아려 언제나 오후 다섯시 십분이면 코끼리 구역에 도착한다. 보통은 사육사들이 배식용 울타리로 나가 큰 소리로 동물들에게 외치며 앞으로 갔다 뒤로 갔다 무릎을 꿇었다 발을 들라고 명령하는 시간이다. 하루를 마무리하는 그 의례가 관절이나 발굽의 문제를 확인하기 위해 고안된 것이라고 사육사들은 말한다. 그러나 마거릿은 그들이 과시를 즐긴다는 의심이 든다.

어쨌든 그녀는, 동물원의 다른 사람들은 그런 게 있는지조차 모르는 그 무료 서커스 공연을 보는 걸 좋아한다. 조깅복을 입고 쇼핑몰을 빙빙 도는 것으로 운동을 대신하는 불쌍한 늙은이들은 대체 뭐에 홀려서 그러는지 이해할 수가 없다. 그녀는 매주 월요일, 수요일, 목요일에 이곳에 와 가능한 한 활기차게 정확히 한 시간을 걷는다. 의사가 권한 그대로다. 그녀는 언제나 사육사들이 금속과 벽돌로 된 건물로 코끼리들을 데려가기를 기다렸다가 주차장으로 돌아간다.

마거릿은 늦는 법이 없지만 사육사들은 그렇지 않다. 가끔은 그녀가 도착했는데도 혼란스러워하는 코끼리 두어 마리만 나와 있고 우리는 비어 있을 때가 있다. 그 코끼리들이 사육사들보다 믿음직스럽다. 사육사들은 실제 자신의 업무보다 요가나 내면의 평화에 더 신경쓰는 밀레니얼 세대*가 아닌가 싶다.

그러니까 오늘, 눈앞의 우리가 비어 있는 걸 보고 놀란 것도 사람이 없어서라기보다는 코끼리가 없어서이다. 저멀리 조경해놓은 사바나를 가로질러 느릿느릿 이동하는 녀석들이 보인다. 평소와 다르다. 그녀는 대형 철제 이동장의 그늘 아래 서서 몇 분간 기다린다. 헤드폰은 벗지 않은 채—퍼트리샤 콘웰의 소설이 끝날 때까지 겨우 두 장章 남았으니까—코끼리를 어떻게 운송하는지 궁금했던 적 없으세요? 라고 쓰인 상자의 표지판을 올려다본다.

그녀는 결국 헤드폰을 벗고 MP3 플레이어를 주머니에 집어넣는다. 즉시 뭔가 잘못되었다는 걸 느낀다. 긴장이 되지만 또렷한 이유는 없다. 자신의 신경을 거스르는 게 그저 침묵과 고요뿐이라고 생각한다. 마거릿은 문득 자신이 시간 가는 걸 잊고 있었을지도 모른다는 생각이 들어 손목시계를 확인한다. 하지만 아니다. 폐장까지는 아직 몇 분이 남았다.

보통 이 시간이면 출구를 향해 뿔뿔이 움직이는 다른 방문객들

* 1980년대 초반에서 2000년대 초반에 태어난 세대.

이 보이는데, 오늘은 아무도 보이지 않는다.

하긴 그녀가 코끼리 구역 가장자리의 꽤나 가파른 경사로 맨 아래에 서 있긴 하다. 솟아오른 언덕을 앞에 둔 채 오른쪽의 철제 이동장 사이에 있으니 시야가 별로 좋지 않다. 그녀는 언덕을 오르기 시작하며 긴장을 떨쳐보지만 꼭대기에 이르기도 전에 두 차례 빠른 소리가 들린다. 정전기가 작게 터지는 소리, 혹은 천둥 치는 소리. 거의 동시에 목소리가 들린다. 높고도 단일한 음정. 비명이라고는 못하겠다.

그녀는 한 걸음 더, 테마 식당 파빌리온의 억새지붕이 보일 정도로만 내디딘다. 빠르게 다가오는 발소리가 들린다. 왠지 모르게 그녀는 몸을 돌리고서 다시 언덕을 내려가며 아픈 무릎이 꺾일 정도로 방향을 튼다. 통증을 무시하고 서둘러 대형 철제 이동장의 틈을 지난다. 내부는 생각보다 어둡다.

벽에 몸을 바싹 붙이자 팔에 차가운 금속이 와닿는다. 바보 같은 기분이 들지만 그녀는 그림자 속으로 더 깊이 발을 들여놓고 두 눈으로 이동장의 틈을 주시한다. 코끼리 우리의 모래를, 바뀌지 않는 그 모습을 지켜본다. 더 많은 발소리에 이어 숨죽인 목소리가 들린다. 그리고 발소리가 빨라진다. 누군가 금속이나 유리를 달카닥거리는 소리가 들린다. 문이 쾅 하는 소리. 더 많은 파열음.

코끼리들도 폐소공포증을 느끼는지 궁금하다. 그녀는 피부에 닿아 서늘하게 느껴지는 목걸이의 터키석을 만진다. 터키석을 산 이유는 자신의 플리스*와 색깔이 정확히 같기 때문이다. 그 완벽한 조화가 지금까지도 만족감을 준다.

몇 분이나 흘렀는지 모르겠다. 그녀는 움직이지 않았다. 어떤 상황에서도 성급하게 행동하지 않는다. 그녀는 문제의 맥락을 충분히 고려하는 편을 좋아한다. 그런 방법은 잘 통했다. 흰머리가 보이지 않도록 꿀 빛깔 금발로 밝게 염색할 때에도, 지붕에 문제가 있는 예쁘장한 아르데코식 작은 집 대신, 새로 지었지만 별다를 특징이 없는 연립주택을 살 때에도. 딸이 자기 애한테 홈스쿨링을 시키겠다고 결정했을 때 입을 닫는 데에도 도움이 되었다. 홈스쿨링이라니 세상에, 아이들도 얼마든지 사회생활을 해낼 수 있는데 말이다.

마거릿은 딸의 얼굴을 떠올린다. 외출을 할 때에도 립스틱을 바르지 않겠다고 고집을 부려 언제나 피곤해 보이는 그 얼굴.

각다귀가 철제 이동장 안으로 불쑥 들어와 어둠 속에서 길을 잃는다. 꽤 오랫동안 아무런 소음도 들리지 않았다. 잠깐 동안은 지나치게 현실적이던 무언가가 이제는 일종의 공황발작이었던 것처럼 느껴진다. 조기 알츠하이머나 뇌종양일까 하는 익숙하고도 의학적인 걱정이 든다. 달리는 소리나 멀리서 들리는 비명은 온갖 방법으로 설명할 수 있다. 십대들일 가능성이 높다. 이미 동물원에 갇혔으니, 그녀를 얕잡아 보는 직원과 마주해야 할 운명인지도 모른다. 더이상은 이 거대한 상자 속에 숨어 있을 수 없다.

그녀는 밖으로 나온다. 태양이 가로수 뒤로 사라진 게 눈에 띈다. 천천히 언덕 꼭대기로 올라가며 무릎에 힘을 풀 기회를 준다.

---

* 양모, 또는 양모로 만든 옷.

무릎에는 가만히 서 있는 것이 최악이다. 늘 똑같은 전시관들—오른쪽으로 좀 떨어진 곳의 놀이터와 유인원관에서 밧줄 그네를 타는 원숭이들—말고는 아무것도 보이지 않는다.

그녀는 예민한 늙은 여자가 되고 말았다.

인도를 내려다본다. 사하라 스낵헛이었던가? 이름이야 어쨌든 그리로 향한다. 고무 밑창이 콘크리트 바닥에 닿는 소리가 들리고, 공기에서는 이상한 연기 내음 같은 게 난다. 그녀는 실수로 땅에 놓여 있던 유아용 컵을 찬다. 식당 파빌리온의 억새지붕 아래를 지나 그늘에서 나오자마자 열대식물 덤불 너머로 움직임이 보인다. 자판기가 시야를 가린다. 바람에 움직이는 식물이었을 수도 있지만 다른 관람로의 사람이었을지도 모른다. 직원일까? 그 사람을 만나는 편이 좋을 것이다.

그녀는 콘크리트 길을 가로질러 콜라 자판기 쪽으로 걷기 시작한다. 자판기로 가는 길에는 식당으로 들어가는 문이 먼저 나온다.

그 앞을 지날 때에야 그녀는 문이 있다는 걸 알아차린다.

그 문이 열릴 때에야 비로소 알아차린다.

안에서 불쑥 손이 나와 그녀를 뒤로 당기고 있다는 걸.

마크를 잃어버렸다. 로비는 이제 뭘 해야 할지 모르는 채 혼자 여기 서서 돼지들을 바라보고 있다. 마크라면 당연히 뭘 해야 할지 알 것이다. 그냥 사라져버렸을 리는 없다. 그렇더라도 마크는, 너무 조용하다. 그게 문제다. 그는 눈에 띄지 않게 슬쩍 멀어질 수 있다.

로비한테 너무 조용하다는 말을 하는 사람은 아무도 없다.

첫번째 총격이 허공을 가르며 산산이 흩어졌을 때 그와 마크는 호수 옆에서 서로의 곁에 서 있었다. 실제 총알은 볼 수 없었지만 벽돌 파편과 앵무새 서식지의 나뭇잎이며 나뭇가지 조각들이 보였다. 깃털, 밝은 색깔의 깃털도. 공기는 휘돌며 밀려왔는데, 속도만 더 빠를 뿐 폭풍 한가운데와 똑같았다. 총으로 공기를 그렇게 만들 수 있다고 말해준 사람은 아무도 없었는데 말이다. 알아들을 수 없는 비명과 수많은 사람들의 이름을 외치는 소리—“엘리자베스!”—도 계속해서 들렸다. 그 모든 것 때문에 잠시 얼어붙기도 했지만 이내 그와 마크는 아직 움직일 수 있는 몇몇 사람을—그때쯤에는 땅 위에 여남은 명이 얼굴을 들거나 처박고서 누워 있었다—쫓아 달리기 시작했다. 그는 언덕 위로 돌진하면서 별것 아닌 소리를 속삭이는 한 여자를 밟고 넘었다. 둘은 언덕 꼭대기의 식당에 들어가려 했으나 그때는 운이 따라주지 않았고, 이어서 살쾡이 쪽으로 갔을 때에도 마크는 여전히 바로 옆에 있었다. 하지만 곧이어 로비가 어깨 너머를 쳐다보는데 마크가 사라지고 없었다. 그래서 이곳, 멧돼지 옆의 그늘막에 멈춰 섰다. 팻말에는 야생돼지라 쓰여 있지만.

꽤 좋은 장소다. 주변에 벽이 있어 멀리서는 그가 보이지 않지만, 그는 판자 사이의 틈으로 인도를 지켜볼 수 있다. 멧돼지들이 우리 안에서 흙을 킁킁거린다. 엄니가 더럽다. 녀석들은 총과 총알에 신경을 쓰지 않는다. 그건 분명하다.

로비는 계속 움직여야 할지, 여기서 기다려야 할지 모른다. 엉뚱한 사람이 듣지 않기를 바라며 소리쳐야 할까?

그보다는 기다리는 게 더 쉽다. 지켜보는 게. 그는 지켜보기를 잘한다.

그가 잘하는 건 별로 많지 않다. 오랜 옛날의 생일 파티가 생각난다. 떠올리고 싶은 기억은 아니다. 그는 멧돼지에, 놈들의 머리 크기라든지 없다시피 한 짧은 목에 집중하려 한다. 그래, 생일은 생각 안 할 것이다. 하지만 왠지 엉뚱한 신경세포가, 삭제하는 대신 강조하는 세포가 자극된다. 에이든의 파티에 간 날. 엄마는 파티에 가면 스모어*가 나올 거라고 했고 그는 스모어를 좋아했다. 에이든의 엄마는 문을 열어주더니 그를 껴안고 놀이방에 쳐놓은 텐트를 보여주었다.

에이든의 엄마는 예뻤다. 짙은색 머리카락이 아주 길었고 유난히 친절했으며 NFL** 팀 중에서 레이더스의 로고가 가장 무섭다는 그의 의견에 맞장구를 쳐주었다. 기억 속의 그는 에이든의 엄마와 이야기하며 좋은 시간을 보내고 있다. 귀기울여주는 사람이 있다는 건 아주 좋은 일이었고, 다른 아이들은 뭔가를—옷핀과 실로 하는 무슨 낚시 놀이였던가?—하고 있었다. 그때 그는 화장실에 가야 했다. 복도를 다시 걸어오던 그는 에이든 엄마의 말을 들었다.

"너희 모두한테 해줄 얘기가 있어." 그녀가 말하고 있었고 목소리가 아주 심각했다. 그레이엄 크래커***에 초콜릿을 발라 먹는 방법이라면 조금도 놓치고 싶지 않았기에 그는 서둘렀다.

"아줌마는 너희가 로비한테 잘해줬으면 좋겠어." 그녀가 말했다. 그가 문간에 막 들어선 순간, 몸을 벽에 바짝 붙여 모습을 숨긴 바로 그 순간이었다. "로비는 좀 독특할 뿐이란다. 그게 다야."

로비는 자기한테 다른 사람과 비슷한 구석이 별로 없다는 걸 이미 알고 있었다. 하지만 그 단어가 공표되는 걸 듣자 뭔가 달라졌다. 에이든의 엄마는 칭찬처럼 말하려 애썼지만 그건 칭찬이 아니

* 구운 마시멜로와 초콜릿을 크래커 사이에 끼워 먹는 캠핑용 간식.

** 미식축구 리그 '내셔널 풋볼 리그'의 약칭.

*** 통밀로 만든 사각형 비스킷.

었다. 로비는 알고 있었다. 다른 아이들도 모두 마찬가지였다. 그런데 이제는 여기, 친구라고는 멧돼지들밖에 없는 곳에 있다니. 멧돼지는 진흙과 똥을 뒤집어쓴 역겨운 존재다. 오늘만은 달랐어야 했다. 그렇지 않나? 이제야 뭔가의 일부가 되었는데, 제자리를 찾았는데. 아니, 어쩌면 사람들이 그냥 참고 있었던 건지도 모른다. 그동안 계속 이 순간만 계획해온 것일지도 모른다. 아니, 그건 말이 안 된다.

그는 바지에 손을 문지른다. 손가락을 쥐었다 폈다 한다. 두 손이 땀으로 축축하다. 애들 파티에서는 그것도 문제였다. 손을 잡는 게임이 너무 많았다. 애들은 으악, 니 손, 이라고 해댔다. 한번은 어떤 어른까지도 그를 그 땀 많은 애라고 불렀다. 하지만 산들바람이 손바닥을 말려주고 있다. 그냥 여기 서서 발뺌을 할 수는 없다. 생각을 해야 한다. 하지만 그는 느끼는 걸 더 잘한다. 뭐, 딱히 대단하다고는 할 수 없지만 많은 걸 느낀다. 너무 많은 것, 다른 사람들보다 많은 것들을. 가끔 얘기를 해도 사람들은 이해하지 못한다.

주의를 기울여야 한다고 했다. 그는 좌우를 보며 뭐든 움직이는 것에 집중한다. 사람들을 찾아야 한다고 했다. 인도를 따라 저멀리 얼룩말 우리에서 꼬리들이 획획 움직인다. 기찻길. 나무들. 나뭇가지에서 서로를 쫓아 달리는 다람쥐들. 그는 그 모든 것을 보려고 애쓴다.

마크를 잃어버리기 전, 로비는 여기서 나가지 못하면 죽을 거라던 그의 말을 들었다. 다시 멧돼지들을 본다. 달리다가 밟았던, 속삭이던 여자를 생각한다. 그녀는 카키색 동물원 유니폼 차림이었고 셔츠가 거의 정확히 반 정도 검붉게 변해 있었다. 그는 멧돼지들을 보며 그중 한 마리를 애완동물로 키우면 어떨지 생각한다. 다람쥐에 대해서도 똑같이 생각하지만, 그와 동시에 서로를 쫓는 두 다람쥐를 보면서 저게 그냥 놀이일지 아니면 뭔가 심각한 일인 건지 생각한다. 이 다람쥐들은 서로를 어떻게 느낄까?

생각.

생각.

다른 사람들한테도 이렇게 어려운 일일까? 올바른 생각이 가지런히 줄지어 떠오르도록, 한 생각에 다른 생각이 열차처럼 서로 연결되도록 만드는 일 말이다. 그는 언제나 선로를 이탈한다. 그리고 그 느낌이 다시 밀려온다. 마크는 어디에 있을까? 총을 든 사람들이 들어와 쏘아 죽일 때까지 여기 서 있어야 할까? 오늘 동물원에 온 게 여태껏 저지른 가장 큰 실수일까? 멍청했던 걸까? 그는 대체로 멍청하다. 가끔은 그렇다는 확신이 든다. 하지만 엄마는 그런 말을 하면 늘 싫어한다. 엄마는…… 그는 눈을 감고 애써 호흡을 고른다. 왜 이러는 걸까? 왜 항상 마지막에, 너무 늦은 다음에야, 이미 벌어진 일을 없었던 걸로 할 수 있으면 좋겠다고, 처음부터 다시 시작했으면 좋겠다고 생각하는 걸까? 이렇게까지 일을 망친 자신을 증오하면서, 또다시 망칠 걸 알면서 말이다.

멧돼지 한 마리가 바닥에 오줌을 눈다. 역겨운 동물들. 추하고 멍청해 보인다. 애초에 왜 우리에 붙잡힐 때까지 가만히 있었단 말인가?

그는 손에 쥔 총을 든다. 손바닥으로 총열을 고정하고 울타리 너머로 들어올린다. 방아쇠를 당긴다. 그들과 함께 입구로 들어온 후부터 청각은 멀어지고 흐려졌다. 그들 중 누구라도 귀에 끼우는 걸 가져와야겠다는 생각을 했더라면 좋았겠지만 이제는 총성이 그렇게 시끄럽게 들리지 않는다. 그는 정확성 대신 속도를 노려 머리, 배, 꼬리를 겨눈다. 꼬리를 쏘아서 떨어뜨리고 싶다. 사격장에서처럼 50여 미터가 아니라 겨우 2미터 거리다. 게다가 이 표적은 사람들처럼 움직이지도 않아서 그는 자기가 가한 피해에 놀란다. 첫번째 돼지가 찢어발겨져 배에서 흙으로 모든 게 쏟아지고 김이 난다. 두번째 멧돼지도 죽었다. 냄새가 자신에게 다다르기 전에 그는 그 늘막에서 물러난다.

아무도 냄새 얘기는 하지 않았다.

그는 부시마스터 방아쇠에 계속 손가락을 감고 있다. 최고의 총이다. 다시 단단해진 기분이 든다. 그는 생각과 느낌을 통제해냈다. 마크가 손잡이를 조정해야 한다느니, 백 스트랩을 늘리면 사각이 더 줄어들 거라느니 헛소리를 해댄 이유를 모르겠다. 그는 지금 그대로의 총이 좋다. 손에 쥐면 기분좋게 느껴진다.

발소리가 들린다. 그가 돌아선다. 총은 준비되어 있다.

"진정해, 멍청아!" 마크가 소리친다. 몸을 너무 낮게 숙여 거의 무릎을 꿇고 있다. 손에는 글록을 들고 총집에는 스미스 앤드 웨슨을 넣고 있다.

로비가 총을 내린다. "어디 갔었어?"

"사냥하러. 너 바로 내 뒤에 있는 줄 알았는데. 준비됐냐?"

로비는 고개를 끄덕인다.

6:00 p.m.

하늘의 변화에 그렇게까지 관심을 쏟아본 적이 있는지 조앤은 확신이 들지 않는다. 태양이 사라진 직후 나타난 불타는 듯한 줄무늬 하나가 널리 퍼지면서 깊어졌다. 이제는 하늘 전체에 줄이 가 있다. 껍질을 벗겨낸 복숭아색이다. 색채는 점점 강렬해질 뿐이다.

유인원관 내부에서 무슨 소리가 들린다. 뭔가 무거운 게 쾅 부딪치는 소리인데, 문이 닫혔거나 뭔가가 떨어진 듯하다. 풍선 아닌 뭔가가 빵 터지는 소리가 다시 들리더니—그 리듬이 손톱으로 책상을 빠르게 두드리는 것 같다—유리가 박살나는 소리가 이어진다. 깩 하는 높은 소리, 사람 소리가 아니다.

모든 게 조용하다. 음량을 지나치게 줄인 것처럼. 하지만 누군가가 건물 안에서 움직이고 있는 건 분명하다. 자기 소리가 들리는 걸 겁내지 않는 누군가가.

"쉿." 그녀가 링컨에게 속삭인다. "아무 말도 하지 마. 조각상처럼 가만히 있는 거야. 그놈이 오고 있어."

링컨은 그게 누군지 묻지 않는다.

"엄마 안아." 그녀는 아이에게 속삭인다. "눈 감고 사라지는 거야."

그녀도 눈을 감고 싶지만 그러지 않는다. 대신 아이가 숨쉬는 속도에 자신의 호흡을 맞춘다. 아이의 두 손이 머리카락에 엉키며 목을 눌러오는 게 느껴진다. 발끝에서 이마까지, 그녀에게 닿아 있는 아이가 느껴진다.

링컨은 보통 남자애들처럼 무정하지 않다. 따뜻한 애정 덩어리다. 아침 일곱시 반, 아이가 부르는 대로라면 칠-삼-공이 되면 아이는 엄마 아빠의 침대에 기어들어도 된다는 걸 알고 있으며 이 조건을 성실히 지킨다. 아무리 일찍 일어나더라도 정확한 시각이 될 때까지 자기 침대에서 노래를 부르며 시간을 때우다가, 한 팔 가득 봉제 동물들을 데리고 침실 문을 밀어젖히며 칠-삼-공이에요, 안으러 왔어요 하고 크게 알린다.

그녀는 이불을 들어올리고 두 팔을 펼친다. 가끔씩 링컨은 그녀의 어깨나 목에 머리를 박고서 눈을 가늘게 뜬 채 이렇게 말한다. 나 없다. 그렇게 됐으면 좋겠다. 아이를 바짝 끌어당겨 사라지게 만들 수 있었으면 좋겠다.

건물 안에서 또 한번 깩 소리가 난다. 이상하게도 앵무새 소리 같지만 저 안에는 앵무새가 없다.

링컨의 숨은 축축하고 시끄럽다. 철제 울타리 위로 비닐봉지가 날린다. 파도에 걸린 해파리처럼 바람을 받아 부풀어올랐다가 쭈그러든다.

숨을 들이쉬고 내쉰다. 들이쉬고 내쉰다.

그녀는 발소리가 들릴 거라고 생각한다. 귀를 기울이는 건 그 때문이다. 이야기 속에서는 항상 그렇게 되니까. 하지만 쿵쿵거리는 발소리 같은 건 전혀 들리지 않는다. 그녀는 놈이 부츠를, 시끄러운 발소리가 나는 무언가를 신고 있으리라고 확신했지만 오랫동안 이어지는 건 정적뿐이다. 길게만 느껴지던 그때, 쉭하고 유리문을 밀어 여는 소리가 들린다. 여태 몰랐지만 이 쉭 소리에는 생각보다 훨씬 많은 게 담겨 있다. 긴 휘파람 소리와 짧은 끼익 소리와 공기를 빨아들이는 소리가 난다. 문이 불평하며 열리고 난 그때까지도 발소리는 여전히 들리지 않는다.

그 대신 문이 미끄러져 닫히는 작은 소리가 난다. 그리고 무無. 그녀는 우리 저편의 철제 울타리와 소나무들을 보면서 떠다니는 비닐봉지를 찾아보지만, 그 대신 거미줄에 걸려 허공에 떠 있는 나뭇잎이 보인다. 전혀 아무도 없는 건지, 그냥 바람소리였던 건지, 심지어 그저 자신이 소음을 상상한 건지 의문이 든다.

그때 목소리가 들리기 시작한다. 하나는 조용하지만 다른 하나는 아니다.

"아무것도 없어." 시끄러운 목소리가 말한다.

"너는 사냥도 안 가봤냐?" 조용한 목소리가 말한다. 기침이라도 하던 것처럼 쉰 목소리다. "닥쳐, 돌대가리야."

둘. 남자가 둘이다. 전시 공간을 내려다보는 나무 테라스에 서 있는 게 분명하다. 즉 그녀와 링컨, 그리고 그들 사이를 가르고 있는 게 허리 높이의 난간과 3미터가량의 거리, 그녀의 척추에 무척 단단하게 와닿는 돌덩어리뿐이라는 뜻이다.

그녀는 몇 안 되는 소리의 패턴을 근거로 그들을 그려볼 수밖에 없다. 목소리가 조용한 놈은 고등학교 시절 미적분학 수업을 같이 들었던 키 큰 남자아이를 떠오르게 한다. 그 녀석은 말도 안 되게 머리가 좋았지만 보통 약에 취해 있었고, 뒷머리는 항상 너무 길고 삐뚤빼뚤하게 잘려 있었다. 누가 시키지 않는 한 절대 말을 하지 않았으며, 선생이 그를 부르는 이유는 늘 어딘지 공격적인 방식으로 수업을 무시하며 천장을 노려보거나 신발끈을 묶는 게 눈에 띄었기 때문이었다. 빈슨 선생님은 날카롭고 짜증스러운 목소리로 그의 이름을 외치고는 녀석이 도저히 알 리 없는 구체적인 질문을 던지곤 했다. 하지만 그는 매번 답을 알고 있었고 단 한 번도 질문을 놓치지 않았다. 언제나 너무 작은 목소리로 속삭였기에 그의 말을 들으려면 귀를 쫑긋 세워야 했다. 아니, 그의 말에 늘상 귀를 쫑긋 세우게 된 건 그와 빈슨 사이에 지속적이고도 말로 표현되지 않는 어떤 경쟁이 벌어졌기 때문이다. 녀석이 한 번이라도 답을 못 맞히는 일이 있는지 살피는 경쟁. 그런 일은 한 번도 없었다.

"아무도 없으면……" 누가 들어주기를 바라는 듯한 목소리가 말한다.

"동물은 안 돼."

"지금까지 안 죽인 것도 아니니……"

"더이상 동물은 안 돼."

시끄러운 놈은 과체중이고 머리가 몸에 비해 너무 클 거라고 조앤은 상상한다. 셔츠가 삐져나와 있고 손가락은 뭉툭할 것이다. 소속감을 잘 느끼지 못하기에 어디에든 소속되려고 자신을 밀어붙이다 결국 모든 걸 더 악화시키기만 하는 인간.

아랍인이라는 상상은 들지 않는다. 물론 그럴 수도 있다고 생각하긴 했다. 하지만 목소리를 들으니 테러리스트는 아닌 것 같다. 놈들은 어리고 매우 기분 나쁜 백인 남자 같다—이런 일에는 항상 젊은 백인 남자가 범인이지 않나?—그녀는 확신이 서지 않는다. 저놈들이 지하드*에 나선 광신도들보다 더 위험할지, 덜 위험할지.

두번째 문, 그러니까 오랑우탄 쪽으로 향하는 문이 열리는 소리가 들린다. 그리고 링컨이 머리를 움직이는 소리가 아주 작게 들린다. 조앤은 아이가 "엄마" 하고, 거의 그녀의 이름이 되어버린 그 말로 자기를 부르기 직전이라는 걸 알 수 있다. 그녀는 머리를 쓰다듬어 아이를 조용히 시킨다. 지금은 입을 열지 않지만 그 침묵이 얼마나 오래 지속될지는 의문이다.

아이의 운동화가 그녀의 허벅지에 파고든다.

거미줄 위에서 나뭇잎이 불가능할 정도로 천천히 흔들린다. 그녀는 그 움직임이 아예 멈췄으면 좋겠다는 생각이 든다. 마음에 들지 않는다. 모든 것이 고요해졌으면 좋겠다.

이 현장 전체가 어떤 그림으로, 아무도 움직이지 못하는 그림으로 바뀌었으면 싶다.

---

* 성전(聖戰).

"넌 사자 쏴보고 싶었던 적 없어?" 시끄러운 놈이, 무거운 놈이 묻는다. "사파리에 갔을 때라든지. 분명 그런 적 있을걸."

"사자가 아니었잖아."

"그건 그렇지. 그런데 대체 뭐였을까? 까맣고 하얗고 덥수룩하고 이빨에…… 원숭이는 아니었는데."

콜로부스*였을 거라는 생각이 든다. 그녀는 콜로부스의 흰 턱수염과 슬픈 눈망울, 팔에서 커튼처럼 늘어진 털을 무척 좋아한다. 녀석들은 여우원숭이와 긴팔원숭이 사이의 구석진 전시관에서 밧줄 그네에 매달려 지낸다.

"닥쳐." 미적분학 수업의 소년과 비슷한 놈이 말한다.

"남은 사람이 없잖아." 시끄러운 놈이 말한다. "솔직히, 그 멧돼지가 산산조각난 꼴을 보면 너도……"

"닥치라고. 몇 명은 남아 있을 거야. 가자."

어느새 그녀의 근육은 긴장하고 몸은 조개껍데기처럼 단단해졌다. 이를 다시 앙다물고 있다. 링컨이 그녀의 목덜미를 규칙적으로 두드려댄다. 손가락 끝이 가볍다. 하지만 그 외에는 꼼짝도 하지 않는다.

"반칙이야, 그걸 가져오는 건." 조용한 놈이 짜증을 내며 말한다. "너무 시시하잖아? 한 번에 서른 발을 쏘는데 무슨 기술이 필요하냐고?"

"질투하는 거야?" 시끄러운 놈이 말한다.

---

* 몸집이 작고 꼬리가 긴 아프리카 원숭이.

왜 아직도 여기에서 떠들어대는 걸까? 한참 전에 문을 열었는데 왜 나가지 않는 걸까?

"눈이 멀었나, 꿀단지?" 시끄러운 놈이 갑자기 더 시끄럽게 말한다. 너무 시끄러운 나머지 그녀는 자신의 고개가 홱 젖혀지는 게 느껴진다. "넌 똥통을 코로 후비는 두더지일까? 신세 조진 눈 없는 물고기일까? 아니면 꿈틀거리며 가냘프게 울어대는 애벌레일까?"

"난 눈멀지 않았어." 조용한 놈이 말한다. 목소리에서 짜증이 사라졌다. 다만 그의 목소리처럼 들리지 않는다. 그는 더 느리고 더 깊은 목소리로 말한다. 무슨 배역이라도 연기하는 것 같다. "생각하는 중일 뿐이야."

"그게 그거라니까, 꿀단지."

그들에게 어딘가 이상한 면이 있다고 그녀는 생각한다. 그들의 목소리도, '꿀단지'도.

"진짜 더 있을 거라고 생각해?" 시끄러운 놈이 묻는다.

목소리가 다시 정상적으로 들린다. 방금 전 목소리에서 들리던 질질 끄는 기색이 전혀 없다. 그녀는 조용한 놈이 대답하기를 기다리지만 그는 그러지 않는다. 침묵은 말소리보다 훨씬 안 좋다. 바위 너머에 떠 있는 그녀의 머리카락 몇 가닥을 본 걸까? 지금 이 순간, 총을 치켜든 채 난간을 뛰어넘으려고 다리를 드는 중일까? 아니면 조용한 놈이 대답 대신 고개만 끄덕인 걸까? 지금도 저기 서서 신발끈을 묶거나 말총머리를 매만지고 있을까? 말총머리를 하고 있긴 할까? 칼을 가지고 있을까? 똑똑할까 멍청할까 제정신이 아닐까? 계획이나 전략은 있을까? 자살을 하려는 걸까 가학적인 걸까? 저들이 원하는 건 뭘까?

뭐가 됐든 대체 어떻게 알 수 있을까! 그녀는 놈들이 보이지도 않는다. 적이 바로 여기에 있는데. 지금이야말로 이 모든 것을 이해하는 데 도움이 될 뭔가를, 무엇이든, 알아낼 기회인데. 하지만 그녀가 가진 건 조각들—원숭이와 꿀단지와 미적분학—뿐이고, 이 조각들은 서로 전혀 어울리지 않는다.

그들의 발밑에서 나무 테라스가 삐걱거리는 소리가 들린다.

"가자." 조용한 놈이 말한다.

"예, 알겠습니다."

한바탕 웃음. 그러더니 문이 닫히면서 한차례 공기를 빨아들이는 쿵 소리와 작은 메아리만 남는다. 그녀는 자기도 모르게 링컨의 귀에 대고 계속해서 쉿, 소리를 나직이 내고 있다. 꼭 바람 흉내를 내는 어린아이처럼. 그래도 그녀는 멈추지 않는다. 아이가 조용하니까, 아직 아이에게 말을 하게 할 준비가 되어 있지 않으니까. 그녀의 두 팔이 아이를 꽉 조인다. 할 수만 있다면 자신들을 얼려놓을 것이다. 한 시간, 두 시간, 하루종일, 영원토록, 아이가 저 목소리들을 기억할 수 없을 만큼 오랫동안.

품안에서 링컨이 갑자기 거칠게 움직인다. 아이의 정수리가 그녀의 턱뼈에 부딪친다.

"나 삐꾹이 나와." 아이가 속삭인다.

그녀는 입을 열지만 나오는 건 조용히 앓는 듯한 소리뿐이다. 침을 삼키고 다시 말해본다.

"쉿."

"나 빼꾹이 나와." 아이가 더 조용한 목소리로 다시 말한다.

"아." 그녀가 간신히 알아듣는다.

빼꾹이. 링컨이 생각해낸 첫번째 말장난으로, 딸꾹질이 난다는 뜻이다. 그녀는 이걸 링컨의 첫 장난이라고 생각했었다. 하지만 지금은, 시선을 내려 아이의 얼굴과 간식으로 먹었을 아몬드버터 과자 냄새가 나는 그 숨결에 집중하는 지금은 다른 기억이 난다. 말이 트이기도 전에 아이는 몸을 숙이고서 그녀가 커피를 홀짝이는 시늉을 하곤 했다. 그녀가 아기들은 커피 마시는 거 아니야! 하면 아이는 웃느라 몸을 떨었다.

두 발을 책에 올려놓고는 우스워 자지러졌다.

그녀는 아이를 몸에서 약간 떼어 무릎에 앉힌다.

"입속에서 숨 참았다가 삼켜봐." 그녀가 속삭인다.

"나 빼꾹이 나와." 아이가 인상을 찌푸리며 다시 말한다.

그녀는 아이를 보며 몇 차례 눈을 깜빡이다 깨닫는다. 늘 그녀는 링컨이 빼꾹이 농담을 할 때마다 웃는다. 그게 문제였다. 그녀가 웃을 줄 알았는데 그러지 않으니 다시 시도하는 것이다.

"바보." 그녀는 속삭이고서 웃음처럼 들렸으면 좋겠다는 생각으로 소리를 낸다.

허공에 총성이 울린다. 더이상은 풍선 소리라고 생각하지 않는다. 그녀는 움찔하긴 했지만 놈들이 아주 가까운 곳엔 없다는 걸 안다. 그렇지만 그 소리는 서로 가까이 붙어 있고, 몇 발의 총성 사이에는 거의 간격이 없다.

조용한 목소리가 시끄러운 목소리에게 반칙이라고 했던 말이 떠오른다. 한 번에 서른 발.

링컨이 다시 딸꾹질한다. 아이는 총소리 이야기를 하지 않는다. 그녀도 마찬가지다.

그녀는 보이는 곳을 주시한다. 나무들만 움직이고 있다.

갑자기 핸드폰이 살아난다. 진동으로 해놓았는데도 단단한 땅에서 덜커덕거리며 자기 존재를 알린다. 그녀는 빛나는 화면을 지켜보다가 진동을 멈추려고 핸드폰을 집어든다.

머잖아 주변이 완전히 어두워지면 화면은 더욱 눈에 띌 것이다. 핸드폰은 점점 큰 문제가 되어간다.

나 지금 동물원 밖에 있어. 남편이다. **경찰이 사방을 막아놨어. 나까지 몇 명이 에섹스가에 올라와서 기다리는 중이야. 지금 열 명쯤 돼. 안에 아직도 사람이 있다면서 다들 질문을 해대고 있어. 당신 말고도 다른 사람들이 있나봐. 경찰은 아무 말도 안 해주고.**

그녀는 메시지 내용을 생각해본다. 남편에게 얼마나 말해주어야 할지 확신이 서지 않는다. 그녀는 여기에 다른 사람들이 있다는 걸 알고 있고, 그들이 인도에 널브러져 있는 모습을 봤다. 경찰이 잘못 알고 있는 점도 있다. 무장괴한은 한 명이 아니다. 그 얘기를 해줘야 하지만 그러자면 남편에게 놈들이 손에 닿을 만큼 가까이 있다고 말해야 한다.

답장을 보내야 한다.

동물원에 들어왔어? 경찰들. 그녀가 글자를 입력한다.

아직 몰라. 동물원 출입구도 안 보여. 여기서 기다리래. 자기들이 처리한다고. 달리 뭘 해야 할지 모르겠어.

순간적으로 익숙한 짜증이 솟구치는 게 느껴진다. 사실상 남편은 자신이 뭘 해야 할지 그녀가 말해주기를 기대하는 것 같다. 가끔 그녀는 모든 걸 혼자 책임지고 있다는 생각이 든다. 링컨의 현장학습 준비물은 뭐고, 해충업체가 오는 건 언제고, 우유가 떨어질 때는 언제고…… 왜 수천 가지 사소한 일들은 언제나 그녀의 몫이 되는 걸까? 폴은 왜 기꺼이 그렇게 되도록 방치하는 거지? 지금 같은 상황에서조차 그녀에게 더 많은 책임을 지우는 거야? 비난도 그녀 차지고?

그녀는 남편의 메시지를 내려다본다. 무신경한 검은 글자를 참아주기가 어렵다.

하지만 그의 손글씨는 그립다. 그는 매일 아침 부엌 조리대에 메모를 써놓는다. 난 당신한테 푹 빠져 있어, 특히 당신 엉덩이에, 라든지 당신은 나의 MVP야, 라든지. 그는 그녀가 일어나자마자 따뜻하게 마실 수 있도록 커피를 끓여준다. 커피도 안 마시는 사람이.

그녀가 아는 사람 중에 폴처럼 남의 시선을 의식하지 않고 춤추는 사람은 없다.

우린 괜찮아. 그녀가 글자를 입력한다. **최소한 암소 마스코트는 없어.**

최악의 시나리오네. 그가 즉시 답장한다.

그녀는 거의 미소를 짓는다.

온라인 기사를 보니까 무장괴한이 한 명이라고 생각하나본데 두 명이야. 그놈들이 지나가는 소리를 들었어.

답장이 오기까지 생각보다 오래 걸린다. 남편은 좀더 끔찍한 일들을 상상하고 있는 게 분명하다. 그런 일이 일어나지 않았다는 걸 알면서도.

당신 옆을 지나갔다고?

우릴 보진 못했어. 아무튼 경찰한테 확실히 두 명이라고 말해줘. 목소리만 들은 거지만. 본 건 아무것도 없어.

전달할게.

남편이 좀더 이야기하고 싶어한다는 걸 알지만 그녀는 기회를 주지 않는다. 주의를 집중해야 한다고, 사랑한다고 입력한다. 남편도 같은 말을 한다. 핸드폰 화면이 다시 검어진다. 검은색은 안정감을 준다.

"뻐꾹이 갔어?" 그녀가 아들에게 묻는다.

"그런 거 같아."

그녀는 아이에게 말을 걸기에 적당한 기분을 애써 갖춘다. 조용하게, 가능한 한 조용하게. 모든 것을 정상적이고 괜찮게 만들어야 한다. 부모 노릇의 상당 부분은 어떤 감정이 전혀 느껴지지 않아도 그런 것처럼 가장하는 것이다. 전에도 조그만 플라스틱 인간들이 한 번에 몇 시간씩 전투 장면을 연출하는 소리를 들으며 이런 생각을 했었다. 하지만 지금은 그 모든 영원한 전투가 좋은 것일지도, 연습이었을지도 모른다는 생각이 든다.

그녀는 가장에 능하다. 지금 당장 그 어느 순간에라도 다시 기분을 가장할 수 있다.

그녀는 풀밭을 뚫어지게 바라본다. 보이는 게 뱀인 줄 알았으나 막대기일 뿐이다. 사이렌 소리도 다시 높아지기 시작한다. 주차장에서 들려오는 소리가 아닌 건 확실하다. 점점 강해지는 그 소리는 멀리서부터 가까이 다가오고 있다. 느낌으로는 경찰차가 아닌 소방차 같다—어쩌면 한 대가 아니라 두 대나 세 대일지도. 그 차이를 어떻게 분별하는지는 잘 모르겠지만.

아직 말을 뚝뚝 끊어서 하던 시절에 링컨은 항상 카시트에 앉아 한 손에 불이 켜지는 플라스틱 전화기를 꽉 쥐고 소방서에 전화를 걸곤 했다. 여보세요? 소방관 아저씨. 큰 마을에 불이에요. 헬멧 가져오세요. 장화랑. 외투랑. 도끼랑. 호스랑.

이 아이와 함께, 어째서 지금 이 순간 여기에 머무르지 못하는 건지 알 수 없다. 그녀는 아이의 옛 모습을 기필코 되살려내려는 사람 같다. 그 옛 모습들이 주변을 떠다닌다. 불안정하고 따뜻하다.

"사이렌 소리가 나."

"엄마도 들리네." 그녀가 대답한다.

아이가 고개를 끄덕인다. "동물원에 불이 났나? 총 때문에?"

"그렇진 않을 거야."

"그 사람들한테 폭탄이 있었을 수도 있지."

"그렇진 않을 거야."

"그 사람들이 나쁜 놈이야?" 아이가 묻는다. "말소리가 들린 그 사람들? 동물 얘기도 하고 애벌레 얘기도 하던 사람들?"

아이가 유치원에서 애벌레에 관해 배웠다는 사실이 떠오른다. 아마 나비를 공부할 때였을 것이다. 돌에 윤을 내듯 아이는 귀를 기울이고 깊이 생각하고 머릿속에서 한 가지 문제를 굴리고 또 굴린다. 그런 다음 완제품을 툭 뱉어낸다. 아이가 조용해서 딸꾹질에 정신이 팔렸다고 생각했지만 사실은 다른 생각들에 윤을 내고 있었던 것뿐이다.

"응, 그 사람들이 나쁜 놈이었어." 그녀가 확인해준다.

"그 사람들은 웃었는데."

아이는 이야기 속에서 이 문제로 씨름한다. 악당들은 미소 지어서는 안 된다고 생각한다. 어떻게 나쁜 사람들이 행복할 수 있어? 아이는 묻는다.

그녀는 손가락으로 아이의 손마디 위를 쓸어본다.

"가끔 나쁜 사람들이 남을 다치게 하면서 즐거워하던 거 기억나지?" 그녀가 묻는다. 그걸 묻는 와중에도 아이가 예전에 했던 말이 생각난다. 근데 엄마, 나쁜 사람들은 얘기로는 읽어봤는데 한 명도 몰라. 내가 아는 사람들은 다 착해.

"그럼 그 사람들은 남들을 다치게 하는 게 재미있어서 웃은 거야?"

"응."

아이가 고개를 젓는다.

"악당들." 아이가 말한다.

그녀는 아이의 얼굴을 본다. 침착하고 사려 깊은 얼굴이다. 아이가 눈을 깜빡이면 기다란 속눈썹이 휙 덮쳐 내려온다. 하나하나가 모두 포동포동하고 부드럽다. 소아과 의사는 링컨을 두고 '객관적으로 잘생긴' 아이라고 했다.

링컨이 태어난 뒤 그녀는 아이를 아기계의 조지 클루니라고 했다. 폴은 머들스를 닥스훈트계의 조지 클루니라고 했고, 그녀는 당연히 폴을 남편계의 조지 클루니라고 했으며, 폴은 그녀 주변에 온통 조지 클루니뿐이라고 했다. 품에서 링컨이 잠들어 있는 채로 코코넛 수프를 먹으려다 아이의 등에 흘린 그날, 오후 내내 아이에게서는 레몬그라스 냄새가 났다.

바람이 불기 시작한다. 그녀는 팔을 따라 소름이 돋는 걸 느낀다.

"추워?" 그녀가 링컨에게 묻는다.

"아니."

아마 사실일 것이다. 아이는 용광로 같다.

"추우면 말해."

"응."

그렇게 간단한 문제라면 얼마나 좋을까. 필요한 건 무엇이든 언제나 그녀에게 말할 거라고 믿을 수만 있다면. 뭘 생각하는지. 뭘 원하는지.

주변의 소나무는 밑동에 철삿줄이 감겨 있다. 죽은 호저가 나무껍질을 뜯어먹었던 게 틀림없다. 풀밭 위에서 솔잎이 얇은 층을 이루고 있다. 앉기 전까지는 몰랐는데 지금은 다리와 손바닥을 찔러오는 그 날카로운 가장자리가 느껴진다. 멀리서 헬리콥터 소리가 들린다. 하늘을 훑어보지만 아무것도 보이지 않는다. 그녀는 시내의 병원으로 헬리콥터가 날아가는 소리를 자주 듣는다. 헬리콥터 날개의 박동에는 언제나 위안이 되면서도 소름 끼치는 무언가가 있다. 그 소리는 누군가가 심하게—애엄마가 후진중이던 18륜 트

레일러에 치인 걸까? 십대 아이가 다리에서 뛰어내렸을까?—다쳤다는 뜻이다. 하지만 동시에 절차가 진행중이라는 뜻이기도 하다. 해결책이 실행중인 것이다.

헬리콥터 소리는 멀어지고 다른 소리가 들린다. 아주 잠깐 동안 그녀는 헬리콥터 소리를 좇으며 그 소리를 들으려고 귀를 쫑긋 세운다. 그대로 보내버리고 싶지 않다. 하지만 결국은 보내야만 한다. 다른 소리가 커지고 있으니까.

아기가 울고 있다.

아기가.

처음에는 그것이 아기 울음소리라는 사실을 믿고 싶지 않았지만, 달리 설명할 도리가 없다. 울음소리는 점점 시끄러워지기만 한다. 진짜 갓난아기 같지는 않다. 목소리가 쉬었고 콧소리가 섞여 있다. 오히려 아기 인형의 배를 꾹 눌렀을 때 나는 소리와 비슷하다.

그녀는 인형 소리가 아니라는 걸 알고 있다.

울타리 밖 저쪽 대나무 근처에서 어떤 움직임이 보인다. 처음에는 어둠 속의 움직임일 뿐 휘청거리는 나무 이상도 이하도 아니었지만, 그때 어떤 형체가 분리되어 나오면서 그림자와 구분된다. 그 형체는, 긴 머리를 흩날리는 여자다. 머뭇거리며 걸어가는 여자는 가슴께에 팔짱을 끼고 있다. 여자는 아직도 그림자나 마찬가지이다. 여자의 팔이 그리는 넓은 곡선은 안이 비어 있을지도 모른다. 그냥 부피가 큰 스웨터나 핸드백에 불과할 수도 있다.

하지만 큰 울음소리가 그 정체를 분명하게 만든다. 여자가 몸에 바싹 붙여든 것은 핸드백이 아니다.

"아기 소리가 나네."

"쉿." 그녀가 말한다. "조용히 해."

"왜 저기 아기가 있어?"

조앤은 줄지어 선 대나무를 따라 움직이는 여자를 지켜본다. 중얼거리는 소리가 들리는 듯도 하지만 물론 그냥 가을공기일지도 모른다. 그래도 여자가 아기를 조용히 시키고 있을 거라고 생각한다. 그럴 때 하는 온갖 작은 동작—걸어가는 와중에도 그녀는 몸을 살짝살짝 튕긴다—을 하고 있으니까. 허리를 흔들며 한 손으로 쓸어주는 건 분명 솜털 보송한 머리일 것이다. 하지만 뭔가에 약간 가로막힌 소리처럼 들릴 뿐 아기는 조금도 조용해지지 않는다. 전처럼 귀청이 찢어질 것 같지는 않다. 조앤은 그 엄마가—당연히 엄마겠지?—아기의 작은 얼굴을 어깨에 폭 안고 달래는 중이라는 걸 분명히 알고 있다.

"보인다." 링컨이 날카롭게 외친다. "저기 있어."

그녀가 손으로 아이의 입을 막는다. 손가락에 입술이 닿자 몸의 기억—아이를 품에 안았을 때의 기억—이 강렬하게 되살아난다. 다리가 아주 작게 오므라들고 살이 포동포동 접힌 채 부드러운 머리가 그녀의 팔꿈치 안쪽으로 쏙 들어오던 옛날. 링컨이 그녀에게 완벽하게 꼭 맞았던 그때. 울음을 그치게 하려 애쓰던 그 느낌.

이제는 아이가 몸부림치며 그녀의 손을 떨쳐내려 한다. 그녀는 놓아준다.

"쉿." 그녀가 말한다.

예전에는 가끔씩 링컨의 입이 빨판처럼 그녀의 턱에 내려앉았다. 집안을 돌아다닐 때면 그녀는 아래팔을 몸에 가깝게 붙여 아이의 균형을 잡아주었고, 아이는 척추가 고무로 된 것처럼 휘청거렸다.

"부탁이야."

단 하나의 단어, 그 단어가 공중을 표류한다. 여자는 분명 아기에게 말하고 있다. 다른 누가 듣고 있으리라고 상상할지는 모르겠지만. 그 단어에는 공포를 비롯해 수많은 다른 것들이 들어 있다.

"저 사람들은 뭐하는 거야?" 결국은 링컨이 목소리를 죽이고 묻는다.

"숨으려는 거야." 그녀가 아이의 귀에 대고 말한다. "우리처럼."

엄마와 아기는 그녀와 링컨이 웅송그리고 있는 곳에서 10미터쯤 떨어져 있다. 소리치면 쉽게 그들을 부를 수 있다. 남자들이 아직 근처에 있을 가능성이 높다고 말해줄 수 있다. 그들이 건물 안에서 사냥을 하고 있으니 실외에 있으라고, 전시관에는 발을 들이지 말라고 경고할 수도 있다. 이 은신처를 공유하는 것도 가능하다. 동물원 안 어느 곳보다 안전하고 잘 가려져 있고 예측하기 어려운 공간이라고 스스로 믿기 시작한 이곳을. 이미 한 번 이곳에서 목숨을 구했으니까.

아기가 너무 시끄럽다.

만일 그녀가 여기 있다는 걸 알리면 저 여자는 당연히 함께 있으려 들지 않을까? 곁에 앉아 위안을 나누고 싶어하지 않을까?

아기가 너무 시끄럽다.

어떻게 생겨먹은 인간이 갓난아기를 데리고 있는 여자가 도움을 청하는데 거절한단 말인가?

작은 아기를 데리고 있는 여자를 보면 조앤은 부러움을 느낀다. 그녀의 팔에 깃든 무게를 열망한다. 낯선 이의 아기를 안아 머리 냄새를 맡고 손가락으로 손바닥 가운데를 쓸어보고 싶어진다. 자신에게 닿는 작은 몸의 촉감이 너무 좋기 때문이다. 링컨 하나로 충분하다고 의견을 모으긴 했지만 그녀는 진심으로 아이가 하나 더 있었으면 좋겠다는 이야기를 폴에게 해야 할지 고민해왔다. 갓난아기를 품에 안은 여자를 볼 때면 그녀는 탐욕스러워진다.

저 아기는, 저 머리의 피부는 티슈 같다. 아주 작은 입이 뭔가를 원하고 있다. 두 손이 파닥거린다.

그녀는 소리치지 않는다. 아무 말도 하지 않는다.

그 대신 지켜본다. 대나무를 지나 발을 끌고 가면서 그러는 내내 허리 위의 몸을 흔들거리는 여자의 어두운 형체를. 아기는 조용해지지 않는다. 형체와 소리는 사라져버리고 다시 그녀와 링컨 둘만 남는다.

6:17 p.m.

"엄마, 나 화장실 가고 싶어."

링컨은, 이 아이는 철의 방광을 갖고 있다. 화장실에 가겠다고 먼저 말하는 경우는 거의 없다.

"강아지처럼 할 수 있을까?" 그녀가 속삭인다.

"강아지처럼 하기 싫어. 너무 깜깜해."

링컨의 말이 맞다. 하늘은 검푸르다. 눈앞의 손도 윤곽밖에 보이지 않는다.

"보일 건 다 보이는데."

"변기에서 할 거야." 아이가 너무 크게 말한다. "진짜 변기에서. 물 내리는 변기에서."

"잘 들어." 그녀가 말한다. "나쁜 놈들이 아직도 저 밖에 있어. 그놈들이 우리를 못 찾게 하려면 네가 아주 조용히 해야 돼. 경찰

아저씨들이 오면 그다음에 집에 갈 거야. 지금은 일단 강아지처럼 해야 돼."

아이는 생각에 잠긴다. 배변 훈련을 하던 시절, 몇 달 동안이나 아이는 자전거용 헬멧을 써도 된다는 허락을 받고서야 변기에 앉았다.

"그놈들이 응가 소리를 들으면 어떻게 해?" 아이가 말한다. "그놈들이 나를 쏘면 어떻게 해?"

그녀는 코가 화끈거리는 게—눈물의 전주곡이다—느껴진다. 그렇게 생각하니 무척 당황스럽다. 우는 모습을 보이면 안 된다.

"못 들을 거야." 그녀가 말한다. "엄마가 바로 여기 있을게."

엄마는 총알도 막을 수 있어. 그녀는 그렇게 덧붙이고 싶다. 엄마는 절대로 널 다치게 내버려두지 않을 거야. 뭔지는 모르지만 엄마는 저 밖에 있는 것보다 강하고 빠르고 똑똑해. 사실은 할 필요조차 없는 말이다. 링컨은 이미 그렇게 믿고 있으니까. 그녀 자신도 그 말을 믿을 수 있었으면 좋겠다.

아이의 아랫입술이 떨리고 어깨도 흔들리기 시작하는 게 보인다. 처음으로 그 얼굴에서 공포가 보인다.

"엄마," 아이가 다가오며 말한다. "엄마 안고 싶어."

아침마다 하는 포옹을 제외하면 아이가 이러는 건 오랜만에 있는 일이다. 이 말은 낯선 사람들로 붐비는 방에 들어갈 때의 초조함을 나타내는 오래된 암호였다. 두 팔을 펴니 아이가 그녀의 몸에 자기 몸을 두르고, 그녀의 목에 얼굴을 묻는다. 아이의 숨소리가 들린다. 살갗에 와닿는 입이 축축하다. 두 손은 그녀의 머리카락

안에서 꼬인다. 아기였을 때 링컨은 그녀가 밥을 먹이는 동안 머리카락 안에서 손가락을 꼬아댔다. 뭔가를 찾느라 공기를 쥐어대는 그 작은 손가락 때문에 그녀는 더이상 머리를 하나로 묶지 않았다.

"우리 아들."

아이의 체중을 받아 안느라 어깨가 이완되는 게 느껴진다. 그녀의 끔찍한 구석이 이렇게 드러나는 건지도 모른다. 그녀는 아이가 자신을 필요로 한다는 데서 위안을 느낀다. 아이가 그녀의 턱에 코를 부비며 좀 거세게 숨을 쉰다. 그러고서 약간 몸을 뒤로 당기자 콧물 한 줄이 턱에서 늘어지는 게 느껴진다.

아이가 젖은 코를 그녀의 쇄골에 비빈다.

그녀는 옷깃을 잡아당겨 면 부분을 펼치고 피부에서 콧물을 닦아낸다. 링컨의 콧물이라면 전혀 역겹지 않다는 게 지금까지도 가끔 놀랍다.

이 감정은 이를테면 연인 사이와는 전혀 다른 친밀감이다. 서로의 몸에 대한 완벽한 편안함, 그의 몸이 나에게 속하고 나의 몸은 그에게 속하는 감각이야 연인과도 느낄 수 있다. 그가 가장 좋아하는 방법을 알기에 그대로 그의 허벅지에 손을 올리고, 그의 입에 나의 입을 올리며 자의식이라고는 전혀 없는 자유를 누릴 수도 있다. 침대에서 그가 나에게 몸을 감아오도록 골반과 골반을 맞대고서 말이다. 하지만 궁극적으로 둘은 서로 다른 두 개의 몸이다. 바로 그 차이에서 쾌감이 온다.

링컨과의 사이에서는 두 자아의 경계선이 흐려진다. 그녀는 아이를 씻기고 온갖 종류의 체액을 닦아낸다. 아이는 그녀의 입에 손가락을 집어넣거나 그녀의 머리 위에 손을 올리고 균형을 잡는다. 그리고 자기 몸의 긁힌 상처나 멍을 추적하듯 신중하게 그녀의 주근깨와 사마귀를 확인한다. 아이는 자기가 그녀와 구분되는 존재라는 걸 잘 모른다. 아직은 그렇다. 지금의 링컨에게는 그녀의 팔이 본인의 팔—그녀의 팔다리는 동시에 아이의 팔다리이기도 하다—만큼이나 쓰기 쉽다.

둘은 교체 가능하다.

"아직도 화장실 가고 싶어?" 그녀가 아이의 관자놀이에 입을 대고 묻는다.

"잠깐 참을 수 있을 것 같은데."

"아냐," 그녀가 말한다. "언제 화장실에 갈 수 있을지 몰라. 가서 일을 봐야 돼. 괜찮아."

아이는 고개를 젓는다.

"엄마가 바로 옆에 있을게." 그녀가 말한다. "여기에서 바로 해."

"우리가 앉아 있는 자리에?" 끔찍하다는 목소리다.

"아니. 저쪽에. 저 큰 잡초 있는 데 보이지?"

아이가 머리를 들어 돌아보는 게 느껴진다.

"신발 벗어야지." 아이가 그녀를 놓으며 말한다. 아이를 안심시켰다는 확신이 든다.

"쉿. 좀만 더 조용히 말해. 신발은 벗지 말고." 신발을 벗으면 일이 너무 복잡해진다. "안 그러면 맨발로 흙을 밟아야 해."

아이를 조금도 어쩌지 못하는 순간이 있지만 가끔은 링컨이 그녀가 아주 잘 아는 방과 같을 때도 있다. 그녀는 어둠 속에서도 그

방 안에서 교묘히 움직일 수 있다.

"발에 흙이 닿으면 기분이 나쁜데."

"그러게 말이야."

아이는 그녀가 말한 잡초로 걸어가 신발은 놔두고 바지를 벗는다. 일을 보기 시작하고 식물에 소변이 떨어지는 소리가 끝나지 않을 듯하다. 소음쯤이야 문제가 아니라던 자신의 생각이 틀렸던 건 아닌지 그녀는 잠시 의문이 든다. 마침내 아이는 용변을 마치고 신발에 소변이 몇 방울 튀었을까봐 걱정한다. 그녀는 걱정하지 말라며 몸을 닦을 물티슈를 핸드백에서 꺼내 건넨다.

"엄마?"

"응?"

"나 여기 있기 싫어."

"엄마도 알아, 아가. 그래도 손 닦아봐."

링컨은 물티슈를 내려다본다. 두 손가락으로 들고서 꼼짝도 하지 않는다.

그녀는 어둠 속을 뚫어지게 바라보면서 몇 군데의 불빛—근처 가로등 불빛과 나무 건너편 조명에서 나오는 좀더 작은 빛, 그리고 달—에 이끌린다. 핸드폰을 힐끗 내려다본다. 어둠 때문에 상황이 바뀌었다. 그것만은 분명하다. 핸드폰 소음이야 전부터 걱정해왔지만 조명도 문제다. 지금은 불빛이 희귀하고도 눈에 잘 띄는 존재가 되었다. 하지만 분명히 무슨 소식이 있을 것이다. 핸드폰을 보지 않는 게 더 위험한 순간도 분명 있지 않을까? 그녀는 핸드폰을 두 손으로 둘러싸 화면을 가린다. 핸드폰이 켜진다. 불빛은 너무 강렬하고 동시에 달콤할 만큼 익숙하다. 온 세상이 작고 깔끔한 직사각형 안에 들어 있다.

그녀는 핸드폰 쪽으로 몸을 숙인다. 그러나 www.wbta.com을 확인해보니 아까와 똑같이 짧은 두 문단만이 그녀를 마주한다. 다른 지역 뉴스 사이트도 들어가보지만 아무것도 없다. 뒤늦게 생각난 CNN에는 동물원 입구 사진—너무도 완벽한 홍보용 사진이다—만 있을 뿐이다. 사진 구석에는 속보 배너가 붙어 있고 그 아래에 표제가 적혀 있다. "총기난사 추정 벨빌 동물원 상황, 인질극으로 전환 소식."

그녀의 종아리에 물티슈의 축축함이 느껴진다.

"손 닦기 싫어." 링컨이 크게 알린다.

"쉿. 귓속말로 해. 엄마 뭐 읽는 중이야."

"손 닦기 싫어!" 아이가 외치는 소리가 너무 커서 그녀는 움찔한다.

"쉿!" 그녀는 쉿 하는 소리를 내며 핸드폰을 가방 안으로 떨어뜨린다. "너무 시끄러워! 그놈들 듣겠다."

아이는 다시 노려보고, 그녀는 길게 한숨을 쉰다. 닦지 않은 아이의 손을 잡고 가까이 당긴다. 입을 열자 목소리가 좀더 침착해졌다.

"조용히 해야 하는 거 알지?" 그녀가 속삭인다. "그리고 화장실에 간 다음에는 항상 손을 닦는 거야. 안 그러면 병나."

말을 하면서도 왜 위생 문제로 아이와 말다툼을 벌이는 건지 알 수 없다.

인질극이라.

인질이라니.

"나 병나고 싶어." 링컨이 말한다. "나 병나는 거 좋아."

그녀가 천천히 고개를 끄덕인다. 아이의 목소리가 슬금슬금 다시 높아진다. 그녀는 생각의 가닥들을 감아올려 다시 아이에게 드리운다. 고집을 부린들 아이를 탓할 수 없다. 두 사람은 무장괴한을 피해 흙바닥에 숨어 있다. 하지만 동시에 지금은 저녁 시간이며, 링컨의 기분은 혈당 수치와 직접적으로 연관되어 있다. 허기는 불가피하게 심해진다. 뭐라도 먹을 걸 주지 않으면 아이가 칭얼거리고 울거나 어쩌면 소리를 지르는 일까지 벌어질 수 있다.

"병나고 싶어?" 그녀가 묻는다.

"응." 아이가 반항하듯 대답한다.

너무 시끄러워 너무 시끄러워 너무 시끄러워. 다시 공포가 번뜩인다. 그녀는 그 감정을 삼킨다.

"쉿." 그녀가 가볍게 말한다. 섬세하게. 마치 정확한 양의 기침약 한 티스푼을 따르거나, 아이의 꼬인 머리카락을 푸는 것처럼. 섬세한 손길이 핵심이다. "슈퍼맨은 병 안 나는 거 알지?"

"크립토나이트가 있으면 병나." 아이가 대답한다. 에드먼드 힐러리가 에베레스트산 정상에 도달했을 때 느꼈을 것만 같은 승리감이 그녀에게 솟구친다.

"녹색 크립토나이트." 아이가 명확히 밝힌다. "『둠 인 어 튜브』랑 『지구 정복자 스크래그』처럼."

"엄마는 스크래그 나오는 게 좋더라."

아이가 턱을 치켜들고 어깨를 쭉 펴기 전부터 그녀는 표정 변화를 알아챈다. 아이는 반항심에 휩싸여 있다.

"난 스크래그 싫어."

"그래? 엄마는 네가 스크래그를 가장 좋아하는 줄 알았는데."

"제일 싫어하는 거야."

아이에게 뻔댈 거리를 줄 마음은 전혀 없다.

"그렇구나."

"끔찍한 책이야."

"알았어. 목소리 좀 작게."

"내가 읽어본 것 중에 제일 나쁜 책이야."

아이는 느끼는 적대감만큼 많은 주장들을 펼칠 것이다. 그녀는 손으로 얼굴을 쓸어낸다. 피부가 펼쳐지고 당겨지는 느낌이 만족스럽다. 눈두덩을 누르니 손가락 밑으로 눈알이 단단하게 느껴진다. 마침내 손을 치우고 바싹 마른 입술을 핥자 흙과 소금 맛이 느껴진다. 불쾌하지 않다.

"네 친구들 데리고 놀래?"

"싫어." 아이가 성급하게 말한다.

너무 성급한 대답은 진짜가 아니다. 그녀는 기다린다. 아이의 얼굴에 생각이 스쳐지나가는 모습을 지켜본다.

"네, 놀래요." 아이가 입장을 바꾼다.

아이의 내면에 있던 어둡고 까다로운 부분은 항상 그러듯 나타날 때만큼 빠르게 사라졌다. 그런 만큼 빠르게 다시 나타나겠지만 그때는 그녀가 다시 대처할 것이다.

그녀는 핸드백을 열고 안을 헤집어 찾는 시늉을 하며 다른 손으로 몰래 핸드폰을 살핀다. 빛 때문에, 그리고 엄마가 딴 데 정신을 판다고 링컨의 기분이 상할까봐 초조한 마음이 든다. 하지만 동물원 사진과 표제 아래에 기사다운 기사로 이어지는 링크가 있었을 거라는 막연한 생각이 든다. 한 단짜리 텍스트는 엄지손가락을 몇 번 쓸어보는 것만으로 충분히 훑어볼 수 있다.

현재 경찰특공대가 현장에 출동하여……

……경찰은 자세한 내용을 밝히지 않고 있다.

목격자들의 상충되는 진술이……

이 역시 전혀 기사라고 할 수 없다. 내용보다 빈틈이 더 많다.

"엄마? 내 친구들은?" 링컨이 그녀의 어깨에 손을 얹고서 말한다.

"찾고 있어." 그녀가 사태를 이해하려고 애쓰며 말한다. 경찰은 아직도 한 놈만 처리하면 된다고 생각하는 건가? 그놈이 어디 안으로 들어가 바리케이드라도 쳤을 것 같아? 위험요소가 차단되고 통제되었다고 믿는 거야?

"엄마?" 링컨이 더 큰 목소리로 다시 재촉한다. 말투에 짜증이 묻어 있다.

그녀는 다시 아이에게 고개를 돌리고는 마침내 핸드백에서 플라스틱 인간 한줌을 꺼내 건넨다. 이게 현명한 선택인지는 잘 모르겠다. 이야기를 만들어낼 때면 아이는 절대 조용히 하지 않는다. 전투와 언쟁이 있으니 말이다. 하지만 다른 선택지가 떠오르지 않는다.

소음을 내면 조용히 시키면 된다.

그녀는 언제나 쉬운 일이었다는 듯 그렇게 생각한다. 원할 때면 언제나 아이를 조용히 시킬 수 있다는 듯이.

"이야기 만들고 놀래." 링컨이 고르지 않은 땅에 사람들을 애써 세워놓으며 말한다. "프레데터 있어?"

"있을걸." 그녀가 말하며 다시 한 손을 집어넣는다.

그녀는 핸드폰을 핸드백 안에 둔다. 메시지를 놓칠 가능성은 더 높아지지만 그녀의 바람대로라면 핸드백에 화면 빛이 전부 가려질 것이다. 그녀는 고개를 돌려 시야에 들어오는 모든 것—나무와 대나무와 기찻길과 탁 트인 공간—을 한 뼘씩 자세히 훑어본다. 그림자 속에서는 아무 움직임도 보이지 않는다. 멀리서 어떤 소리가 들린다. 아기 울음소리일지도 모르는 날카로운 소리가 확실히 들린다. 이번이 처음은 아니다. 진짜 아기 소리인지는 잘 모르겠다.

"엄마, 찾았어?"

그녀는 액션 피규어들의 난장판인 핸드백 밑바닥을 손가락으로 훑는다. 열쇠 몇 개와 펜 몇 자루, 손톱 밑을 파고드는 뭔가 찐득찐득한 것과 작고 단단한 팔다리며 투구들이 느껴진다. 그녀는 그중 하나를 꺼낸다. 아니, 원더우먼이다. 그녀는 원더우먼을 떨어뜨리고 다시 뒤지기 시작한다.

아. 프레데터다. 그녀는 녀석을 탁 트인 곳으로 꺼내 머리에서 오래된 건포도를 떨어낸다.

"여기." 그녀가 프레데터를 링컨에게 건네며 말한다.

프레데터를 산 건 반스 앤드 노블*에서 2달러로 세일을 한데다 링컨이 옛날부터 외계인 역할을 할 피규어를 찾고 있었기 때문이다. 어느 날 밤, 함께 텔레비전 채널을 이리저리 돌리다 그녀는 슈워제네거의 옛 영화를 보았다. 욕설이나 잔인한 장면이 없는 편집본 같기에 링컨도 보게 해주었다. 요즘은 일반 방송에서도 계집애처럼 굴지 마, 혹은 지옥에나 떨어져라, 빌어먹을 같은 말이 흔하게 나온다. 다섯 살짜리에게 뭘 보여줄 수 있겠는가?

링컨은 그 영화를 무서워하지 않았다. 뭔가에 베어 뱃속을 훤히 드러낸 채 나무에 매달려 있는 남자를 보더니 말했다. 와, 저게 내장이에요?

아이는 신체 부위에 감탄한다.

"좀비 시켜도 돼?" 링컨은 조그마한 외계인의 머리를 손가락으로 쓸며 묻는다.

"그럼."

인질이 있을 수도 있다. 원숭이 집을 지나며 총을 쏘아대던, 그녀가 말소리를 들었던 그 남자들이 지금은 무력한 사람들을 한데 몰아넣었을지도 모른다. 모든 공포가 단 하나의 악몽 같은 공간에 몰려 있을 수도 있다. 어쩌면 경찰—혹은 CNN—이 저지른 실수는 오직 무장괴한의 숫자를 잘못 헤아린 것뿐일지도 모른다. 혹은 경찰이 사태를 완전히 잘못 파악했을 수도 있지만.

콘크리트 바닥에 피를 흘리며 누워 있던 사람들. 그중 몇 명은 살아 있었겠지? 구조대가 필요하지 않을까? 가능한 한 빨리 경찰

---

* 미국 대형서점 체인.

이 와야 한다. 무장괴한들이 지금도 동물원을 헤매고 다니며 사냥을 하는 중이라면 기다릴 시간이 없다. 신중을 기할 시간 따위가 없는 것이다.

경찰에게 그 정도는 말해줄 수 있다. 폴을 통해 대신 전달하면 된다.

하지만 인질이 있다면? 그녀의 생각이 틀렸다면, 그녀가 경찰을 난입시키는 바람에 더 많은 사람들이 죽는다면? 무장괴한들이 어느 공간에 들어가 문을 잠갔고, 지금 그녀와 링컨은 완전히 안전한 거라면?

무장괴한들이 이 울타리 건너편에 있다면? 느끼지도 못하는 사이에 총알이 그녀의 머리를 관통한다면? 링컨을 지키기 위한 행동을 하나도 할 수 없다면?

"좀비는 살이 초록색이야." 링컨이 말한다.

"그래."

〈프레데터〉를 본 그날 밤 아이는 아주 흥분했다. 프레데터가 우주로 돌아가? 놀이방 카펫 위를 두 발로 폴짝폴짝 뛰며 물었다. 우주선으로는 뭘 쓰면 돼?

프레데터는 남자야? 한 마리밖에 없어? 친구 있어? 치과에 다녀? 영어를 써? 지구에 살 수도 있어? 공기로 숨쉴 수 있어? 진짜 있는 거야? 진짜 정글에 살아? 끝날 때는 왜 웃은 거야? 우리처럼 피도 흘려?

엄마, 계속계속 우리 엄마 해줄 거야? 사람들이 가죽이 벗겨진 채 두 팔이 찢겨나가고, 하늘은 폭발로 훤해지는 걸 지켜보더니 링컨은 얼마 지나지 않아 그렇게 물었다.

그럼, 영원히 링컨 엄마 해주지.

어른이 돼도 계속 엄마 해줄 거야?

그렇고말고.

어른이 돼도 엄마랑 살아도 돼?

절대 안 되지. 소파 뒤를 지나던 폴이 그녀의 귀에 따뜻한 숨을 불어넣으며 속삭였지만 그녀는 말했다. 당연하지.

난 계속계속 엄마랑 같이 있고 싶어. 그때 링컨이 말했다. 아이의 작은 손이 그녀의 팔에, 이두박근이 아래팔과 만나는 주름진 곳에 놓여 있었다.

물론 아이는 자라면 그런 일을 원하지 않게 될 것이다. 하지만 예쁜 생각이었다.

"엄마, 있잖아." 아이가 지금 말한다. 프레데터, 즉 좀비는 뭔가를 찾아 땅을 파헤치는 중인 듯하다. "좀비가 다 나쁜 건 아니야."

"그래?"

"응. 경찰 좀비라는 것도 있는데, 걔네들 일은 나쁜 좀비를 잡아서 커다란 구멍에 집어넣는 거야. 좀비들이 그걸 감옥으로 쓰거든."

"쉿." 그녀가 뒤늦게 말한다. "조금만 조용히."

아이는 계속해서 말을 잇는다. 그녀는 천 번, 아니 백만 번 주변의 나무와 어둠을 훑으며 고개를 끄덕인다. 한줄기 달빛과 등뒤의 테라스에서 나오는 희미한 빛이 있었지만 링컨은 시각보다 촉각으로 피규어들을 움직이는 게 분명하다. 아들의 머리가 그리는 곡선과 나무들, 건물 지붕들의 윤곽이 보인다. 주변의 모든 건 간신히 나마 형태를 갖추고 있다. 하지만 울타리에서 기어나가려면 조심히 걸어야 한다. 발걸음을 옮길 때마다 놓여 있을지 모르는 구멍이나 헐거운 바위는 보이지 않는다.

동물원 관람로는 어떨까? 줄에 달린 조명 장식은 지금도 빛나고 있을까? 길을 안내하는 신호등이 더 있으려나? 빛이 있다면 물론 피해야 할 것이다. 어디라도 가려면 말이다.

둘이서 어디로든 가려면.

이런 식으로는 안 된다. 총기난사와 관련된 이야기는 충분히 읽었다. 그녀는 놈들의 행동방식을 알겠다는 확신이 든다. 무장괴한이 들어와 사방에 총을 갈기면 사람들이 죽거나 다치거나 그런 척하며 쓰러지고 지옥도가 펼쳐진다. 하지만 사건은 몇 분 안에 끝나고 경찰이 온다. 무장괴한은 자살하거나 경찰이 그를 죽인다. 끔찍한 패턴이다. 하지만 패턴은 패턴이라 예측 가능성이 있다. 그녀에게는 언제나 가장 끔찍하게 느껴지는 부분이다. 자막으로 흐르는 헤드라인, 무장괴한들의 무시무시한 스냅사진과 휴가지에서 미소 짓던 희생자들의 생전 사진, 페이스북 글귀, 놈들의 총기 입수 경로 추적과 희생자 가족이 발표한 성명이 고정적인 시퀀스가 될 만큼 살인은 자주 일어난다. 지금 그녀는 그 예측 가능성을, 그 패턴을 원한다.

그런 패턴에서라면, 이런 일은—지금 같은 무와 침묵은—한 시간이 지난 지금까지도 시체들이 저 밖 콘크리트 바닥에 내버려져 있는 일은 일어나지 않는다.

상황을 다시 평가해야 한다. 여기에서 기다려야 하나? 아무리

오래 걸려도? 그것만이 유일한 선택지인 건 아니다.

그녀는 동물원 주변지대—'주변지대', 군대 냄새가 나는 단어다—에 경계선이 있다는 걸 안다. 하지만 외벽이 어떻게 생겼는지 떠오르지 않는다. 동물원에서 그토록 오랜 시간을 보내왔는데—외벽과 겨우 몇 뼘 떨어진 곳을 걸었을 게 분명하다—당연히 외벽을 본 적이 있을 것이다. 뭘로 만들어져 있더라—철조망? 벽돌? 얼마나 높지? 가시철망은 있을까?

혼자 앉아 있었다면 그녀는 외벽과 관계된 작전을 세우고 있었으리라는 생각이 든다.

폴은 비행기를 매우 싫어한다. 이륙을 할 때면 언제나 그녀의 손을 잡고 싶어한다. 그는 한 공항에서 이륙하는 비행기들의 숫자를 추산한 뒤 거기에 전국의 공항 수를 곱한다. 계산을 하고 그 모든 결과를 짜맞춰 비행기 사고가 일어날 가공의 확률을 계산하려 든다. 그에게는 수학이 위안을 준다.

그녀는 동물원의 면적이 얼마일지 생각한다. 그녀와 링컨이 차지하는 동물원 공간은 약 2제곱미터 정도다. 동물원이 1제곱킬로미터쯤 된다면, 1킬로미터는 1000미터니까…… 그 숫자를 제곱해야 하나? 그러면 아마 100만제곱미터가 넘을 것이다. 링컨을 여기에서 데리고 나간다면 한 번 움직일 때 겨우 2제곱미터 정도 될 테니까, 무장괴한들과 같은 공간에 있을 확률은 50만분의 1 정도 되는 셈이다.

그녀는 자신의 셈이 정답 근처에도 갈 수 없다는 걸 안다.

"예전엔 나도 발이 두 개였다." 링컨이 말한다. 좀비 목소리를 흉내내는 모양이다. "하지만 두 발이 필요한 사람은 아무도 없다. 너도 하나만 있으면 된다."

뭔가가 나뭇잎과 솔잎을 지나 움직이고 있다. 그녀는 잠시 공포를 느낀다. 공포스러운 순간은 너무 많고 모두 한데 이어져 있다. 하지만 이번 두려움은 빠르게 사그라진다. 뭔지는 모르지만 작은 놈 같다. 새 아니면 도마뱀일 것이다.

어렸을 때 그녀는 밤을 좋아했다. 밤은 활짝 열려 있었다. 어머니의 집은 너무 비좁고 어두운 구석마다 생각조차 하기 싫은 것들로 가득했지만 바깥의 어둠은 달랐다. 그녀는 테라스랍시고 있는 조그만 콘크리트 마당에 맨발로 나가 쪼개질 듯한 정원 의자—어머니는 등받이에 곰팡이가 생겨도 굳이 교체하지 않았다—에 앉곤 했다. 그리고 소리를 골라내보려고 했다. 개구리와 귀뚜라미, 가끔씩 들리는 개 짖는 소리와 지나가는 자동차 소리, 그네의 사슬이 바람 속에 찰캉거리는 소리. 주의를 기울이면 귀에 걸리는 그 소리들에 그녀는 항상 놀라곤 했다.

이곳도 마찬가지다. 그때와 똑같이 소리가 겹겹이 쌓여 있다. 다만 지금은 그 소리가 경이감과 같은 감각으로 그녀를 채워주지 못한다. 그 소리에 숨쉬기조차 버겁다.

다시 아기 우는 소리가 들린다.

6:28 p.m.

바람이 거세지기 시작했다. 새로운 소리, 부엌 바닥에 구슬 여러 개가 떨어지는 듯한 소리가 들린다. 근처의 오크나무 소리일 거라고 조앤은 추측한다. 열매가 콘크리트 바닥에서 튀어오르는 소리. 그 소리는, 잠시, 작은 발 여러 개로 달리는 것처럼 들린다.

엉덩이 밑에 뭔가 단단한 것이 있다. 그녀는 거의 주먹만한 돌을 끄집어낸다. 콘크리트 덩어리일지도 모른다. 손목을 휙 튕겨 저만치 던져버리려는 그때, 가방 속에서 핸드폰이 빛난다.

괜찮아? 폴이 묻는다.

그녀는 여기 곁에 남편이 있기를 바란다. 간절히. 물론 진심은 아니다. 그녀는 절대 그가 위험에 처하는 걸 원하지 않는다. 그래도 그녀는 불을 끄고 바싹 다가드는 그의 단단한 몸 곡선을 생각한다. 서로 꼭 맞아 S자를 이루는 허벅지와 허벅지, 배와 등, 그녀의 배꼽과 그의 등뼈.

답장을 보내고 싶지 않다. 어떤 것도 말로 표현하고 싶지 않다.

집행이 유예된다. 화면에 뉴스 알람이 반짝였기 때문이다. 그녀는 기대감이 솟구친다. 마침내 핸드폰이 진짜로 응답해온 것 같아 안도감이 느껴진다. 뭔가 일이 벌어졌다. 경찰이 오고 있다. 무장괴한들이 죽었다. 그런 가능성들이 마구 휘도는 동안 그녀는 핸드폰을 꺼내 단어들을 읽는다. 다시 읽는다. 다시, 또다시. 말이 안 된다.

텍사스, 홍수로 수십 명 사망.

여기가 아닌 다른 어딘가에서도 사람들이 죽는다는 걸 그녀로서는 생각할 수 없다. 여기 외에 다른 장소가 있다니 상상조차 할 수 없다. 그녀는 뉴스 알림을 손으로 쓸어 지워버리면서도 계속 그 단어들을 바라본다. 힐끗 보니 링컨은 앉아 있다. 프레데터를 힘없이 손에 쥔 채 그저 앉아 있다.

폴에게 답장을 보내야 한다.

기다리고 있어. 그녀가 글자를 입력한다. **뭐라도 해봐야 할지 생각중이야.**

폴의 말은 잠깐의 뜸도 들이지 않고 형체를 갖춘다. 그 단어들의 곧은 선에 불명확성이라고는 없다.

거기 그대로 있어.

대문자로 쓰면 그녀를 설득할 수 있을 거라고 생각하는 걸까.

저기, 그녀는 글자를 입력하려 하지만 그때 손가락이 멈춘다. 불빛 속에 구부러져 있는 그 손가락들을 지켜보며 그 모습이 훌라 댄

서의 자세 같다고 생각한다. 그녀는 자신이 손가락에 도취되어 있다는 사실을 날카롭게 의식한다.

1초. 2초. 3초.

그녀는 귀를 기울인다.

뭔가가 그녀를 멈추었다. 뭔가가 있다는 걸 눈치챈 뒤 시간이 약간 지나서야 그 뭔가가 소리라는 걸 알아차린다.

그때 다시 들린다. 이 구불구불한 콘크리트 길을 따라 그녀도 직접 만들어냈던 소리, 헐거운 자갈 조각에 신발이 미끄러지는 소리다. 긁히고 끌리는 소리다. 속삭이는 소리일지도 모른다. 그 소리는 철제 울타리 뒤쪽 관람로에서, 우리 너머 그림자가 진 거대한 공간에서 난다.

그녀는 서둘러 핸드폰을 끄고 링컨을 잡아당긴다. 그동안 언제나 아이에게 팔을 뻗고 있었다는 기분이 든다. 아이와의 거리에 초조함을 느껴 아이를 낚아채고 두 팔로 조이고 있었던 듯하다. 너무 멀면 안 돼, 너무 시끄러우면 안 돼, 너무 빠르면 안 돼. 물론 아이가 먼저 그녀를 꽉 잡아당기며 그녀와의 거리에 초조함을 느꼈던 때를 제외하고 말이다.

엄마, 안아두세요. 발음이 능숙하지 못하던 시절에 아이는 그렇게 말하곤 했다.

안아두세요. 안아두세요. 안아두세요.

그녀는 어둠 속을 훑어본다. 이제는 완전한 어둠이다. 우리 너머로 아무것도 보이지 않는다. 그녀는 저 밖에 대나무와 기찻길과 콘크리트 관람로가 있다는 걸 알고 있다. 어쩌면 아기를 데리고 있는 여자가 다시 저 밖에 온 건지도 모른다. 아니면 숨을 곳을 찾는 누군가가 온 것이라면 좋겠다. 이번에는, 정말 이번에는 그들을 불러 도움을 주고 은신처를 공유하겠다고 신에게 맹세한다. 저 소리가 그런 사람의 소리이기만 하다면.

보이지는 않는다. 하지만 들린다.

이제는 귓속말이다. 잘못 들을 수가 없다. 남자들의 귓속말이 간신히 흘러나오는 라디오 방송 같다.

놈들은 바리케이드를 치고 어딘가에 들어간 게 아니다.

"조용히 해." 그녀는 아무 소리도 내지 않고 있는 링컨에게 말한다. "나쁜 놈들이야."

"응……?" 입을 열려는 아이를 조용히 시키자 아이가 그녀에게 귀를 기울인다. 그녀는 짧게 감사기도를 올린다. 그러는 동안에도 자기 아이를 다른 여자의 아이보다 더 중요하게 생각했다는 이유로 신이 그녀에게 벌을 내리려는 것인지 다시 한번 고민한다. 또 그런 일이 있더라도 그녀는 망설임 없이 똑같이 할 것이다. 죄책감이 젖은 솜처럼 무겁게 그녀를 내리누르지만 사실 후회는 하지 않는다. 가끔은 신에 대한 그녀 자신의 생각이 어떤지조차 불분명하다.

놈들이 다가오는 것 같다. 기찻길과 평행한 아스팔트 관람로를 따라오는 게 거의 확실하다. 이따금 미끄러지고 탁탁거리는 발소리만이 들린다.

그림자들은 한결같이 움직이지 않는다.

그녀와 링컨이 보일 것 같지는 않다. 그녀는 테라스 차양에 달린 조명을 떠올려보고는 우리 가장자리가 밝혀져 있다는 걸 안다. 하지만 그녀가 보기에 그들이 숨어 있는 바위투성이 부분은 거의 새카맣다. 손가락을 꿈틀거려도 그 움직임이 거의 보이지 않는다.

하지만 핸드폰이 있다. 저놈들이 핸드폰 불빛을 본다면.

"여기야." 어떤 목소리가 조용히 말한다. 예상보다 가까이에서 들린 그 단어는 여태 들어본 어떤 것보다도 공포스럽다.

"저기?" 다른 목소리가 말한다.

"아니. 저쪽."

아직은 그들이 보이지 않는다. 하지만 소리를 들어보면 놈들은 울타리에서 겨우 몇 미터—6미터? 9미터?—떨어져 있는 것 같다. 귀를 기울이기만 한다면 놈들의 말을 전부 알아들을 수 있을 만큼 가깝다. 놈들은 가만히 서서 기다리는 듯하다.

그녀를 본 걸까? 지금 이 순간에도 그녀를 보며 총을 겨누고 있을까?

나방이 뺨을 스치는데 날개가 묵직하다. 머리 위에서는 나뭇가지가 삐걱거린다. 바람에 날려 머리카락이 입에 들어오지만 그녀는 뱉어내지 않는다.

"난 아무것도 안 보이는데." 한 놈이 말한다.

"쉿."

어두워서 보이지는 않지만 그녀는 허벅지 아래에 끼워두었던 핸드폰 쪽으로 시선을 내린다. 놈들이 화면 불빛을 봤다는 확신이 든다. 그리고 불빛의 위치를 찾아낼 때까지 눈을 돌리지 않을 거라는 확신도 든다. 전부 그녀의 잘못이다. 위험한 줄 알면서도 그 심각성을 제대로 따져보지 않았다.

실수의 대가가 너무 크다.

"엄마." 링컨이 그녀의 귀에 대고 이야기한다. 그녀의 생각만큼 큰 목소리인지는 알 수 없다.

가끔씩 두 사람은 서로의 귀에 바람을 불며 키스를 한다. 할 수 있는 한 시끄럽게 말이다. 링컨은 엄마 귀에 쪽 할 거야, 하며 그녀의 귓바퀴에 바싹 입술을 붙인다. 그러면 그 입맞춤의 달콤하고도 아픈 반향이 인다. 그리고 부드러운 숨결. 바로 지금과 같은 날숨의 축축한 온기. 어떻게 아이의 숨결은 공중으로 흩어지는 순간까지도 그녀의 살갗에 스며드는 걸까?

"숨어." 그녀가 속삭인다. 소리가 너무 작아서 링컨이 들었는지도 알 수 없다. 하지만 그녀의 어깨에 고개를 파묻는 걸 보니 아이도 들은 게 틀림없다.

그녀는 자기도 모르는 사이에 무릎을 꿇고 일어나 있다. 한 발은 이미 땅에 단단히 디딘 채 언제든 뛰어올라 달릴 태세다. 달리고 싶다. 그런데 앞이 보이지 않는다. 설령 보인다 해도 어디로 가야 할지 모른다. 놈들이 그녀가 움직이는 소리를 들을 것이다. 링컨을 몸에 매단 채로 난간을 타고 넘어야 할지도 모르는데 난간에는 조명이 제대로 들어와 있다.

가만히 있어야만 한다.

과연 그럴 수 있을지 잘 모르겠다. 놈들이 다가오도록 내버려둘 수 있을지 확신이 서지 않는다.

"확실해?" 한 목소리가 말한다.

앞서 유인원관을 지나간 둘 같지만 확실하지는 않다. 더이상은 두 놈의 목소리를 구분할 수 없다. 둘 다 소리를 죽이고 있다.

"여기 누가 있어." 다른 목소리가 말한다.

"숨어 있나보지?"

다른 목소리는 대답하지 않는다. 잠깐 동안은 바람과 나뭇잎 소리와 멀리서 부엉부엉 하는 소리뿐이다. 그녀는 손으로 링컨의 머리를 계속 쓸어줄 뿐 움직이지 않는다.

짤랑 하는 소리가 나면서 울타리에서 뭔가 움직인다. 철망에 걸친 신발이나 팔일지도 모르고, 아니면 누군가가 발을 헛디딘 걸지도 모른다. 그녀는 머리와 어깨의 형체를 분간할 수 있을 것만 같다. 어둠 속에서 보이는 그 형체는 종이 인형만큼이나 납작하고 아무 특징이 없다.

"한때 너를 잃었으나 이제는 찾았노라." 한 명이 읊조리듯 말하는데 노래하는 것 같지는 않다. 놈은 주문을 외우고 있다. 음정이 맞지 않는 목소리가 올라갔다 내려갔다 한다. "너는 제멋대로 굴어/쫓겨나고 추방당했지만/이제는 나의 것이다."

그는 계속해서 이어나간다. 점점 시끄러워진다. 그녀는 놈이 미소 짓고 있을 거라고 상상한다. 놈이 금방이라도 리듬에 맞춰 손뼉을 칠 것만 같은 생각까지 든다.

"앞서가는 순간에도 너는 내가 뒤따를 것을 알았노라/너의 목은 헐벗었도다/허나 머리를 숙이라/내가 너의 옷깃을 잡고 있으니."

이제 목소리가 충분히 아주 잘 들린다. 앞서 들었던 조용한 놈 같다. 보다 가늘고 높은 그 목소리. 사냥 전문가라더니 은밀하게 움직이는 데에는 관심도 없는 모양이다.

그만큼 자신감이 넘치는 것뿐일지도 모른다.

"내가 너의 옷깃을 잡고 있으니." 놈의 목소리가 다시 울린다. 그는 손으로—아니, 아니다. 금속성의 무언가로—울타리를 쓸며 거의 음악적인 소리를 내고 있다.

그녀는 애써 호흡을 가라앉힌다. 헐떡이는 자신의 숨소리가 들릴 것만 같다. 폐에서 경련이 인다.

"내가 어느 땅딸보 여자한테 이렇게 말하라고 시켰어. 원하는 건 피스, 평화뿐이라고 말이야." 한 놈이 좀전처럼 질질 끄는 목소리를 꾸며내며 말한다. 최소한 읊조리는 소리는 멈추었다. 놈들의 목소리가 커지자 그녀는 놈들이 지나치게 부주의한 것도, 과하게 자신감 넘치는 것도 아님을 알 수 있다. 아무래도 그 이상의 무언가가 있다. 놈들은 누구든 이곳에 있는 상대가 자신들의 소리를 듣기를 바란다.

울타리 긁히는 소리가 멎는다. 안정적인 금속성 소리. 나무 열매가 조용히 딱 소리를 내며 떨어진다.

"그래서 어쨌는데?" 다른 놈이 말한다.

"내가 어쨌냐면, 꿀단지야." 질질 끄는 소리. "그 여자한테 몸 조각을 여러 피스 줬지. 그 여자의 팔, 다리, 손가락 한두 개."

둘 다 웃는다. 그 편안하고 마음이 맞는 듯한 웃음, 그 오래된 농담에 깃든 무언가를 통해 그녀는 깨닫는다. 놈들은 어떤 프로그램에서 본 내용을 인용하고 있다.

그녀는 대사를 알아들을 수 없지만 자신의 생각이 맞다는 확신이 든다. 옛 남자친구는 〈조스〉의 대화문을 여러 문단 외울 수 있었다. 오빠와 함께 살던 시절—그녀가 어머니와 단둘이 살지 않았던 시절은 거의 기억나지 않지만—에 오빠는 〈스타워즈〉의 대사들을 일상 대화에 끼워넣곤 했다. 지금 놈들의 말도 그렇게 들렸다. 남자친구와 오빠는 다른 언어와 한데 얽힌 단어들에 그녀는 파악하지 못하는 온갖 의미를 실어 주절거리곤 했다. 지금 읊조려대는 놈들의 목소리에서 드러나는 들뜨고 흠모하는 기류가 과거의 그들에게서도 들렸었다.

1100명이 모두 상어에게 당하고 겨우 316명이 구출됐지. 나머지는 상어들이 데려갔어.

이들은 네가 찾는 드로이드가 아니야.

놈들이 잡고 흔드는지 울타리가 덜컥거린다. 물론 놈들이 울타리를 움직일 가능성은 전혀 없다. 그저 소음을 내려는 것이다.

그들은 관람로를 가로질러 대나무에 더 가까이 와 있다. 그 움직임이, 어둠 속 무늬의 변화가 보인다. 놈들은 그 울타리도 흔들어댄다.

"나는 이 작은 눈으로 염탐을 하지." 한 놈이 소리친다.

아니, 놈들에게는 아무것도 보이지 않는다. 그녀는 이제 알 수 있다. 놈들은 놀이를 하는 중이다. 사냥감을 놀래켜 뛰쳐나오게 할 셈이다. 아직 살아 계셨을 때 그녀의 아버지가 래브라도 개를 이용해 비둘기들을 놀래켜 뛰쳐나오게 했던 것처럼. 그러면 비둘기들은 위로 날아올랐고 아버지가 총을 쏘면 개가 그중 한 마리를 물고 돌아오곤 했다. 비둘기가 죽지 않았으면 아버지는 머리를 잡아뜯어 땅에 던졌다. 그렇게 해야 비둘기가 덜 고통스럽기 때문이라고 했다. 하지만 그렇더라도, 목구멍에서 뚝뚝 떨어지는 피가 있었고, 풀밭에 나뒹구는 부리 달린 작은 머리가 있었다. 기억하는 대로라면 아버지가 그녀를 사냥에 데려간 건 한 번뿐이었다.

"뭘 염탐하는데?" 한 놈이 정상적인 목소리로 말한다.

"뭔가 어두운 거." 다른 놈이 말한다.

놈들은 다시 웃는다. 그녀는 놈들이 술을 마신 건지 궁금해진다.

링컨이 그녀의 목에 대고 머들스가 발을 밟혔을 때 내는 것과 비슷한 소리를 낸다.

남자들이 웃는 동안 그녀의 두려움은 싸늘하고 단단해진다. 그녀는 자신의 격노를 깨닫고 전율을 느낀다. 이 멍청한 놈들이 총을 휘두르며 동요를 불러댄다. 그녀의 아들을 품안에서 흐느끼게 만든다. 그녀는 대학생 시절 귀신의 집에 갔던 일을 떠올린다. 그땐 앞에 덩치 큰 남자가 있었다. 미식축구 선수 같은 체격에 키가 180센티미터는 훨씬 넘었다. 거리가 너무 가까워 그가 갑자기 멈출 때마다 그녀는 계속해서 그의 등에 부딪혔다. 그녀에게는 데이트 상대가 있었지만 방패로는 그 덩치 큰 남자가 더 쓸 만했다. 그때 섬광 조명 한가운데서 가면 쓴 좀비가 튀어나왔다. 날 없는 전기톱을 얼굴에서 채 한 뼘도 떨어지지 않은 곳에 들이대며 그녀와 눈을 마주쳤다. 그녀는 당황스러울 만큼 큰 소리로 비명을 질렀다. 덩치 큰 남자도 좀비 때문에 겁을 먹은 게 틀림없었다. 그 남자가—흰색 조명이 번뜩일 때 보니—좀비의 얼굴을 주먹으로 후려쳤기 때문이다. 그 순간 바닥에서는 좀비 대신 한 십대가 입에서 피를 흘리며 가면을 당겨 벗으면서 신음하고 있었다. 그녀는 녀석이 전혀 안쓰럽지 않았다. 그리고 실은 그 미식축구 선수가 매우 마음에 들었다.

총을 든 저 남자들은, 저놈들은, 십대라고 그녀는 생각한다. 아니, 남자도 아니다. 많아 봐야 겨우 남자가 될락 말락 한 녀석들이다. 게다가 머저리들이다. 그녀는 노래나 불러대는 멍청하디멍청한 십대들에게 아들이 죽임을 당하도록 내버려두지 않을 것이다.

흉내 놀이를 하고 싶다면야 좋다. 그녀도 영화는 볼 만큼 봐왔고, 사실 어찌됐든 지금 상황이 꼭 영화처럼 느껴지긴 한다. 만일 그녀가 등장인물에 불과하다면 행동은 더 쉽다. 그녀는 한 팔로 링컨을 풀어주고—다른 손은 여전히 엉킨 곱슬머리에 파묻혀 있다—앞서 치워두었던 콘크리트 덩어리를 찾으려고 잡초 속을 더듬는다. 거의 즉시 손가락이 그 덩어리를 쥔다. 모서리가 날카롭고 묵직해서 손에 잘 들어온다, 마치 야구공처럼 편안하다. 그녀는 콘크리트 덩어리를 허벅지에 끼워놓고 다시 손가락을 펼쳐 둥그렇게 흙바닥을 훑는다. 돌이 하나 더 있다. 먼젓번 것보다 커서 손으로 완전히 감싸쥘 수 없다.

그녀는 팔을 뒤로 젖힐 수 있도록 몸을 약간 움직여 링컨의 위치를 앞으로 조정한다. 이게 아주 똑똑한 짓인지 멍청한 짓인지는 판단할 수 없지만 이미 손아귀에 힘을 주고 어깨를 긴장시켰다. 그리고 우리 뒤쪽 울타리 너머로 돌을 던졌다. 나뭇가지 너머로, 기찻길이나 그 주변의 덤불 쪽으로 던진 것이면 좋겠다.

의식적으로 그녀는 조준이 잘된 건지 너무 오래 생각하지 않으려 한다.

하나. 둘. 그녀는 허공에 팔을 든 채 꼼짝도 하지 않고 초를 센다. 돌이 나뭇가지나 나뭇잎에 부딪히는 소리가 들린다. 예상보다 큰 소리인데다 원했던 것만큼 멀지도 않다. 하지만 돌은 확실히 우리를 벗어났다. 대략 기찻길과 비슷한 방향으로 놈들 뒤의 수미터 떨어진 곳에 낙하했다. 놈들이 아직도 반대편 울타리에 서 있다면 말이다.

놈들에게 그것이 자신들을 유인하려고 던진 돌 소리처럼 들릴지 그녀는 궁금해진다.

그렇지 않은 게 분명하다. 놈들은 흥분한 듯 꿍얼거리더니 고분고분하게 소리가 난 쪽으로 돌진한다. 관람로에서 조금 떨어진 거친 공간을 가득 채운 작은 묘목과 찔레꽃을 망가뜨리며 달려간다. 발걸음은 서툴고 불확실하며 열의에 차 있다.

발목이 부러질지도 모른다고 기대하는 것은 너무 지나친 걸까.

놈들의 발이 계속 잡초를 바삭바삭 밟아 누르는 와중에 그녀는 다리 밑에서 핸드폰을 슬쩍 꺼낸다. 이제는 손에 쥔 핸드폰이 차갑다. 플라스틱 덩어리 이상도 이하도 아니다. 아니, 그보다 못하다. 핸드폰은 그녀와 링컨이 여기에 앉아 있는 이유, 어둠 속에서라면 거의 걷지도 못하는 남자들을 피해 숨어 있는 이유다.

또 한번의 소리…… 총성이다. 이번에는 놀라울 정도로 타자기 소리처럼 들린다. 누군가가 느리고 단호하게 타자를 치는 소리 같다. 그녀는 움찔하지도 않는다. 어째서 겁이 나지 않는지 알 수 없다. 아마 익숙해진 건지도 모르겠다. 놈들이 그녀가 있는 쪽으로 총을 쏜다는 생각은 들지 않는다. 그리고 마침내 걱정만 하는 대신 행동하게 된 쾌감을 느낀다.

그녀는 천천히 길게 숨을 들이쉰다. 진동이 멈추었다. 그녀는 고요하고 단단하며 준비되어 있다. 어떤 목적을 가지고 조각해 윤까지 낸 존재처럼. 그녀는 핸드폰 위로 엄지손가락을 미끄러뜨려 다시 화면을 밝힌다. 그리고 할 수 있는 한 세게 철제 울타리 너머 대나무 쪽으로 던진다. 예전에 확실히 그곳 화단에서 솔잎을 봤다. 그녀가 던진 돌을 향해 달려가기 전 놈들이 서 있던 곳의 오른쪽이다. 물론 빛나는 무언가가 허공으로 날아가는 걸 놈들이 볼 가능성도 있고, 핸드폰이 콘크리트 바닥에 부딪힐 가능성도 있다. 그러면 핸드폰은 박살난다. 하지만 그보다 중요한 건, 그 경우 누군가 핸드폰을 던졌다는 사실이 명백하게 드러난다는 점이다. 그 결과는 뻔하다. 모든 걸 망치게 된다. 하지만 그녀는 다시 무력하게 겁에만 질려 있을 생각이 없다. 핸드폰이 빠르고 확고하게, 공기역학적으로, 마치 이 순간 이 장소를 위해 만들어졌다는 듯 회전하는 모습을 지켜본다. 와장창 깨지는 소리는 들리지 않는다. 그냥 조용하게 김이 빠지듯 떨어지는 소리뿐이다. 놈들도 그 소리를 들었을지 궁금하다.

"뭐야?" 한 놈이 말한다. 멍청한 잡초를 납작하게 누르던 멍청한 발이 혼란스러워하며 멈춘다. 놈들은 분명히 소리를 들었다. 좋은 일일 수도, 나쁜 일일 수도 있지만 어쨌든 그녀가 해낸 일이다. 놈들이 그녀를 조종해왔듯 그녀도 놈들을 조종했다. 갑자기 그녀는 좀더 뜨거워지고 단단해진다.

그녀 내면의 어떤 힘이, 깨어 있다.

다이아몬드꼴 철망 사이로 멀리서 빛나는 핸드폰 화면이 밝은 점처럼 보인다. 조준은 완벽하지 않았지만 나쁘지도 않았다. 어쨌든 화면이 위를 향한 채, 그녀가 바란 대로 대나무숲 안으로 몇 미터 들어간 지점에 떨어졌다. 화면 빛이 부드러운 나무줄기와 아직도 흔들리는 나뭇잎의 일부를 작게 밝힌다.

"저기다." 한 놈이 말한다. 놈들이 콘크리트 길을 가로질러 달리자 그림자의 파도가 보인다. 유인원관 처마의 불빛이 내리쏘는 곳으로 달려가더니 이윽고 둥근 빛 위를 지난다. 놈들은 그녀의 핸드폰 위로 허리를 숙이고 있고, 그 손과 얼굴과 팔이 잠시 유령처럼 보인다.

그녀는 한 놈이 핸드폰을 얼굴 쪽으로 들어올리는 걸 지켜본다. 면도를 깔끔하게 했고 머리색이 밝으며 그녀가 생각한 대로 백인이다. 얼굴은 깡말랐고 별 특징이 없다. 녀석이 목소리가 가는 놈인지, 놈의 얼굴이 어쨌든 목소리와 어울리는지 궁금하다.

그녀는 아직 볼일이 끝나지 않았다.

놈이 화면을 보는 동안 그녀는 팔을 뒤로 젖혀 두번째 돌을 잡고 남자들 너머로 관람로에서 더 먼곳을 겨냥한다. 그녀와 기찻길 모두로부터 반대 방향이다. 동물원 중심부로, 전시관으로, 그 모든 것을 향해 되돌아나가는 쪽으로. 지도로 그릴 수 있다면 던진 물건들이 직선을 그리기를, 그 직선이 인도와 화장실과 벤치와 테이블로 다시 이어지기를, 뻔한 은신처와 표지판과 팻말들로 이어지기를 그녀는 바란다. 여기만 빼고 어디로든 이어지기를.

링컨이 조용히 끙끙거린다. 그녀의 팔이 갑작스럽게 움직여 놀란 것이다. 그녀는 다시 한번 팔을 젓히고 있다. 마침내 돌이 단단하면서도 부드러운 뭔가에 부딪히는 소리가 난다. 흙이라고, 그녀는 상상한다.

"도망친다." 목소리가 높고 조용한 놈이 말한다. 핸드폰을 들고 있는 놈이다.

빛이 사라진 걸 보니 놈이 핸드폰을 끄거나 주머니에 넣었거나 뭐든 한 게 분명하다. 놈들이 관람로를 따라 가볍게 달려가며 그녀와 링컨으로부터 멀어지는 소리가 들린다. 돌멩이를 쫓되 너무 빨리 쫓지는 않는다. 걱정할 게 없으니까. 놈들은 즐기고 있다.

그녀가 한 건 고도의 지능이 요구되는 일이 아니다. 〈미녀 첩보원〉이나 〈프레데터〉처럼 여태 봐왔던 액션물 어디서든 나왔을 법한 행동이다. (이 순간에 텔레비전 앞의 자신을, 소파에 앉아 물병으로 물을 마시며, 질문하지 않고는 어떤 프로그램도 일 분 이상 보지 못해 계속해서 뭔가를 물어대는 링컨을 꽉 끌어안고 있는 자신의 모습을 떠올리다니 얼마나 이상한 일인가?) 그녀는 무장괴한들도 그런 프로그램을 백만 편은 보았을 거라 확신하지만, 놈들이 너무 오만하고 멍청해 뭐든 아주 주의깊게 생각하지는 못하리라고 기대한다.

아직도 놈들의 발소리가 희미하게 들린다. 콘크리트 바닥 위에서 리듬감 있고 태평하게 움직인다.

그녀는 문득 링컨이 아주 조용했다는 생각이 든다. 팔이 아프고 엉덩이에 무게가 느껴지지 않았다면 링컨이 거기 있다는 걸 잊어버릴 뻔했다.

"아가?" 그녀가 묻는다.

아이는 그녀에게 몸을 가까이 붙이기만 한다. 고개조차 들지 않는다.

그와 마크는 팔꿈치가 닿을 정도로 가깝게 달린다. 둘의 숨소리가 하나처럼 몰려나온다. 핸드폰을 떨어뜨린 사람의 흔적은 전혀 보이지 않지만 속도감 때문에 모든 것이 매끄럽고 완벽하게 느껴진다. 로비는 오늘밤처럼 몸이 빨라진 기분을 한 번도 느껴본 적이 없다. 자신의 몸이 강력한 도구라는, 뭐든 할 준비가 되어 있다는 느낌 역시 한 번도 느껴보지 못했다. 앞에 등받이가 없는 철제 벤치가 있다. 돌아가면 쉽겠지만 그는 뛰어서 벤치를 넘는다. 한 발이 금속 위에 시끄럽게 내려앉는다. 달리는 그는 더이상 로비가 아니다. 손에 쥔 총 때문에 비슷한 기분이 들 때도 있지만 항상 그런 건 아니다. 주변의 어둠과 머리 위에서 번쩍이는 불빛, 바람 속에서 흔들리는 커다란 나뭇잎들. 그 모든 게 딱 알맞게 느껴진다. 그가 평생 원해왔던 바로 그것이다. 딱 맞는 것.

돼지들과 함께 있던 방금 전에는 뭔가 어긋난 것처럼 느껴졌지만 그건 자신이 더이상 로비가 아니라는 사실을 잊었기 때문이다. 그렇게 길을 잃은 듯, 다리도 팔도 뇌도 없이 그저 몸뚱이만 있다고 느끼는 건 로비뿐이다.

"이쪽이야." 마크가 기린들이 있는 왼쪽으로 돌며 속삭인다. 굳이 로비가 따라오는지 보려고 기다리진 않는다. 로비는 언제나 따라오니까.

마크는 속도를 늦춰 가볍게 달린다. 빼빼 마른 목에 목울대가 튀어나와 있다. 머리는 뭐랄까, 위아래로 끄덕이는 중인데, 한 번도 그렇게 예스맨처럼 보인 적은 없었다. 마크는 중학교 이후로 5킬로그램도 찌지 않았을 것이다. 로비의 엄마는 반쯤 웃으며 원 세상에, 라고 말했지만 로비는 뭘 잘 모르는 사람이나 그렇게 웃을 수 있다는 걸 알았다. 로비가 처음 마크를 집으로 초대한 게 바로 중학교 시절이었다. 마크는 선반에 놓여 있는 DVD를 보고 그중 하나를 집어들더니 외쳤다. "숨겨진 자들?!" 다른 녀석들이라면 포르노를 발견했을 때나 낼 법한 목소리였다. 그러더니 마크는 묻지도 않고 리모컨으로 손을 뻗었다. 어느새 마크와 로비는 첫 장면을, 로비 자신은 이미 여남은 번은 보았던 장면을 보고 있었다. 암흑이 화면을 가득 채운 다음, 그 속에서 아주 천천히, 작은 빛의 점들이 나타나는 장면이었다.

우주를 들여다보는 듯한 느낌이 들 때쯤 카메라가 물러나는데, 알고 보니 카메라는 나무둥치의 틈을 들여다보고 있었다. 빛의 점들은 구더기나 흰개미 같은 곤충들이다. 다른 점이 있다면 형광색이라는 것뿐. 그다음에는 거대한 나무 전체가 보이고 이어서 다른 나무들이 보이면 이곳이 열대우림이라는 걸 알게 된다. 하지만 여태 들어본 어느 우림과는 다르다. 하늘이 전혀 보이지 않는다. 나무가 너무 울창해 모든 것은 그림자뿐이고, 잎사귀는 성인 남자만큼 크다. 그 거대한 잎사귀들이 펄럭이며 전투모에 부딪치고 라이플총을 감아온다. 나무들이 그렇게 몰려들면 숨을 쉬기 힘들 거라고 로비는 항상 생각해왔다. 나무들이, 최소한 지구의 나무들이 산소를 만들어낸다고는 하지만 말이다. 실은 그 점이야말로 이 영화에서 가장 멋진 부분이다. 그곳이 지구인지, 아니면 다른 행성인지 영영 알 수 없다. 남자들은 인간이지만 나뭇잎들은 밤이 되면 엑스트라* 껌처럼 빛나고, 남자들이 사냥하는 존재들은 늘 머리 장식과 깃털과 레게머리로 뒤덮여 있기 때문이다.

"그 여잔 놓쳤어, 알지?" 마크가 말한다. 두어 마디에 한 번씩 숨을 들이쉴 때마다 틈이 생긴다. 그는 한 번도 운동을 잘한 적이 없었다. "어디에 있는지 단서가 없어."

로비는 반쯤 영화에 빠져 있다. 자신의 몸과 다시 접속하는 데 잠깐 시간이 걸린다.

"'여자'?"

"핸드폰 떨어뜨린 여자."

"여잔지 어떻게 알아?"

마크는 핸드폰을 뒤집어 뒷면 케이스가 보이도록 내민다. 로비

* 껌 상표 중 하나로, 상자에 나뭇잎이 그려져 있다.

는 어떤 애매한 사진을 알아본다.

"애 사진이야." 마크가 말한다. "여자가 틀림없어."

로비는 확신이 서지 않지만 말싸움은 무의미하다.

"그럼 우린 왜 뛰는 거야?"

마크가 팔을 들어올리고 이내 핸드폰이 인도 바닥에 부딪혀 터지는 소리가 난다. 아름다운 소리다. 다음 순간, 그들은 산산조각 난 화면과 케이스와 부품들 조각을 뛰어넘는다.

"사냥은 계속된다." 마크가 말한다. "우리가 질서다. 우리가 희망이다."

로비는 그제야 마크도 같은 걸 느끼고 있음을 안다. 그들은 남은 것 전부를 정문 밖에, 저 뒤 주차장에 두고 왔다. 여기에는 역사가 없다.

스타벅스 여덟 달. 애플비스 네 달. 버즈버거 다섯 달. 제기랄, 버즈버거는 당장이라도 떠나고 싶었다. 그곳은 뭐랄까, 심각한 비만 괴물들로 가득했으니까. 뚱뚱한 사람들만 그 문을 넘어 들어올 수 있는 것처럼 말이다. 케이크 굽는 프라이팬에 반죽이 넘치듯 그들에게서는 뱃살이 늘어졌다. 칼을 들고 그 모든 걸 썰어내고서 지방이 없으면 그 불쌍한 인간이 어떤 모습일지 보고 싶었다.

도그이어페이지 서점과 칙필레와 시어스에도 두 달씩 있었다. 지금 CVS에는 다닌 지 채 한 달이 안 됐다.

멍청한 사장 놈. 드러그스토어 경영자라고 잘난 척이 대단하다. 야, 마흔 살 먹고 한다는 게 잡화점 사장? 그래, 와, 눈부신 성공이다. 루이자 브런슨이 생각난다. 그녀와 함께 볼링을 치러 갔을 때

분명 좋은 시간을 보냈다고 생각했다. 하지만 다음날 밤 전화를 걸었을 때, 그녀는 그와 대화를 나누는 동안에도 텔레비전에서 눈을 떼지 않았다. 그녀의 엄마가 데이트보다는 대학에 집중해야 한다고 말했단다. 그러나 사실 루이자의 엄마가 싫어한 건 루이자가 그와 데이트하는 것 자체였다는 걸 안다. 왜냐하면 부모들은, 특히 루이자의 엄마는 그렇게 생각하니까. 툭 튀어나온 개구리눈에 평생 단 하루도 일해본 적이 없으며 태어났을 때부터 지금까지 쭉 인격이 쓰레기 같은, 태어나자마자 부모가 고양이 새끼처럼 물에 처넣어 죽였어야 할 년 같으니. 루이자 전에는 앤절라 월러드가 있었다. 처음에는 친절하고 상냥하고 수줍음을 탔으나 알고 보니 개도 멍청한 창녀였다. 처음부터 알았어야 했는데.

그의 두 발이 창녀와 상냥함과 수줍음을 인도에 두들겨 박아댄다.

여덟 살짜리 사촌 여동생은 로비더러 엄마한테 방세를 냈느냐고 물었다. 부모한테 무슨 대화를 엿들었기에 애가 그런 질문을 하는 걸까. 그쪽 가족들은 말로만 기독교인이지, 실제로는 사람을 찢어발기는 걸 대단히 좋아한다. 고약하고 쪼잔한 인간들이다. 온 세상 천지에 고약한 인간들이 널렸지만 아무도 서로의 역겨움을 보지 못한다, 그럼, 그렇고말고. 모두들 로비가 인간 말종에 게으름뱅이라고 생각하느라 바쁘다. 모두들 눈먼 장님이고 구제불능이며, 자기들이 그렇다는 사실조차 모른다.

그들 모두가 쓸려나간다. 그 모든 게 쓸려나간다.

우리가 질서다/우리가 희망이다.

우리가 질서다/우리가 희망이다.

카메라가 물러나면서 점점 더 크게 들려오는 바로 그 구호다. 군인들의 행군 구호와 비슷한 박자에, 마지막의 희망이다에서 목소리가 높아진다. 화면에는 몇 초 동안 나무들만 나오다가 어떤 형체가 조용히 달려온다. 짙은 머리에 맵시 있고 매끈한 제복을 입은 군인에게 쫓기고 있는데, 그림자처럼 보이는 그 형체가 거의 불쌍하게까지 느껴진다. 몸은 여위었고 커다란 머리 장식을 제외하면 아무것도 걸치지 않았다. 그러다가 군인이 그 존재의 손—손일까, 아니면 더 이상한 무엇일까?—을 잡는 순간, 그 반대쪽 손이 군인의 얼굴을 만지고, 군인은 그대로 얼어붙어 허리를 뒤틀며 등을 뒤로 젖히다가 쓰러진다.

더 많은 군인들이 다가온다. 깔끔하게 줄지어 일사불란하게 움직인다. 그 생명체는 덤불 밑으로 뛰어든다. 그때 처음으로 하딩 중위가 보인다. 그는 아무 말도 하지 않고 손을 든다. 그런 다음 덤불로 다가가 나뭇가지 안으로 손을 뻗는다. 그는 발길질하며 횡설수설해대는 그 땅딸보의 한쪽 발목을 잡아 끄집어낸다. 장갑 낀 한 손으로 땅딸보의 두 손목을 꽉 잡아서 그녀의 유독한 손이 자신의 피부에 와닿지 못하게 한다. 그는 미소 지으며 그녀에게 노래한다. **한때 너를 잃었으나 이제는 찾았노라.** 그 순간부터 얼굴이 비칠 때마다 하딩은 그녀의 목에 손가락을 감고 있다. 보랏빛 금속 같은 것으로 가려져 있기는 하지만 젖가슴이 있기에 그 존재가 여자라는 걸 알 수 있다. 땅딸보들이 나쁘고 군인들이 착하다는 건 분명하다. 중위가 그녀의 목을 부러뜨릴 때면 기분이 좋아진다.

"다시 호수로." 마크가 청바지를 끌어올리며 말한다. "코스를 완주해야지."

"알았어." 로비가 말한다.

"쉿." 마크가 말한다.

땅딸보들을 통제하라는 최초의 임무에 오류가 있었다는 걸 하딩이 깨닫는 순간도 기분좋다. 통제로는 충분하지 않다. 땅딸보들이 위험을 무릅쓰고 열대우림의 경계를 지나 마을로 들어가기 시작했기 때문이다. 그 마을에는 이름이 없다. 하딩 중위는 이 생명체들이 인류 전체를 몰살시킬 수 있다는 걸 깨닫는다. 그러지 않으려면 놈들을 몰살시켜야 한다.

땅딸보들은 해칠 의도가 없다고 말한다. 그러더니 계속 뭐라고 떠들어대는 대표단 셋을 군인들의 야영지로 보낸다. 그중 하나가 깃털과 레게머리를 바람에 흩날리며 앞으로 나서고, 그들은 유일하게 아는 걸로 보이는 한 단어를 말한다. 평화, 평화, 평화. 그러고서 손을 들어올리지만 그 손은 무기다. 그렇지 않은가? 그들은 닿는 것만으로도 죽일 수 있다.

하딩은 긴 바늘을 가지고 다닌다. 밤에는 불가에서 그 바늘을 꺼내 군화에 쓸려 생긴 발의 물집들을 터뜨리기 시작한다. 물집이 잡힌 피부에 바늘을 미끄러뜨려 넣으면 상처가 터지고 고름이 흙으로 떨어진다. 그는 다시 군화에 발을 밀어넣으면서도 절대 표정을 바꾸지 않는다. 나중에 그는 깡마른 땅딸보의 목에 바늘을 찔러넣고 또 찔러넣는다. 비명을 지르는 땅딸보의 얼굴에서 눈물이 흐른다. 땅에 떨어지는 눈물은 고름과 똑같아 보인다. 아무 차이가 없다.

땅딸보들은 취약해 보인다. 로비가 땅딸보들을 싫어하는 가장 큰 이유다. 하딩은 머리도 더 좋고 힘도 더 세고 약점이라고는 없다. 존경해 마땅하다, 그렇지 않은가? 실수를 저지르지 않는 남자라니. 하긴 실수를 저지른다 해도 아무도 눈치채지 못한다. 그야말로 진짜 재능이다, 그렇지 않은가?

CVS에서 해고당했을 때, 그는 두번째 알람도 못 듣고 계속 자는 바람에 늦었다고 말했다. 그럼 어쩌란 말인가? 염소수염에 자의식 과잉에 스키니진이나 입고 다니면서 계속하도록, 하며 영국식 발음이나 흉내내는 주제에 사장은 로비의 알람은 문제가 아니라고 했다. 어쩌면 그 말이 맞는지도 모른다. 늦는 건 로비 자신의 문제일지도 모른다. 그렇다고 뭘 어쩔 수 있단 말인가? 이미 일어난 일을 어떻게 되돌리라고? 타임머신을 발명해 과거로 돌아가 나 자신을 깨우기라도 하라는 건가? 로비는 자신의 통제를 벗어난 일로 비난을 당해야 하는 이유를 평생 이해하지 못했다. 왜 그런 일로 계속해서 처벌을 받아야 하는 거지? 잠귀가 어두운 건 그가 통제할 수 없는 일이다. 속도계 보는 걸 잊고 실수로 어린이보호구역에서 시속 80킬로미터로 달리는 것도 통제할 수 없는 일이다. 주문을 잘못 입력해 어느 테이블 손님들이 검정콩 버거 대신 베이컨 버거를 받는 것도 통제할 수 없는 일이다. 고의가 아니었다. 어쨌든 사람들 말이 맞다고 치자. 나 자신이 게으르거나 무례하거나 이기적이라고 치자. 그래, 그래서 뭐, 그냥 그런 거 아닌가? 그건 유전 문제다. 선택이 아니다. 어쨌든 중요한 문제는 아니지만, 그렇지 않은가? 아무도 그가 노력하고 있다는 점에는 신경쓰지 않는다, 그렇지 않은가?

그래, 노력하는 사람은 로비다. 그는 로비가 아니다. 그는 오늘 집을 나선 소년, 지속적으로 신세를 조져대는 소년과 같은 사람이 아니다.

눈이 멀었나, 꿀단지?

땅딸보들은 여태껏 창조된 가장 영리한 악당들이라고, 그는 가끔씩 생각한다. 피를 흘릴 때 그들의 혈액은 선명한 분홍색이다. 기이한 조명 탓인지, 비인간적으로 보이려고 의도한 건지는 알 수 없다. 피는 이끼 위로 철퍽철퍽 떨어진다. 한때 여름 성경학교에서 했던 무슨 그림 그리기 활동 같다.

그 항생제 색깔이야. 처음 로비의 집에 왔던 그날 오후에 마크가 말했다. 알지, 아목시실린이라고? 그거 먹어본 적 있어?

로비는 맞다고, 그 피는 정확히 아목시실린 색깔이라고 생각했다. 달고도 퍽퍽하며 맛있던 그 맛이 기억났다. 그는 마크에게 아목시실린을 아주 좋아한다고 말했다.

그게 좋다고? 마크가 말했다. 그걸 역겹지 않게 생각하는 사람은 한 명도 못 봤다는 투로. 어렸을 때 한밤중에 아래층으로 몰래 내려가 아목시실린을 한 병 통째로 마시곤 했다고 마크는 말했다.

다른 사람과 같다는 느낌을 받은 게 로비로서는 너무 오랜만이었다.

그후로 조금 시간이 지났을 때 엄마가 말도 없이 눈조차 맞추지 않은 채 도리토스 한 그릇을 가져다주었다. 로비는 마음이 불편했다. 그녀가 있다는 걸 마크에게 상기시킬 만한 일은 절대로 하지 말았으면 하는 로비의 마음을 엄마도 안다는 확신이 들었다. 그래서 기분이 상했을까? 그에게 죄책감을 느끼게 만들려는 걸까? 그때 로비는 어깨 너머를 돌아보는 어머니의 모습을 포착했다. 미소 짓던 그 얼굴이 아직도 눈에 선하다. 그녀는 로비에게 친구가 생겨 너무도 행복해했다. 무척 안도했다.

가끔은 그녀가 거의 증오스럽다. 하지만 그런 자신도 증오스럽다. 그러니 뭔가 의미가 있다.

"체크인 시간이다." 마크가 속도를 늦춰 걸으면서 숨을 헉헉대며 말한다.

로비는 손목시계를 힐끗 본다. 손목에 닿는 느낌이 아직도 어색하지만 그들에게는 모두 손목시계가 필요했다. "그래."

"안 나가면 어떻게 되는지 알지?" 마크가 말한다.

그들은 이제 거의 호수로 돌아와 있다. 깜빡거리는 조명이, 그 모든 귀여운 핼러윈 장식들이 반짝이며 멀어지는 게 보인다.

"응." 로비가 말한다.

"우리가 해야 할 일은," 마크가 벌써 천번째 말한다. "벽을 넘는 거야. 길을 따라서 돌아간 다음 어두운 곳을 찾아서 체리 스트리트나 저쪽 헤이버스로 쑥 나타나는 거지. 내 차로 걸어간 다음 여기서 벗어나는 거야. 아무도 모르게."

마크는 늘 이런 식이다. 모든 게 쉽기를 바란다. 절대 대가를 치르려 하지 않는다. 수업에 제출해야 할 과제가 있으면 한 페이지도 하지 않고 교수에게 편두통이 어쩌고 하는 핑계를 댄다. 그러고서도 0점을 받았다며 씹어댄다. 반면 로비는 새벽 네시까지 컴퓨터실에서 기를 쓰고 과제를 한다. 그래도 두어 페이지밖에 하지 못해 5, 60점을 받는다. 결국은 둘 다 낙제한다. 그렇다면 실제로는 누가 더 똑똑한 걸까?

"그다음엔 뭘 할 건데?" 로비가 말한다. "페루에 가서 영원히 바닷가에 사나?"

"페루에는 바닷가 없어, 멍청아." 마크가 말한다. "뭐든 하면 되지. 집에 가서 피자를 먹든지. 말이 안 된다고, 로비. 그 사람한테도 똑같이 끝이야. 그 사람은 자기가 원하는 걸 얻겠지. 우리는 하겠다고 한 일을 해냈고."

그들은 콘크리트 길에서 물러난다. 풀과 솔잎이 발밑에서 바스락거린다. 로비는 덤불 속에서 어떤 움직임을 보지만 철제 울타리 너머의 오리 한 마리였을 뿐이다.

"안 돼." 마크가 말한다. "이미 안 된다고 했어."

로비가 절대 말대꾸를 하지 않기 때문에 마크는 그를 설득하는 연습을 해본 적이 없었다. 그 연습 부족이 눈에 띄게 드러난다. 영업사원이었다면 마크는 엉망진창이었을 것이다. 그냥 했던 말을 계속 반복하기만 할 것이다.

"그냥 가버리면 돼." 마크가 가까이 다가서며 말한다. "자고 내일 아침에 일어나면 된다고."

어린 시절 로비는 로봇이었는지 쥐였는지 뭐였는지가 나오는 만화를 보았다. 어쩌면 개였을지도 모르겠다. 그 모든 것들은 만화에서 거의 비슷하게 보인다. 어쨌든 로봇-쥐-개가 화면에 불쑥 나오면 우렁우렁한 목소리가 소리쳤다. "자, 이번 쇼의 주인공입니다!"

가끔씩 데스틴을, 이 모든 일을 일어나게 만든 그를 볼 때면 머릿속에서 그 목소리가 들린다. 그들에게서 특별한 무언가를 발견한 사람. 이번 쇼의 주인공. 로비는 데스틴에게 약속한 대로 이 일을 마무리할 것이다.

사실, 가장 중요한 부분은 결말이다.

로비는 호수 위 빛나는 조명을 건너다본다. 미소 짓는다.

6:40 p.m.

“배고파.” 링컨이 말한다.

조앤은 귀를 기울이고서야 그 말을 알아듣는다. 링컨이 뭐라도 말한 건 한참 만이다. 링컨이 그녀의 가슴에 기댄 채 두 사람은 조용히 앉아 있었다. 이제 링컨의 친구들을 갖고 놀기엔 사방이 너무 어둡다.

뭘 하기에도 너무 어둡다.

아이의 목소리가 들리자 터무니없게도 반갑다. 무엇이든, 뭔가 다른 말을 했더라면 훨씬 더 좋았겠지만.

“어디 보자.” 가진 게 아무것도 없다는 걸 알면서도 그녀는 말한다. 핸드백 안을 더듬더듬 움켜보면서 먼저 주머니들을 만져본다.

“근데,” 그녀가 말한다. “배트맨은 어떤 훈련을 받을까? 더 빨라지고 힘이 세지려면 말이야.”

아이는 아무 말도 하지 않는다.

"엄마 생각엔 역기를 들 것 같아."

크레용이 만져진다. 이 많은 영수증을 왜 버리지 않은 걸까.

"훌라후프도 할 것 같고." 그녀가 절박하게 말한다. "발레도 할 것 같고."

그녀는 뭉개진 미니 스니커즈를 꺼내 포장을 벗겨 내민다.

"여기 초코바 있네, 아가. 스니커즈야."

스니커즈를 받아드는 아이의 손가락이 그녀의 손가락에 닿는다. "더 있어?"

"확인해볼게." 더는 없다. 그렇지만 그녀는 두 손을 계속 핸드백에 넣어둔다. 아이의 축축한 입이 손가락들을 포위하는 소리가 들린다. 링컨은 언제나 필요 이상으로 음식을 입안 깊숙이 밀어넣는 듯하다. 이어서 씹는 소리가 들린다.

몇 초 후에는 손가락 빠는 소리가 들린다.

"더 찾았어?" 아이가 묻는다. 너무 조용하고 얌전하다.

앞이 거의 보이지 않는 와중에 아이의 머리가 그녀에게로 향한다. 아이의 이목구비를 전혀 알아볼 수 없다. 눈이나 치아조차도. 그 둘은 어둠 속에서 하얗게 빛날지도 모른다고 생각했는데. 그녀는 돌벽에 등을 기댄다. 벽은 차갑고 단단하다. 머리카락에 돌벽 가장자리가 걸린다.

"더는 없어, 아가."

"아직도 진짜 배고파. 크래커 있어?"

"아니. 근데, 네 친구들 아직 데리고 있어?"

"아니."

"어디 있어?"

아무 말도 없다.

"잃어버리면 안 되잖아, 아가. 찾아봐야지."

아이는 대답하지 않는다. 그녀는 손을 뻗어 아이의 허벅지에 내려놓는다. 손으로 더듬은 끝에 아이의 손가락을 자기 손가락으로 감싼다. 그녀가 손을 잡자 아이는 손을 빼지 않는다. 하지만 평소처럼 자기 손가락으로 그녀의 손가락을 감지도 않는다.

"딱 한번만 더듬어보자." 그녀가 말한다. "찾을 수 있는지 보게. 깜깜한 데서 하는 부활절 달걀 찾기 같은 거야. 달걀 대신 친구들을 찾는 거지."

아이는 부활절을 좋아한다.

링컨은 그녀의 손에서 자기 손을 빼낸다.

"엄마가 더듬어서 찾아볼게." 그녀가 속삭인다. 목소리가 지나치게 명랑하다는 걸 그녀도 알고 있다. "자, 누구를 내놨더라?"

아이가 대답하지 않으면 그녀는 침묵을 채우지 않고는 못 견딘다.

"엄마가 배트맨 줬던 건 알고." 그녀는 두 손으로 흙을 훑으며 말한다. 풀이 너무 건조해 살갗을 찌른다. 거의 즉시 매끄러운 플라스틱이 만져진다. 뿔 달린 투구 덕분에 어떤 피규어인지 알아차린다. "로키 찾았네. 또 누구를 찾아야 하나?"

"토르." 아이가 말한다. 기운 없이. "프레데터. 금발머리 남자애."

그 셋은 이미 찾았다. 이곳 흙바닥에 아무것도 남겨두지 않는 일이 매우 중요하게 느껴진다. 그녀의 두 손이 속도를 올려 원을 그린다. 좀더 날카로운 따가움이 전해진다. 유리? 돌조각? 하지만 그녀는 신경쓰지 않는다.

"갔어?" 아이가 묻는다. 너무 조용한 목소리라 거의 들리지도 않는다.

그녀는 치마에 두 손을 문지른다. 그러고는 실수로 링컨의 친구들이 떨어지는 일이 없도록 핸드백을 조심스럽게 탁 닫는다.

"나쁜 놈들?" 그녀가 속삭인다.

"응."

"엄마도 몰라. 알게 될 때까지는 여기에 조용히 있어야 돼."

"경찰이 왔어?"

"엄마도 몰라."

"그놈들이 우리를 죽이는 거야?"

"네 이야기에서는 금발머리 남자애가 무슨 역할이었더라?"

"그 사람들이 우리를 죽이는 거야?"

아이의 숨소리가 들린다. 말소리보다도 더 클지 모르겠다. 아이 얼굴이 보였으면 좋겠다.

"그럴지도 몰라." 그녀가 대답한다. "그놈들이 우리를 찾으면 죽일 수도 있지. 근데 못 찾을 거야."

엉덩이부터 어깨까지 그녀에게 바싹 붙어 있는 아이의 온기가 느껴진다. 아이가 너무 조용하게—너무 조용하다!—뭔가 다른 말을 한다. 아이의 말을 알아들으려고 그녀는 몸을 더 가까이 숙인다.

"뭐라고?" 그녀가 속삭인다.

"그 사람들이 우릴 죽이면," 아이가 말한다. "우리 몸이 하늘나라에 가는 거야?"

"하늘나라에 가는 건 영혼이야."

"아 맞다." 아이가 숨을 내쉰다. "그럼 우리 몸은 여기에 남아?"

"응. 근데 몸은 필요 없어. 중요한 건 영혼이야."

"근데 영혼은 안 보이잖아. 만져지지도 않고."

"지금은 그렇지."

다시 바람이 거세졌다. 춥지만 지독할 정도는 아니다. 링컨에게 춥냐고 묻고 싶지는 않다. 그 질문이 머릿속에 춥다는 생각을 심을지도 모르니까.

그녀에게 기댄 채 몸을 움직일 뿐 아이는 더이상 질문을 하지 않는다. 콧노래를 부르거나 의미 없는 단어들을 실없이 늘어놓지도 않는다. 그녀는 나뭇잎과 귀뚜라미 소리에 귀를 기울이며 폴을 생각한다. 지금 폴에게 연락할 방법은 전혀 없다. 그놈들이 빙 돌아 되돌아올 수도 있을지 궁금하다. 그리고 여기, 맥박 치며 확장되는 이 고요함 속에 앉아 있는 건 실제로 더 힘들다.

"오래 걸리진 않을 거야." 그녀가 링컨에게 속삭인다.

"나 아직도 배고파." 아이가 말한다.

그녀는 대체 경찰이 어디에 있는 건지 천번째 궁금해진다. 잠시 동안은 달랠 수 있을지 모르지만 아이의 혈당 수치는 계속해서 떨어질 것이다. 매분 조금씩 야생동물과 비슷해질 것이다. 결국은 한

계점이 온다.

아이를 여기에 놔두고 유인원관을 되돌아가서 놀이터와 코끼리 서식지를 지나고 사바나 스낵바의 측면을 돌아 자판기까지 갈 수도 있다. 일이 잘 풀리면 크래커 한 팩을 가지고 이삼 분 만에 돌아올 수도 있다. 링컨은 여기에서 기다리면 된다. 집에서라면 화장실로 달려가거나 위층으로 달려가 책 한 권을 가져오는 데 걸리는 시간 안에 돌아올 테니까.

순전히 꿈같은 일이라는 건 그녀도 안다. 당연하게도 아이는 결코 여기에 조용히 앉아 침착하게 기다리지 않을 것이다. 단 이 분도. 두 팔을 들고 자기도 데려가라고 고집을 부리기 전에는 결코 그녀가 난간을 넘도록 내버려두지 않을 것이다. 그 말을 못 들은 체하면 그녀가 멀어져가는 내내 비명을 지를 테고.

게다가 간식을 가져다주는 게 그녀에게도 쉬운 여정이 아닐지 모른다. 놈들이 저 밖에서 기다리고 있다면? 놈들이 그녀를 죽인다면? 그때 링컨이 여기에서 그녀를 부르며 울어대고, 놈들이 아이를 찾는다면? 그렇다면 그녀는 아이에게 무얼 해주는 셈인가?

그렇다, 설령 아이가 여기에서 얌전히 기다린대도 좋은 일을 상상하기는 힘들다. 놈들이 혼자 있는 아이를 발견한다고 생각하니, 총을 들어올리는 놈들 앞에서 겁먹고 있는 조그만 아이를 생각하니 왠지 훨씬 더 끔찍하다. 불편하지만 조금이라도 위안이 되는 생각은 그런 상황이 닥쳤을 때 그녀가 아이를 안고 있으리라는 것. 그리고……

그녀는 생각을 차단한다. 가끔은 어떤 끔찍한 사고—링컨이 뒷

걸음질치며 차도로 들어가고 자동차가 아이를 찌그러뜨리는—를 지나치게 선명하게 그려볼 수 있다는 생각이 든다. 어느새 그녀는 폴에게 전화해 뭐라고 그 소식을 전해야 할지 연습하기까지 한다. 폴의 누나가 링컨을 카시트에 앉혀 안전벨트를 채우고 차를 몰아 떠나는 걸 지켜보는 동안 조앤은 거의 공황에 가까운 발작을 떨쳐내느라 애써야 한다. 그들이 주간州間 고속도로에서 겪게 될 교통사고가 너무도 선명하게 그려지니까. 그 소식을 듣는 건, 전화기 너머 흐느끼는 시누이의 목소리를 듣는 건 그녀 자신이 될 테니까.

그녀는 가끔 자정이 훌쩍 지난 시각에 아이의 방에 들어가 아이가 숨을 쉬고 있는지 확인한다.

그녀는 아이를 학교에 데려다준다. 그러고 싶지 않은 날에도 교내 총기난사가 생각나 억누른다. 교실로 난입하는 남자들, 비명을 지르는 선생들. 무장괴한들이 문을 부수고 들어오기 전에 얼마나 많은 아이들이 창문으로 빠져나갈 수 있을까? 선생이 링컨을 가장 먼저 탈출할 아이 중 한 명으로 선택할까? 이런 생각은 이성적이지 않다고 그녀는 언제나 자신을 타일러왔다. 하지만 지금 그들의 처지를 보라. 분명 그렇게까지 어이없는 상상은 아니었던 것이다.

사실 링컨이 나이를 먹을수록 그녀의 병적인 환상은 줄어들었다. 링컨이 갓난아기였을 때 그녀는 무슨 창문이든 쳐다보지 못하던 시기가 있었다. 항상 아이가 창문에서 떨어지는 장면이 떠올랐기 때문이다.

지금은, 온 세상이 그림자로 뒤덮여 있고 거의 알아들을 수조차 없는 소음이 가득한 와중에 흙바닥에 앉아 있는 지금은, 오히려 아이가 총을 맞는 일을 상상할 수 없다. 그런 장면은 떠오르지 않는다. 그녀가 그렇게 놔두지 않을 것이다.

"눕고 싶어?" 그녀가 묻는다. "엄마 무릎베개 하면 돼. 아니면 아기 때처럼 엄마가 안아줄게."

가끔씩 링컨은 자기가 아기였을 때 그녀가 했던 일에, 자기가 기억할 수 없는 인생의 부분들에 매료된다. 그녀의 가슴에서 우유가 나왔다는 생각에 흥미를 느낀다.

"아니." 아이가 말한다. "나 저녁 먹고 싶어."

"좀 쉬면 기분이 나아질지도 몰라." 주의를 돌리려는 행동이 목적을 이루는 데 도움이 되지 않을 걸 알면서도 그녀는 그렇게 말한다. 아직은 아이가 잠들지도 모른다는 가느다란 희망을 놓아버리고 싶지 않다. 어쩌면 아이를 안고 잠들 때까지 얼굴을 쓰다듬어줄 수 있을지 모른다는 희망, 여기에 끝없이 머물 수 있을 거라는 희망을. 이번 한 번만큼은 아이에게 아직 공갈젖꼭지가 있었으면 좋겠다고 생각한다. 뭔가를 빨기 시작하는 순간 눈이 감기며 까무룩해지는 아이의 반응은 파블로프적이다. 한번은 아이가 이렇게 말했다. **공갈이는 입에 넣는 친구야.** 하지만 다섯 살이 되던 날 밤 링컨은 기꺼이 공갈젖꼭지를 포기했고, 젖꼭지는 지금도 아이방 선반에 있다. 아이스크림에 꽂혔던 막대기로 만든 공갈젖꼭지 집 안에, 인형 침대랑 담요와 함께.

"나 배고파." 아이가 다시 말한다. "굶어죽을 거 같아."

아이가 발음하는 대로라면 '쿰머주글'로 들린다.

"그냥 잠깐만 누워보자."

"눕기 싫어. 저녁 먹고 싶어."

"좀 있다가 저녁 먹을 거야."

"나 굶어죽을 거 같아."

"오 분만 누워 있어." 그녀가 말한다. "딱 오 분만 있어보자."

"응." 아이가 말한다. 하지만 얼굴은 둥글게 움츠러드는 중이다. 입술이 삐죽 나오고 눈썹은 처진다. 호흡이 벌써 거칠어지기 시작한다. "으응. 으응."

"링컨……" 그녀가 입을 연다.

아이의 울음은 언제나 단어로 시작한다. 흐느끼는 소리 사이로 말을 하려고 애쓴다. 그 말이 늘어져 울부짖음이 되고 그다음에는 단어가 증발하고 눈물이 난다. 일단 눈물이 뺨을 흘러내리면, 좀더 신경에 거슬린다는 것만 빼고 아이는 단조롭고 주기적인 바다와도 같은 무언가로 넘어가버린 다음이다.

"쉿." 그녀가 말한다. "조용히 해야 돼."

"으, 으으, 응." 음절이 많아지면서 단어라기보다는 흐느낌으로 말한다.

그녀는 어둠을 훑어본다. 너무 시끄럽다, 너무 시끄럽다, 너무 시끄럽다. 그녀는 아이의 머리를 손으로 쓸며 더욱 가까이 끌어당긴다. 쉿 소리를 내며 쓰다듬는다. 어느 것도 통하지 않는다.

시간을 벌 방법을 모르겠다. 아이가 소음을 내서는 안 된다. 여러 요소가 작용하겠지만 그게 퍼즐의 가장 중요한 조각이다. 곧 눈물은 발 구르기와 사이렌 같은 비명으로 변할 것이고, 인간적이라기보다 기계적인 소리로 귀를 틀어막게 만들지 모른다. 내부의 어떤 장치가 뜯겨나가거나, 어딘가에서 소음기가 떨어지고 만 것처럼 말이다.

"알았어." 그녀가 말한다. "저녁 먹고 싶어?"

거의 즉시 흐느낌이 멈춘다. 숨소리가 띄엄띄엄 끊기고 눈물을 흘려 훌쩍이기는 하지만 흐느낌은 사라졌다.

아이는 소매에 코를 문지른다. "식당 있어?"

"간식은 어때?" 그녀가 말한다. "저녁으로 치즈랑 크래커 먹을까? 땅콩이나? 디저트로는 초코바가 어떨까?"

얼굴은 보이지 않지만 그녀는 아이가 던지는 시선이 탐탁지 않다는 걸 안다.

"그건 크고 힘센 음식이 아니잖아."

"아니지." 그녀가 동의한다. "우린 자판기에서 뭘 꺼낼 거야. 뭐든 네가 원하는 걸로."

"자판기에서 꺼낸 간식이 저녁이야?"

이제는 기대감에 찬 목소리다.

"응."

그녀가 혼자였다면 상황이 달랐을 것이다. 총격이 시작되었을 때 혼자서 동물원을 거닐고 있었다면 당연히 도망쳤을 것이다. 숨었을 것이다. 하지만 그다음에는? 그녀는 상당히 강하고 상당히 빠르며 머리도 좋다. 혼자였다면 지금쯤은 누군가 구해주기만 기다리고 있을 일이 아니라고 판단했을 것이다. 동물원 주변지대 어딘가에 반드시 그녀가 기어넘을 수 있는 지점이 있을 테니까. 철조망 같은 것에 긁혀 피가 좀 날 수는 있겠지만 말이다. 이 우리에서 살금살금 기어나가 모퉁이 너머를 살펴보고서, 탁 트인 곳과 숲과 끝없이 구불구불 이어지는 관람로를 지나 탈출하는 자신의 모습이 눈에 선하다. 그녀는 조용하고 빠르게 움직일 것이며 놈들은 그녀를 보지 못할 것이다.

이 남자들이 특별히 유능하다는 생각은 들지 않는다. 주의만 기울이면 놈들을 피할 수도, 나가는 길을 찾을 수도 있을 것이다. 그녀는 다른 사람들도 찾아볼 것이다. 혼자였다면 이타적으로 행동했을 테니까, 자기 한 몸만 빼내지는 않았을 테니까. 아기와 함께 있던 여자를 찾을 거다. 숨어 있는 사람을 발견하면 누구에게든 손을 내밀 거다. 그들 모두를 안전한 곳으로 이끌 것이다. 그늘진 곳만 고수하며 앞장설 것이다. 충분히 여유를 두고 절대 소리를 내지 않을 것이며, 울타리가 족히 수천 미터는 되므로 그 안 어딘가에서 결국 허술한 지점을 찾아낼 것이다. 아니면 지켜보는 경찰이라도 찾든지.

그녀는 자신을, 어떤 그림자를 본다.

놈들에게 발각되면 도망칠 것이다. 모퉁이를 돌아 질주할 거다. 놈들보다 훨씬 더 긴 거리를 달릴 수 있을 것이다. 그녀는 일주일에 네 번씩 10킬로미터 달리기를 하려고 노력한다. 달리기에는 마음에 드는 점이 있다. 습도가 낮고 근육이 이완되어 있을 때는 조금 뛰다보면 몸무게가 느껴지지 않으면서 중력에서 벗어난다. 허벅지와 폐의 통증이 헬륨에 길을 내준다. 그리고 아무것도 느껴지지 않는다.

가끔씩은 두 발도 더이상 느껴지지 않는다. 가끔씩은 전신이 공기로 바뀐다. 달릴 때면.

"엄마?" 아이가 묻는다.

"준비됐어?" 그녀가 속삭인다. "잘 듣고 엄마가 말하는 그대로 해야 돼. 소리는 내지 말고."

"아니면 그 사람들이 우릴 죽일 거니까." 아이가 문장을 맺는다.

그녀는 그 말을 생각해본다.

"아니면 그 사람들이 우릴 죽일 거니까." 그녀가 동의한다.

아이가 고개를 끄덕이는 게 보이는 듯하다.

그녀는 일어서서 아이의 손을 잡는다. 아이를 들어올리자 다리가 그녀의 허리에 착 감긴다. 그녀는 그 무게를 흡수해 땅에 더 단단히 자리잡는다. 주변 모든 것이 완전히 새카만 어둠이므로 내딛는 첫 발걸음이 보이지 않는다. 그녀는 아이의 엉덩이 아래에 한 팔을 두고 다른 손으로 돌벽을 짚으며 만일을 대비해 균형을 잡는다.

아이는 그녀의 턱에 머리를 대고 있다. 머리카락 안에서 움직이는 아이의 두 손이 느껴진다. 첫걸음을 하도 천천히 떼어놓아 근육 하나하나의 움직임이 느껴진다. 발꿈치가 눌리자 발목의 힘줄이 펼쳐지고, 발꿈치에 이어 발가락이 땅에 구르듯 닿자 발의 굽은 부분이 곡선을 그린다. 건조한 풀이 아주 작게 바스락거린다.

느끼기에는 일 분에 두 걸음쯤 간신히 나아가는 듯하다. 손을 바위에 끌면서 각진 끄트머리를 돌아 바위벽 뒤쪽을 따라서 한 뼘씩 나아가는 진로를 가늠한다…… 그녀는 나뭇가지를 밟는다. 샌들 밑의 나뭇가지가 뼈처럼 느껴지면서 너무 시끄럽게 딱 하며 부러진다. 아니, 저절로 떨어지는 나뭇가지 소리보다는 작지 않을까? 이내 그녀는 바위 앞면에서 테라스의 나무판자를 마주하고 있다. 두 개의 문간을 밝히는 스포트라이트 불빛을 직시한다. 한쪽 문은 주요 관람로로 되돌아가고, 다른 쪽 문은 오랑우탄 우리가 있는 후미진 곳으로 이어진다.

두 개의 문이 게임쇼의 선택지처럼 밝혀져 있다. 그녀는 그 밝기 때문에 눈을 깜빡인다.

스포트라이트 불빛은 난간 끄트머리와 그 뒤로도 약간 번져나간다. 나무판자에서 바닥까지 죽 늘어진 거미줄이 보인다. 추락하는 사람을 받아주는 소방관의 그물이 생각난다.

나방들이 그 조명 주변에서 황홀경에 빠져 돌고 있다. 달빛을 받는 꼭대기 말고는 더이상 보이지 않는 나무들에서 낙엽이 지그재그로 떨어진다. 작게 탁탁 소리를 내며 유리문에 몸을 던지는 나방들 말고 좀더 작은 날개 달린 것들도 있다. 사방은 오직 암흑뿐이며 불이 밝혀진 이 공간의 기포 속에서는 모든 것이 제정신이 아니다.

그녀는 잠시 더 어둠 속에 머무르다가 난간으로 달려가 링컨을 바깥쪽 턱으로 들어올린다.

"잡고 있어." 그녀가 아이의 등에 계속 한 손을 올려놓은 채 말한다.

난간 너머로 몸을 끌어올리려면 아이를 놓아야 한다. 아이는 손가락으로 나무 주변을 꽉 쥔 채 조용하다. 이내 그녀는 두 발을 모두 그네처럼 흔들어 옆으로 넘기고 테라스에 내려선다. 나방들은 여전히 아무것도 모르고 무아지경에 빠져 급강하해댄다. 그녀가 난간 너머로 손을 뻗으니 날카로운 가장자리가 엉덩이뼈에 박혀든다. 그리고 링컨을 들어올리자 아이의 운동화가 난간을 쳐댄다. 탁 탁. 곧이어 아이는 다시 그녀 품에 감싸여 있다. 그녀는 처마밑으로, 문에서 멀리 떨어진 모퉁이로, 그림자 속으로 들어가 숨을 고른다.

6:58 p.m.

등을 벽돌에 바짝 대고 서 있자니 기분이 좀 나아진다. 그녀는 얼마나 오래 앉아 있었는지 생각한다. 손을 핸드백 쪽으로 뻗어 옆 주머니를 두드려본다. 정신과 달리 그녀의 몸은 핸드폰을 기억한다.

핸드폰.

핸드폰이 손에서 떠나는 순간, 안도감 외에는 아무것도 느껴지지 않았다. 그녀와 링컨이 있는 곳으로 놈들을 끌어올 수도 있는 낯선 물건일 뿐이었으니까. 물론 남편과 이야기할 통로, 그리고 외부 세계와 연결된 끈을 놓치게 된다는 생각은 못했지만.

이제는 동물원 외벽 밖에서 무슨 일이 벌어지더라도 그 일에 관여할 수 없다.

신경이 쓰여야 맞겠지만 별로 그렇지 않다. 외부 세계는 무관하다. 왠지 등뒤의 벽돌에 셔츠가 걸리는 느낌과, 링컨의 몸무게 때문에 당겨오는 왼쪽 어깨의 통증과, 이곳에 그녀와 링컨 둘밖에는 없다는 사실에 머리가 맑아지는 듯하다. 그들은 처음부터 둘뿐이었다. 핸드폰은 그저 혼자가 아니라는 환상을 줄 뿐이었다.

텍사스의 그 불쌍한 사람들, 얼굴을 아래로 처박고 둥둥 뜬 채 지금쯤 죽었을 그 불쌍한 사람들도 당연히 다르지 않을 것이다. 어쩌면 그녀가 울타리를 덜컹거리는 무장괴한들의 소리에 귀를 기울이던 바로 그 순간에도 텍사스 사람들은 폐부 가득 물을 삼키고 있었을지 모른다.

아무도 오지 않는다. 경찰 같은 건 없다.

이 사실을 알게 된 지금은 모든 게 더 또렷하다.

물론 폴이 있기는 하다. 그는 겁에 질려 있겠지만 그녀가 해줄 수 있는 일은 아무것도 없다. 폴은, 거의 모든 것이 그렇듯 그녀가 통제할 수 있는 대상이 아니다. 통제할 수 있는 건 어느 문을 열 것인지, 발길을 어느 방향으로 돌릴 것인지, 얼마나 빠르게 혹은 느리게 움직일 것인지뿐이다. 그녀는 다음엔 무슨 일이 벌어질지 생각한다. 건물이야말로 두 사람의 진로에서 가장 위험한 부분이라고 느껴진다. 놈들이 숨어 있거나 지켜보고 있다면 그녀와 링컨에게는 갈 곳이 없을 테니까. 유인원관의 주출입구, 즉 은신처로 가는 길에 달려서 지났던 문을 제외하면 출구는 없다. 그곳은 완벽한 은신처였고 안전했다. 그런 곳을 떠나다니 멍청하고 부주의한 짓이다. 지금 당장이라도 돌아서야 하지만 아이가 허기로 거의 몸을 떨고 있다. 어쩌면 허기 이상의 무엇 때문일지도 모른다. 하지만 그녀에게는 해결해줄 방법이 없다. 얼마나 오래 여기 서서 시간을 낭비한 걸까? 그렇기는 하지만 주출입구로 가려면 사방이 단단한 벽으로 되어 있고, 유리를 씌운 전시관들이 있는 좁다란 통로를 헤매고 나아가야 한다. 거기엔 문도 분기점도 없다. 갇히고 말 것이다.

하지만 선택의 여지가 없다. 아니, 최소한 그보다 나아 보이는 선택지는 없다.

"엄마?" 아이가 말한다. 평소보다 더 높은 목소리다.

이제부터는 한두 단어로만 말하려는 걸까? 그 모든 끝나지 않는 질문과 창작과 이야기들은 영원히 말라버린 걸까?

"괜찮아." 그녀는 아이를 끌어안고 빛 안으로 걸어가며 말한다. 나방들이 머리 위에서 은색으로 번쩍인다. 그녀는 네 차례 크고 빠른 걸음을 내디딘 다음 유리문을 밀어 열고 재빨리 안으로 미끄러져 들어간다. 등뒤에서 닫히며 끼익 소리를 내는 문이 끔찍이도 싫다. 손까지 대고 구슬렸는데.

문은 마침내 닫힌다. 안에서는 침묵이 습기처럼 내려앉는다. 고요함으로 공기가 무겁다. 울퉁불퉁한 벽에 몸을 바싹 붙이고 있자니—어느새 그녀는 뭔가에 등을 붙이고 있는 편이 좋다—이쪽 각도에서는 오직 가짜 돌벽과 굽도리널을 따라 달린 형광등, 매끄럽고 반짝이는 바닥 표면만이 보인다. 보행로가 처음으로 굽어지는 곳에서 전시가 시작된다. 지금은 마치 초현대적인 동굴이나 지하 벙커 한가운데에 서 있는 것만 같다. 완전히 자연적인 동시에 완벽히 인공적인 곳이다. 그녀는 온기를 느끼고 한숨을 쉰다. 건물 안은 보통 추워 보인다. 이곳을 지날 때면 그녀는 언제나 팔을 문질러댄다. 하지만 지금은 이 안이 바깥 기온보다 몇 도 높다.

그녀는 귀를 기울인다. 아무 소리도 들리지 않는다. 난방 시스템 소리도, 동물이 지절대는 소리도, 천창을 흔드는 바람도 없다. 들릴지도 모르는데 들리지 않는 모든 소리의 목록을 만들 수 있을 것만 같다.

아들이 너무 조용하다.

그녀는 링컨을 걷게 할 방법을 고민한다. 다리를 펴고 싶을 수도 있다. 그녀로서는 팔을 잠깐 쉬는 것도 나쁘지 않지만 아이를 안고 있는 편이 왠지 훨씬 안전할 듯하다. 설령 아이 몸무게 때문에 그녀의 몸이 늘어지더라도 이렇게 아이를 온몸에 감고 있는 한 아이는 그녀에게서 분리될 수 없다.

그녀는 귀를 기울인다. 아무 소리도 들리지 않는다.

"자, 간다." 그녀가 속삭인다.

링컨은 대답하지 않는다. 그녀는 천천히 앞으로 발걸음을 떼어놓으며 적갈색 타일에 닿아 날 듯 말 듯한 두 발의 소리를 헤아린다. 두 번, 세 번의 걸음 만에 너무 멀리 떨어져나와 더이상 벽에 닿지 않는다. 배의 갑판을 걷는 것처럼 균형을 잃을 듯한 기분이다. 주변에 공간이 너무 많다. 하지만 몇 걸음 더 디디자 통로의 첫 굽이에 이르면서 구멍이 많은 또다른 벽의 표면에 손이 닿는다. 그곳에는 멸종된 동물들, 도도새와 여행비둘기와 피레네아이벡스와 거대 바다쇠오리의 초상화가 있다. 그중 어느 것도 유인원이 아니지만 이 장소의 논리는 그녀의 관심사가 아니다. 어깨는 벽에 닿아 있고 두 손은 링컨의 몸 밑에서 꽉 붙들린 채 그녀는 굽이진 곳 너머로 고개를 내민다. 눈에 보이는 광경을 이해했을 때쯤에는 이미 뒤로 몸을 피한 다음이다.

바닥에 원숭이 한 마리가 앉아 있다.

그녀는 납작한 바위 뒤에서 나와 모퉁이를 돈다. 양옆에 유리가 있다. 아주 작은 다람쥐원숭이들이 오른쪽에, 콜로부스 전시관이 있어야 할 공간이 왼쪽에 있다. 하지만 이제 그 전시관은 밧줄과 콘크리트를 내보이며 그저 벽에 뚫린 사각형 구멍일 뿐이다. 타일 바닥에 온통 박살나 흩어진 것 외에 유리는 거의 남아 있지 않다. 우리 안에는 조명이 전혀 없지만 통로의 형광등 조명이 바위투성이 바닥과 가짜 계곡 위에 불빛을 던진다. 그녀는 그 광경을 곁눈질만 한다. 눈앞의 원숭이에게 집중하고 있기 때문이다.

그럼 그렇지, 콜로부스다. 검은색과 흰색이 섞여 있고 머리는 앞으로 늘어져 있으며 두 손은—발은—유리로 뒤덮인 타일 위에서 끌리고 있다. 시야가 가려져 있었기에 그녀는 시간이 좀 걸려서야 바닥에 누워 움직이지 않는 두번째 콜로부스가 있다는 걸 알아차린다. 녀석은 검은 두 뒷발과 엉덩이밖에 보이지 않는다. 나머지는 감춰져 있다.

그녀는 녀석의 두 발을 조심스럽게 살펴본다. 약간의 움찔거림이나 떨림도 보이지 않는다. 그녀의 아버지가 죽인 비둘기들은 머리가 떨어진 다음에도 길게 몇 초 동안이나 움찔거리곤 했다. 녀석이 죽었다는 꽤 강한 확신이 든다. 살아 있는 다른 콜로부스가 너무 가까이에 서 있다. 녀석의 길고 흰 털이 죽은 콜로부스의 털과

섞인다. 둘의 경계가 어디인지 알 수 없다.

그녀는 링컨에게 두른 두 팔을 조이며 유인원에 대해 아는 게 더 많으면 좋겠다고 생각한다.

살아 있는 콜로부스는 그녀 쪽을 보지 않고 있다. 녀석의 등은 구부러져 있고, 털은 매끄럽고 비단 같아 만져볼 법하다. 사람들이 그 털로 외투를 만든 적이 있는지 궁금해진다.

녀석의 손가락만이 바닥에서 몇 밀리미터씩 구부러졌다가 펴지며 움직인다. 엄지손가락은 없는 것처럼 보인다.

그녀는 미시시피에서의 한때를 생각한다. 한번은 주머니쥐 한 마리가 정처 없이 다니다가 눈앞의 인도에 올라왔다. 그녀는 녀석의 이빨 생김새가 마음에 들지 않아 길을 건너기로 결정했다. 온두라스에서 커피 협동조합과의 끝나지 않을 듯한 계약을 진행하던 때에는 침실에서 잠을 깨어 보니 젖소가 있었다. 녀석의 넙데데한 머리가 매트리스 쪽으로 숙여져 있고 두꺼운 혓바닥이 허공을 훔쳐댔다. 어렸을 때는 외삼촌이 아기 다람쥐를 잡아주었다. 아버지가 떠난 뒤의 일이었다. 물론 아버지라면 아마 다람쥐들을 쏴버렸을 것이다. 하지만 그 다람쥐들은 사실 외삼촌의 애완동물이지 그녀의 것은 아니었다. 외삼촌은 물릴 거라면서 그녀에게 다람쥐들을 안지 못하게 했지만 정작 그의 엄지손가락은 피투성이에 딱지투성이였다. 다람쥐들이 외삼촌을 좋아해 그의 어깨에 타고 오르고 작은 발톱으로 그의 귓바퀴를 만지작거렸는데도 말이다.

콜로부스는 양옆으로 고개를 흔들며 목을 배배 꼰다. 스티비 원더가 생각난다. 그녀는 하마터면 웃음이 터질 뻔해 스스로도 놀란다. 채 멈출 사이도 없이 입이 미소를 짓기 시작한다. 뺨 근육을 그녀의 명령에 따르게 하려면 애를 써야 한다.

살아 있는 콜로부스가 죽은 녀석을 이리로 끌고 나온 건지 그녀는 궁금해진다. 콜로부스에게도 매장 의식이 있을까? 애도를 할까? 죽은 콜로부스가 총을 맞은 뒤에도 잠시 살아 여기에서 탈출하려는 와중에 다치지 않은 다른 콜로부스가 녀석을 따라온 걸까? 정말이지, 왜 원숭이들은 처음으로 주변에 총알 세례가 퍼부을 때 모두 다 미친 듯 도망쳐 가능한 한 멀리 가버리지 않은 걸까? 왜 이 녀석은 아직도 여기 있는 거지? 닫힌 문에 갇혀서 돌아오고 만 걸까, 아니면 내내 여기서 시체를 지키며 서 있었을까?

그녀와 원숭이는 둘 다 서로의 존재를 인정하지 않으려 하면서 얼어붙어 있다. 녀석은 생각에 잠긴 듯, 한 손가락으로 흰 수염을 두드린다. 하지만 고개는 결코 들지 않는다.

유리가 모든 것을 다르게 만든다. 개나 고양이—길들여진 동물—는 완전히 다르다. 눈앞의 야생동물은, 즉 애완동물이 아닌 진짜 짐승은 한순간 온갖 충동을 일으킨다. 사람들은 녀석이 착하고 애정이 많을 거라고 믿는다. 물론 그게 사실일 수도 있다. 하지만 녀석은 아무 후회 없이 그 사람을 피 흘리게 만들 수도 있다. 딱지투성이 엄지손가락과 사랑스럽게 흔들어대는 귓바퀴. 야생은 불가지의 존재다.

여기에 꼼짝 않고 무한정 서 있을 수는 없다. 방향을 돌려 다른 쪽으로 갈 수도 있겠지만 오랑우탄과 거대 수달과 기억나지 않는 몇 종류의 다른 동물들을 지나 구불구불 나아가려면 시간이 훨씬 오래 걸린다. 불이 밝혀진 테라스도 다시 가로질러야 한다. 그러느니 앞으로 가고 싶은 마음이 훨씬 크다.

"엄마?" 링컨이 말한다. 머리를 여전히 그녀에게 기대고 있다.

"응?"

"저 원숭이 뭐해?"

"그냥 생각하는 거 같아."

"원숭이들도 생각해?" 아이가 묻는다. 좋아, 움직인 게 좋은 효과가 있었어, 라고 그녀는 생각한다. 최소한 풍경의 변화—통로에 웅크리고 있는 야생동물들—는 아이의 긴장병을 덜어주었다.

"응."

"걔네 물어?"

이쪽이 좀더 지금 상황과 관련된 질문이다.

"엄마 생각엔 아닐 것 같아." 사실이 아니다. "겁을 주지만 않으면 말이야."

"호박벌처럼?"

"비슷해."

그녀가 말을 하는 그때 콜로부스가 머리 위로 팔을 들어올린다. 갑작스러운 움직임에 그녀는 종종걸음 치며 물러난다. 녀석은 하품을 하며 입을 연다. 송곳니가 길고 흡혈귀처럼 날카롭다. 하지만 녀석은 그저 자기 몸의 털을 고를 뿐이다.

그녀는 천천히 안정적으로, 그리고 위협적이지 않게 움직이기로 결정한다. 하지만 일단은 발치 바닥의 유릿조각들을 힐끗 내려다본 후 쭈그려앉아 가장 크고 거의 완벽한 삼각형인 조각 근처로 조심스럽게 손가락을 미끄러뜨린다. 손바닥에 따가움이 느껴지지만, 그녀는 손을 벤 걸 알면서도 다시 일어난다. 허벅지가 비명을 지른다. 유릿조각을 잡은 손을 바꾼다. 유리가 지나치게 날카로운 게 마음에 든다.

그녀는 원숭이를, 이빨로 가득할 다문 그 입을 빤히 바라본다. 예전에 끔찍한 뉴스를 본 일이 있다. 당시에 외삼촌은 자기가 사랑하는 사람에게 총을 겨눈 강도와 마주칠까봐—그리고 그때 자기도 손에 총을 들고 있을까봐—걱정이 된다고 말했다. 자기가 방아쇠를 당길 수 있을지 확신이 서지 않는다는 거였다. 다른 인간을 죽인다는 생각을 받아들일 수 없어서, 누군가가 그녀를 해치게 놔두면 자신은 나쁜 사람이 되는 걸까? 외삼촌은 궁금해했다.

누가 링컨을 해치려 한다면 그녀는 놈의 뇌수를 콘크리트 바닥에 철벅거리게 만들 수 있다.

만일 저 원숭이가 다가온다면 그 짐승의 눈을 겨눌 것이다. 목을 그을 것이다.

그녀는 오른쪽으로 움직이며 다람쥐원숭이 전시관에 몸을 붙인다. 그러는 내내 콜로부스를 지켜본다. 한순간, 녀석이 그녀를 힐끗 볼 뻔한다. 녀석의 고개가 돌아가는 걸 보니 그녀의 움직임을 알고 있다는 확신이 든다. 하지만 녀석은 결코 그녀에게 정말로 눈길을 두진 않는다. 그녀는 조금씩 옆걸음질 친다. 손바닥이 피로 축축하다. 마침내 콜로부스 두 마리를 모두 지난다. 뒤를 돌아보자 살아 있는 원숭이는 여전히 거기에 앉아 죽은 원숭이와 털을 섞고 있다.

통로가 구부러진다. 그녀는 긴팔원숭이와 타마린원숭이를 지난다. 바닥에는 탄산음료를 엎지른 것처럼 짙게 젖은 부분이 있다. 이어서 바로 앞에 여우원숭이가 나타난다. 다른 유리창은 전부 온전하다. 유리창 뒤의 서식지들은 어둡다. 저마다 천장에 달처럼 어슴푸레하고 둥근 빛이 있기는 하지만.

예상보다 빨리 출입구에 도착한 그녀는 출입구 옆에 바짝 붙어서 최선을 다해 바깥의 시야를 살핀다. 거미원숭이의 실외 놀이터가 문 양쪽의 공간을 메우고 있어서 좁다란 보행자용 터널과 하늘과 그다음에는—거의 보이지 않지만—놀이터의 가장자리와 두 개의 텅 빈 녹색 벤치만이 보인다.

그녀는 허리를 숙이고 삐죽삐죽한 유릿조각을 바닥에 내려놓는다. 이미 베인 것 이상으로 더 베이고 싶지는 않다. 총을 든 남자들을 상대로 유리는 아무런 도움이 되지 않을 것이다.

"아직 간식 자판기에 안 왔어?" 링컨이 어깨에서 묻는다.

"거의 다 왔어." 그녀는 문을 밀어서 연다. 바깥공기는 왠지 겨우 몇 분 전 기억보다 더 차갑다. 하지만 살갗에 와닿는 그 느낌이 마음에 든다. 그녀는 실외가, 탁 트인 공간이, 벽의 부재가 더 마음에 든다. 그리 멀지 않은 과거에는 정확히 그 반대였다는 생각이 들지만. 구름이 밀려들어와 늘인 솜처럼 얇게 펴져 있는 하늘을 올려다보니 그 높이와 넓이에 가슴에서 힘이 풀린다.

문이 닫히면서 하마터면 엉덩이가 낄 뻔한다. 그녀는 천천히 움직인다. 앞으로 발을 내디디면 그녀와 링컨이 스포트라이트 불빛에 들어가게 된다. 또하나의 빌어먹을 불빛. 그녀는 링컨을 엉덩이 위로 더 들어올린 뒤 빛에서 벗어나기 위해 전력 질주한다. 그러다 거미원숭이 우리를 지나자마자 속도를 늦춘다. 다시 안전하게 그림자 안으로 들어온다. 통로를 점점이 밝히는 가로등이 있고 더 많은 조명 줄이 주변을 둘러싸고 있기는 하지만 이제 그녀와 링컨은 놀이터 가장자리의 우묵한 어둠 속에 있다.

구름에 가려 달이 흐려진다. 달은 구름의 바다에 띄운 유령선이었다. 그녀는 외삼촌이 읽어주던 시를 떠올린다. 잘 자라 방이여 잘 자라 달이여 잘 자라 존재하지 않는 자여. 한번은 신혼 시절에 이런 일이 있었다. 폴과 현관에 서 있는데 주황색 달이 너무도 낮고 크게 떠서 마치 원자핵처럼, 달리의 그림처럼 보였다. 둘은 밖으로 나가 문까지 잠그고 동네를 몇 킬로미터나 돌아다니며 손을 잡거나 가끔씩은 달리면서 달을 따라 점점 더 가까이 갔다. 그러다 모퉁이를 돌자 거의 손에 닿을 듯했는데, 달은 일순간 다시 하늘에 보통의 크기와 색깔로 떠 있었다. 그녀는 외삼촌과 같은 꿈을 공유한 기분으로 집까지 걸어 돌아갔다.

멀지 않은 가로등에서 빛이 쏟아진다. 콘크리트에 번지는 밝은 원뿔. 빛과 어둠의 조각보. 놀이터 가장자리 그녀 주변의 그림자들은 열대다. 팜파스 나무 다발. 나무기둥과 밧줄로 만들어진 울타리. 물결치는 바나나 잎사귀.

그녀는 놀이기구를 살핀다. 모두 섬유유리와 금속이다. 링컨이 올라가기 좋아하는 가짜 산은 그 윤곽이 거대 선인장 같다. 아프리카 북들이 줄지어 서서 텅 빈 채 침묵하고 있다. 기둥들 위에 놓여 있는 나무가면들은 검은색과 금색에 입을 벌린 모습이 약간은 악마적으로 보인다. 이렇게 멀리서는 보이지 않지만 그중 하나에는 남자 성기처럼 보이는 혀가 달려 있다. 여기 있는 물건들은 모두 예전에 무수히 봐온 것들이다. 밤중에, 군중이 없는 가운데 본 적이 거의 없을 뿐이다. 찢긴 시체나 피 웅덩이는 없다. 애도하는 원숭이와 아직도 샌들 아래에 박혀서 조금씩 와작거리는 게 느껴지는 산산조각난 유리만 아니었으면 지난 몇 시간이 그냥 상상이었다고 스스로를 타이를 수 있을 것만 같다.

그녀는 가만히 서서 귀를 기울인다. 언제나 귀를 기울인다. 어떤 그림자든 떨어져나와 놈들로 변하기만 기다리고 있다. 근처에서 바람이 울린다. 어느 순간에든 요정이 나타날 수 있을 것처럼 곡조를 연주한다. 바람은 메아리를 낚아올려 이리저리 비튼다. 그 달콤한 노래가 사방에서 다가온다.

그녀는 자기도 모르게 그 소리에 맞춰 몸을 흔들다시피 한다. 여전히 긴장은 되지만 놈들의 노래를 들었던 그때 이후로 공포는 뒤로 물러났다는 생각이 문득 든다. 이런 자신의 침착함이 의아하다. 아니, 딱히 맞는 말은 아니다. 그녀는 침착한 게 아니라 집중하고 있는 것이며, 아직도 기억나는 첫 순간, 온몸이 산산조각날 듯했던 그때의 가쁜 숨을 몰아쉬지 않고 있는 것이다. 어쩌면 두려움의 수준이 무한정 계속되는 건 불가능할지도 모른다는 생각이 든다.

발치의 녹색 이끼로 뒤덮인 바위가 거의 야광으로 보인다. 손에서는 이제 피가 별로 흐르지 않는다.

왼쪽에서 뭔가 움직여 그녀는 멈춰 선다. 흔들리는 나뭇가지나 파닥이는 벌레보다 큰 무언가다. 하지만 몸을 돌려보니, 볼품없는 우리의 그림자 속을 움직이는 외로운 아프리카 들개 한 마리일 뿐이다. 개는 너무 여위어서 다리와 갈비뼈뿐이다. 녀석은 울타리를 따라 앞뒤로 헤매며 어슬렁거린다. 보통은 우리 안에 들개가 두 마리 있지만 지금은 한 마리밖에 보이지 않는다. 녀석은 굶주리고 절망적인 것처럼, 탈출을 계획하고 있는 것처럼 보인다.

그녀는 녀석의 울타리에서 빗장을 찾아내는 상상을 한다.

달이 구름 뒤에서 나와 있다. 주변 풍경은 백색 도료를 바른 듯 으스스하다. 그녀는 놀이터를 지나 관람로의 가장자리에만, 어디든 그림자가 있는 곳에만 머물며 움직인다. 가지 아래나 밑동 근처에 잠깐씩 멈추어 머물 수 있는 나무는 충분히 있다. 코뿔소들을 가리고 있는 키 큰 울타리를 지난다. 방황하는 개는 더이상 보이지 않는다. 코끼리 구역이 앞쪽에 있다. 사바나 스낵바의 억새지붕이 보이기 시작한다. 건물 반대편 벽을 지나면 거기에 간식 자판기가 있다. 거의 다 왔다.

그녀는 앞의 통로를 훑어본다. 빨대컵. 콘크리트 바닥에 빨대컵이 놓여 있고 흘러나온 물이 축축한 웅덩이를 이룬다. 그녀는 그 주변을 돌아서 불이 밝혀진 한 조각 땅을 가로질러 속도를 높인다. 이어 코끼리 서식지의 대나무 울타리에 몸을 기대고 다시 어둠 속에 안착한다.

버려진 컵을 돌아보려는 충동을 방치할 수 없다.

그 여자나 아이가 다시 생각나게 내버려둘 수 없다. 오늘 그들의 회원증을 확인하고서 링컨에게 곱슬머리가 예쁘다고 말했던 여자나, 나가는 길에 겨우 일 분쯤 앞서가던 할머니와 어린 두 소녀도 생각나게 놔둘 수 없다. 그 여자의 남색 옷을 보았던가? 앞서 본 그 다리들이 분홍색 레깅스를 신고 있었던가? 링컨이 인도에 토르를 떨어뜨렸을 때 그걸 주워주던 좀더 나이 많은 안경 쓴 남자아이도 생각나게 내버려두지 않는다.

그녀는 자신이 뭔가를 궁금해하게 놔두지 않는다.

뒤쪽의 작은 컵에서 물이 똑똑 흐르는 게 느껴진다.

7:06 p.m.

조앤은 코끼리 구역을 내려다보지만 동물은 한 마리도 보이지 않는다. 그저 달빛에 희부연 풀과 흙만 보인다. 그녀의 눈길이 그 모든 것들 너머로 이끌린다. 아마, 코끼리 서식지를 가로질러 300미터쯤 되는 곳까지일까? 육중하게 움직이는 코끼리들을 지켜볼 때는 서식지가 무한해 보였는데, 자세히 살펴보는 지금은 공간이 별로 커 보이지 않는다. 아프리카의 환영幻影은 위쪽의 빽빽한 소나무 장벽까지만 이어지고, 그 소나무들의 크리스마스트리 같은 윤곽선을 지나면 달빛을 받고 있는 동물원 기찻길의 철로가 보인다. 기찻길 뒤로는 나무 너머로 짧게 번뜩이는 빛을 통해 가로등과 불 켜진 월그린 드러그스토어의 간판, 굽은 길을 돌아 천천히 움직이는 자동차 행렬이 보인다.

그녀는 자동차들을 보고 충격을 느낀다. 차들은 전조등을 켜고

서두르는 기색도 없이 안정적으로 지나가고 있다. 화장지를 사러 가거나 마티니를 한잔 마시러 나간다. 누구라도 저 사람들을 멈춰 세웠어야 하지 않나? 주황색 원뿔과 경찰 테이프와 사이렌만 있어야 하는 거 아닌가? 탱크와 검은 무장트럭도 있을 수 있겠지만.

그녀는 무신경하게 지나가는 차들을 견딜 수 없다.

두 눈이 기찻길의 단단한 굽이로 다시 돌아간다. 철로는 달빛을 받아 은빛으로 깜빡이며 여기저기 빛날 뿐이다. 그녀는 그 빛에 집중한다. 외삼촌은 소풍이나 낚시 여행을 떠나면서 그녀를 시골로 데려가곤 했다. 좋은 일이었다. 어머니에게만 맡겨져 있었다면 그녀는 집과 학교, 쇼핑몰 외에는 아무데도 가보지 못했을 테니까. 시골에는 소들과 농경지 말고는 아무것도 없었고, 흙에는 운모가 점점이 박혀 있었다. 그녀는 그 운모를 두꺼운 은빛 판으로 떼어낼 수 있었다. 그 암석에 분명 무슨 가치가 있을 거라고 생각했지만 외삼촌은 아니, 그냥 반짝이는 것뿐이야, 라고 말했다. 그녀는 운모 조각들이 운석 파편인 양 굴었다. 너무 아름다웠다, 그 운모는, 그 발견은. 한번은 귀중한 표본을 다루는 과학자처럼 지퍼백 한가득 운모를 채워서 어머니에게 보여주려고 집으로 가져갔다. 어머니는 절대 시골에 가지 않았으니까. 어머니와 외삼촌은 유전자니 유전형질이니 하는 모든 주장에 도전장을 내밀었다. 둘은 완전히 다른 생명체였다. 아무튼 그날 어머니는 눈썹을 뽑고 있었다. 화장실 세면대에 까맣고 작은 콤마가 한가득이었다. 조앤이 운모를 내보이자 어머니가 말했다. 집에 돌 가지고 들어오지 마. 조앤은 그때만 해도 너무 어려 포기하지 않았다. 설명하려 애썼다. 맨 위의 층을 벗겨내야 해요. 그럼 점점 더 빛이 나요, 보물처럼요. 먼지 낀 부분 아래만 한번 보세요. 그러면 어머니는 실제로는 아무 가치 없어, 조앤, 따위의 말을 했다. 물론 조앤도 알고 있었다. 어쨌든 그녀에게는 어머니가 그 신비를, 그 사랑스러움을 이해하도록 만들 단어가 없었다. 게다가 어머니는 실제로 귀를 기울이지도 않았다. 아예 비닐봉지 안을 들여다보려 하지도 않았으니까. 단 한 번 곁눈질조차 하지 않았으니까. 어머니는 가만히 서서 한 손으로 이마를 잡아당긴 채 눈썹 털들이 아래로 둥실둥실 떨어져내리는 동안 거울만 들여다보았다.

조앤은 링컨의 머리에 뺨을 문지르며 기찻길에서 눈을 돌린다. 아이는 한 번도 운모를 본 적이 없다. 그녀는 손톱으로 운모 벗기는 방법을 아이에게 보여주고 싶다.

그때 딱 하고 부러지는 소리와 탁탁거리는 충격음이 들린다. 그녀는 한쪽 무릎을 꿇은 채 링컨을 몸으로 감싸고서 땅으로 반쯤 몸을 낮춘다. 그러고 나니 나뭇가지나 견과류 소리일지도 모른다는 생각이 든다. 그녀는 사방으로 고개를 돌려보지만 밝거나 어두운 부분과 그림자와 식물밖에는 아무것도 보이지 않는다.

그녀는 자세를 낮춘 채 조용히 지켜본다.

마침내 일어난다. 여기 이 콘크리트 길 위에서 발생할 수도 있는 모든 일을 그녀는 차마 생각조차 할 수 없다. 눈앞의 3미터, 혹은 6미터 지점의 콘크리트 길에서 일어날 일도, 거대한 억새지붕 그림자 아래에서 일어날 일도.

그녀는 한 발을 다른 발 앞에 놓는다.

그녀는 매끄러운 원을 그린 기찻길을 다시 바라본다. 기차는 그녀와 링컨을 외부 울타리 가까운 곳으로 수도 없이 데려갔다. 기차는 아주 느려서 늘 뛰어내려도 될 것 같다는 생각이 들곤 했다. 벽의 철제 부분이나 벽돌에 손을 댈 수도 있었을 것이다. 그 기차라면 지금 그들을 최대한 바깥으로 데려다줄 수 있었을 텐데.

기찻길을 생각하는 동안에도 그녀는 움직인다. 그녀와 링컨은 여전히 코끼리 구역과 평행선을 그리며 스낵바의 억새지붕 파빌리온으로 다가가는 중이다. 스피커에서 〈아이 풋 어 스펠 온 유 I Put a Spell on You〉가 흘러나온다. 그녀는 가수의 목소리에 놀란다. 스피커 위치를 찾으려 앞을 보지만 아직은 충분히 가깝지 않다.

"걸어도 돼?" 링컨이 속삭인다. 왠지 그녀는 아이의 목소리에 음악을 들었을 때만큼 놀란다.

"내려가고 싶어?"

기억이 맞다면 그녀가 안고 있는 와중에 아이가 먼저 걷겠다고 실제로 청한 경우는 한 손에 꼽힌다.

"응."

그녀는 아이를 땅에 내려주고서 다치지 않은 손으로는 계속 아이의 손을 잡고 있다. 아이의 몸무게에서 풀려나 느끼는 안도감—그 갑작스러운 가벼움—은 공허함으로 상쇄된다. 그녀는 자신의 손가락으로 링컨의 손가락을 꽉 조인다. 아이는 대나무 울타리로 더 가까이 다가가며 그녀를 끌어당긴다.

"저건 뭐야?"

그녀는 아이가 가리키는 손가락의 연장선을 애써 따라간다. 한

밤의 코끼리 구역은 경이로워 보인다. 부정할 수 없다. 낮게 자란 나무들과 덤불들은 부풀어오른 언덕 위에서 공중부양을 하고 있는 것처럼 보이고 모래에는 황금빛이 어려 있다. 달이나 화성 같은, 어떤 외계의 풍경처럼 느껴진다.

"저 식물?" 그녀가 촉수처럼 생긴 덤불을 발견하고 묻는다.

"아니." 아이가 말한다. "땅에 있는 저거."

그녀는 다시 본다. 땅 위의 잉크 얼룩 같은 모양을 알아보기까지 몇 초가 걸린다. 그 정체를 확신하기까지는 더 오래 걸린다.

놈들이 코끼리를 죽였다.

코끼리의 몸통은 넓고 어둡고 단단하지만 코는 바닥을 따라 굽이치며 뱀처럼 위를 향하고 있다. 한편으로 그녀는 그 코가 나머지 몸통으로부터 독립되어 아직 살아서, 풀려나려고 애쓰며 흙을 가로질러 조금씩 움직이는 것 같다고 느낀다. 하지만 움직이지 않는다.

"뭐야, 엄마?" 링컨이 재촉한다.

"코끼리." 그녀가 속삭인다. 머리 위의 구름이 움직이자 거친 가죽에서 바람을 맞아 움직이는 가느다란 털들이 보이는 것만 같다.

"누워 있는 거야?"

"응."

"왜 누워 있어?"

코끼리가 잠들어 있다고 말하면 된다. 아마 그게 더 상냥한 답변일 것이다. 하지만 그렇게 말하고 싶지 않다. 아이는 그녀와 함께, 턱뼈와 턱뼈를 맞대고, 손에 손을 잡고 이 시간들을 견뎌왔다. 지금 와서 아이의 면전에 뻔한 거짓말을 하는 건 왠지 모르지만 아이를 모욕하는 짓이다. 한편으로는 누군가에게 말을 하고 싶은데 마침 여기에 있는 사람이 바로 링컨이기도 하다.

"죽었어."

"아. 그 남자들이 죽인 거야?"

"응."

그녀는 시선을 떼지 못한다. 코끼리의 꼬리는 벌레 같고 딱하다.

"이름이 뭐야?"

"엄마도 몰라." 그녀가 대답한다. "네 생각엔 전에 이름이 뭐였을 거 같아?"

아이는 흠, 하며 생각하는 소리를 낸다.

그녀는 휘청거리듯 물러나며 아이를 잡아당겨 속도를 높인다. 주변의 모든 모서리와 벽과 은신처에 계속 주의를 기울이는 대신 코끼리에게 힘과 시간을 낭비했다니 짜증이 난다. 아이는 그녀를 따라가면서도 고개는 계속 코끼리를 향해 돌리고 있다. 아이는 이름 붙이기를 좋아한다. 옷을 입고 있는 조그마한 토끼 가족 장난감을 가지고 있는데 한 녀석은 소프트볼, 다른 녀석은 베이스볼이다. '귀 없는 아기 토끼'—머들스가 귀를 먹어버려서—라는 이름의 형과 수지 캣이라는 누나도 있다. 한때는 수지 위치라는 이름의 아기도 있었지만 그 녀석은 머들스가 완전히 먹어버렸다. 엄청나게 많은 플라스틱 미식축구 선수와 접을 수 있는 천으로 된 경기장도 있다. 아이는 선수들의 이름을 짓고 또 짓는다. 어느 라인맨의 이름은 '씹힌 혹부리'다. 수전이라는 리시버도 있다.

"왜 전에라고 해?"

그녀는 대화의 맥락을 놓쳤다. "응?"

"아직 이름 있는 거 아니야? 죽으면 이름이 없어?"

"엄마가 잘못 말했어." 그녀가 확인해준다. "이름이 뭘까?"

"마시멜로."

그녀는 아이의 손을 잡은 손아귀에 힘을 준다.

미식축구 선수 친구들과 놀 때면 아이는 쿼터백에게 격려의 말을 하게 한다. 다들 힘차게 경기해! 빠르게 경기해! 우리가 형편없는 태클을 하는 팀인가? 아니지! 멋진 태클을 하는 팀인가? 그렇지!

아이는 예외적으로 상냥한 아이다. 상처 입기가 쉽다.

아이가 다시 멈추었다. 코끼리 쪽으로 몸을 돌린다. 아니면 나방이나 길 잃은 나뭇잎에 흥미를 느낀 건지도 모른다.

"링컨." 그녀가 허리를 숙이며 아이의 귓가에 속삭인다. "계속 걸어야 해. 중요하지 않은 것들을 구경하고 있을 순 없어."

이곳 바깥에는 공간이 너무 많다. 누군가 걸어나와 무기를 들어올리기 전까지는 절대 알아차리지 못할 잠재적 은신처가 너무 많다. 계속 사방을 살피지만 모든 걸 볼 수 없음을 알고 있다.

얼마나 많은 걸 못 보는지를 생각하면 숨쉬기가 어려워진다.

더 빨리 걸어야 한다. 주의는 기울이되, 더 빨리 걸어야 한다.

코끼리는 뒤쪽으로 몇 미터 떨어진 곳에 있다. 파빌리온과 스피커가 있는 그 식당에 거의 다 왔다. 음악이 점점 커지면서 모든 것을 지워버리자 그녀는 울타리 안에 스피커가 하나 더 설치되어 있다는 걸 깨닫는다. 그래도 대나무 울타리에 몸을 바싹 붙이고 가로

등이 닿지 않는 어두운 풀밭에 머무른다. 그녀는 링컨의 손을 당긴다. 여기에 나와 있는 걸 더이상은 견딜 수 없다. 모든 걸 볼 수 없는 건 물론이고 음악소리도—〈런던의 늑대인간들Werewolves of London〉—요란해서 아무것도 들리지 않는다.

식당은 그녀의 바로 오른쪽에 있고 억새지붕 건물이 그녀를 향해 뻗어 있다. 그녀와 건물 사이에는 조명이 들어오는 콘크리트 길이 띠를 이루고 있고, 보통 그곳에서 아이들은 뛰어다니고 넘어지고 팩주스를 마신다. 온갖 다양한 전시관들로 이어지는 통행로가 모인 이곳은 끔찍할 만큼 탁 트인 공간이다. 텅 빈 콘크리트 길에 발을 내디디면 그들은 노출될 것이다. 늑대 울음소리며 쿵쾅대는 키보드 소리밖에 들리지 않아 귀머거리가 될 것이다.

음악으로 머리가 욱신거린다.

그녀는 거북이관을 향해 좀더 멀리 걸어가기로 한다. 그곳에는 거대한 나무가 콘크리트 통행로 전체에 뻗어 있어 그 나무의 그림자 아래로만 가면 길을 가로지를 수 있다. 판단을 하자마자 결심이 선다. 그리고 집중한다. 그들은 몸을 웅크리고 울타리에 가깝게 붙어 조금씩 나아간다. 그녀는 주의를 흐트러뜨리지 않는다. 늑대 울음소리가 희미해지면서 다음 노래가 시작되기 전 음악이 잠시 멈춘 몇 초만 빼고.

그 잠깐의 고요한 순간, 아기의 비명이 들려온다. 처음에는 원숭이라고 생각하지만 이어진 비명에는 중간중간 꿀꺽 삼키는 호흡이 있다. 그녀는 동물소리가 아니라는 걸 안다. 꾸르륵대는 맹렬한 울음소리가 가까이에 있다. 너무 가깝다. 꼭두새벽 온 집안이 조용할 때 침대에 누워 있던 기억이 난다. 그때는 3미터 떨어진 옆방에 링컨의 요람이 있었고, 아이가 손톱만큼이라도 불만스러운 소리를 내면 그녀는 순식간에 잠을 깼다. 눈도 뜨기 전에 두 발이 바닥에 닿아 있었다.

그녀는 몇 미터 앞에 놓여 있는 벤치로 고개를 획 돌린다. 코끼리가 보이는 작은 전망용 구역이다. 그때까지도 아이가 울지 않게 달래고 있는, 몸을 웅크린 긴 머리의 엄마가 보일 거라고 예상하지만 벤치는 비어 있다.

그때 음악이 다시 치고 올라와 디스코 비트가 다른 모든 것을 지워버린다. 그 소리는 그냥 상상이었다고, 마음이 걸어온 장난이라고 생각할 수 있을 정도다. 하지만 그녀는 진실을 안다. 그리고 어떤 새로운 판단도 내릴 필요가 없다. 지그재그로 굽은 울타리 모퉁이에 틀어박힌 그 벤치로 다가가는 건 단지 계획했던 경로를 고수하는 것뿐이다. 그 울타리에는 철제 골조와 한쪽에 놓인 단단한 금속제 쓰레기통 말고는 아무것도 없다.

그녀는 허리를 구부리고 잠시 멈춘다. 아직 그늘 안이다. 여기에는 아무도 없다. 분명 아무도, 아기도, 엄마도 없다. 링컨이 그녀가 쥔 손가락을 비틀어대는 건 벗어나려는 게 아니라 조바심이 나서다. 아이가 앞으로 몸을 숙이며 그녀의 발걸음을 재촉할 수 있는지 시험해보는 게 느껴진다.

분명 여기에는 아무도 없다.

하지만 그녀는 링컨을 더 가까이 당긴다. 아이의 등을 자기 다리에 대고 세운다. 그런 다음 쓰레기통의 서늘한 금속에 손이 닿을 때까지 두 다리를 앞으로 움직인다. 약간 끈적끈적하다. 그녀는 손바닥을 딱 붙이고 한 번 세게 힘을 주어 뚜껑을 들어올린다. 그녀는 무얼 발견하게 될지 알고 있다. 그런 일은 일어나지 않을 거라고 스스로를 달래보지만 그렇게 되리라는 걸 안다. 그래, 뚜껑이 사라지자 그녀를 올려다보며 비명을 지르는 아기가 보인다.

아기의 입이 움직이는 걸 보고 있는데도 음악 때문에 소리가 거의 들리지 않는다. 달빛은 어슴푸레하지만 충분하다. 아기는 통 안쪽으로 30센티미터 깊이에 자리를 잡고서, 진짜 쓰레기의 대부분을 가리고 있는 담요 위에 놓여 있다. 아기는 작고 약하고 꿈틀거린다. 바구니에 든 모세다.

그녀는 쓰레기통 뚜껑을 콘크리트 바닥에 내려놓고 허리를 숙여 자신에게도 들리지 않는 쉿 소리를 낸다. 뻗어 있는 작은 손가락들이 보인다. 사뿐거리는 두 손. 짙은 머리카락이 솜털처럼 덮여 있는 머리. 신생아는 아닌 몇 달 정도 된 아기가 녹색인지 노란색인지 흰색인지, 파스텔 톤인 두번째 담요에 느슨하게 싸여 있다. 하지만 발로 걷어차는 바람에 역시나 파스텔 톤인 젖먹이용 원피스도 드러나 있다. 통통한 허벅지도 보인다. 하지만 무엇보다 그녀를 사로잡는 건 격노에 차 꽉 눌러 감은 아이의 두 눈과 주름진 이마, 쫙 벌어진 입이다. 있는 힘껏 애를 써봤자 스피커와는 상대도 되지 않는 그 입.

그 여자, 아니면 어느 다른 여자가 자기 아이를 쓰레기통에 두고 갔다. 쓰레기통에.

생각조차 할 수 없는 일이다.

링컨이 그녀의 손을 잡아당기며 뭔가 말한다. 그녀는 무슨 말인지 전혀 알아듣지 못하고 더 가까이 몸을 숙인다.

"엄마 귀에다 대고 말해."

"그거 뭐야, 엄마?" 아이는 소리를 지르지만 간신히 들리는 정도다.

링컨에게는 보이지 않는다는 걸 그녀는 깨닫는다. 쓰레기통 가장자리를 넘어다보기에는 키가 너무 작다. 그리고 음악소리 말고는 아무것도 듣지 못한다. 그런 와중에 그녀가 여기에 꼼짝도 하지 않고 서 있는 것이다.

"아무것도 아냐." 그녀는 아이에게 거짓말하는 이유를 잘 모르겠다.

"그럼 뭘 보는 거야?"

그녀는 다시 허리를 펴고 아기를 바라본다. 어느새 두 손이 쓰레기통 안에 들어가 아이에게로 뻗어 있다. 그녀는 물러난다.

"무슨 소리를 들은 줄 알았어."

아기 엄마는 공황상태에 빠진 게 틀림없다. 어쩌면 무장괴한들이 오는 걸 보았을지도 모른다. 아니면 그냥 나약하거나 이기적인 것일 수도 있다. 어쨌든 그녀는 아기를 조용히 시킬 수 없어 포기했다. 자기 한몸을 구하기로 했다. 그 여자는 안전하게 먼 곳에서 안심하고 틀어박혀 있을 가능성이 높다. 자기 자식은 빈 탄산음료 캔과 햄버거 포장지 속에 굴러다니게 놔두고서. 조앤은 격렬히 그녀를 증오한다. 조앤의 두 손이 다시 한번 쓰레기통 위를 맴돈다. 왜 아기를 만지지 않는 걸까?

링컨이 다시 그녀의 치마를 잡아당긴다.

그녀는 아기에게서 눈을 뗄 수가 없다. 즉각적인 반응이 가라앉자 쓰레기통도 그렇게까지 끔찍한 은신처는 아니라는 생각이 든다. 말 그대로 여자가 자기 아이를 버렸다는 사실을 무시할 수만 있다면 쓰레기통은 상당히 기발한 장소였다. 스피커 바로 옆이라 녀석이 할 수 있는 만큼—여자일까, 남자일까? 계속 '녀석'이라고만 생각해서는 안 될 텐데—어쨌든 원하는 만큼 시끄럽게 소리를 질러대도 아무도 듣지 못할 것이다. 물론 아기는 소리를 지를 것이다. 혼자이고 겁을 먹었으며 아마 배도 고플 테니까. 엄마의 몸이 있어야 할 곳에 부드러운 온기가 전혀 없으니까. 아기들은 냄새로 많은 것을 판단하는데 쓰레기통에서는 낯선 오물과 썩는 냄새가 날 테니까. 그래도 울음소리는 차단되며 쓰레기통은 조잡한 형태일지라도 아기 요람 역할을 한다. 벽이 둘러져 있어 아기가 기어나올 수 없다.

저 안에는 쥐나 바퀴벌레처럼 눈과 입으로 기어들 것들이 있을지도 모른다. 바퀴벌레라니. 안전하지 않다. 쓰레기통이다. 링컨은 걸을 수 있고, 이 아기의 몸무게는 아무것도 아닐 테다. 짧은 시간이나마, 둘 다 데려갈 수 있다.

디스코 음악이 그녀의 머리를 울린다.

그녀는 안으로 손을 뻗어 아기의 얼굴을 쓸어준다. 그 얼굴이 달빛 속에서도 붉으락푸르락한다. 아기의 피부는 예상했던 대로 부드럽다. 울음소리는 누그러지지 않는다. 아기는 그녀에게 입을 돌리고서 엄지손가락에 매달리기만 한다. 그녀는 잠시 아기가 손가락을 빨도록 해준다. 아기의 얼굴 근처에 사탕 포장지가 있어 옆으로 치워준다. 발길질을 하는 아기의 창백하고 부드러운 허벅지 아래에서 잠시 뭔가 보인다. 아래쪽으로 손을 넣어본 그녀는 공갈젖꼭지를 찾아낸다.

그녀는 팔 안쪽으로 공갈젖꼭지를 닦은 다음 아기에게 물려준다. 그러자 한 가지가 더 기억난다. 작은 입이 그리는 완벽한 O자, 공갈젖꼭지를 받아 물 때의 만족스러운 당김과 쪽쪽 소리.

아기는 두어 번 빠는 듯하더니 젖꼭지를 뱉어내고는 소리를 지른다. 벌써부터 아기의 몸무게가 그녀의 팔안쪽에 자리를 잡는 게 느껴진다.

링컨은 멈추지 않고 계속 그녀를 당긴다. 아래를 보자 링컨이 더 가까이 당겨온다.

"중요하지 않은 건," 링컨이 그녀의 귀에 소리친다. "볼 수 없다고 했잖아."

그녀는 재빨리 허리를 펴고 정신을 차린다. 의식도 못한 채로 조명을 받고 있었다. 아기를 비추는 같은 빛의 조각이 그녀의 팔에도 번진다. 그녀는 링컨의 손도 놓아버렸다. 호저 우리에서 기어나온 이래 링컨의 손을 완전히 놓은 건 지금이 처음이다. 아이를 지켜보지도 않았다. 링컨이 멀리 헤매고 가버렸대도 보지 못했을 것이다. 놈들이 바로 여기에 총을 조준하고 있었더라도 보지 못했을 것이다.

주위를 살피고 있지 않았으니까.

아기는 소리를 질러댄다, 아직도.

그녀는 다시 그림자 속에 쪼그리고 앉아 아들에게 팔을 두르고 있다.

"그래." 그녀가 아이에게 말한다. "네 말이 맞아."

빠르게 해내야 한다. 다른 방식으로는 할 수 없다. 그녀는 반쯤 일어서서 가능한 한 자세를 낮추고 아기의 머리를 다시 손으로 쓸어준다. 입안에 엄지손가락을 미끄러뜨려 넣어주고 아기가 그녀에게 매달리도록 내버려둔다. 이는 아직 나지 않았다. 그런 다음 다시 한번 입에 공갈젖꼭지를 물려준다. 이번에는 아기가 계속 물고 있기를 바라면서 재빨리 고개를 돌린다. 그리고 땅으로 손을 뻗어 쓰레기통 뚜껑을 집어든다.

뚜껑을 원래 자리에 놓는다. 원하는 만큼 빠른 동작은 아니다. 모서리를 정확히 맞춰야 해서다. 그러는 내내 그녀는 어둠 속 한 지점으로 시선을 돌리고 있다. 잠시 아기는 그녀의 아래에서 모호하고 창백한 흔들림으로 존재한다. 이윽고 그 흔들림이 사라지자 오직 쓰레기통의 짙은색 돔만이 자리를 잡고 있다.

"가자." 그녀가 링컨에게 말한다.

그녀는 다시 바닥으로 낮게 쪼그리고 몇 발짝을 간다. 음악이 벌써 조용해진 건지 더는 머릿속에서 쿵쾅거리지 않는다. 한 발짝, 또 한 발짝, 그렇게 발걸음을 떼어놓기만 하면 된다. 그게 전부다. 아무것도 느끼고 싶지 않다.

오직 링컨을 안전하게 해주기만 하면 된다.

"저 안에 뭐 있었어?" 링컨이 그녀의 머리카락에 얼굴을 누르며 말한다.

"아무것도 없었어."

링컨이 아직도 말을 하고 있다는 걸, 그 화제를 그냥 잊고 싶어 하지 않는다는 걸 알지만 그녀는 속도를 올려 쓰레기통을 떠난다. 음악이 강렬해진다. 전자기타 소리가 소용돌이치며 황홀경에 가까운 것으로 변하고, 어둑한 가운데서도 노랗게 보이는 나뭇잎의 돌풍이 발밑의 풀밭에 흩어진다. 거북이관 옆 나무의 널찍한 몸통에 다다라서야 그들은 손을 잡고서 그늘진 콘크리트 길을 가로질러 달린다. 그런 다음 그녀는 낮은 울타리 옆에 무릎을 꿇고서 잠깐 정지하고 다시 계산을 해본다. 이제 간식 자판기에서 겨우 몇 걸음 떨어져 있다. 자판기는 대부분 대나무 칸막이에 가려져 있지만 나무 기둥 사이로 빨갛고 흰 줄무늬를 그리며 빛나는 전등빛이 보인다.

몇 걸음만 더 가면 된다. 그녀는 핸드백으로 손을 집어넣어 옆주머니를 만져본다. 그러고는 신용카드를 손바닥에 쑤셔넣고서 손가락으로 움켜쥔다.

"무슨 크래커 있어?"

"치즈맛은 당연히 있을 거야." 그녀는 말한다. 그녀는 아이가 다시 크래커 이야기를 꺼냈다는 사실에 비이성적으로 화가 난다. "귓속말로 해."

"난 치즈가 좋아."

아이가 느긋해지는 게 느껴지면서 잡아끄는 힘이 수면 아래에 걸린 낚싯줄처럼 세진다. 그녀의 엉덩이가 간식거리를 가로막은 대나무 울타리에 스친다.

열 걸음이나 열두 걸음만 더 가면 아이에게 먹을 걸 줄 수 있다.

"땅콩버터는 싫어." 커진 목소리로 아이가 말한다. "치즈가 좋아. 아빠가 좋아하는 땅콩버터가 든 쿠키면 몰라도."

"쉿." 그녀가 쏘아붙인다. 지금 단계에서 땅콩버터 따위로 충격을 유발한다니 생각조차 할 수 없다. 아이를 위해 그녀가 무슨 짓까지 저질렀는지 정말 모른단 말인가? 하긴, 당연히 모른다, 빌어먹을. 하지만 크래커 때문에 말다툼을 할 수는 없다.

그녀는 목소리를 가라앉힌다. "아마 치즈맛이 있을 거야."

"약속해?"

그녀의 눈에 눈물이 차오른다. 그녀가 틀렸다. 억누르던 건 정확히 말해 분노가 아니었다. 링컨을 더 가까이 끌어당기자 아이의 손에 그녀의 손이 약간 달라붙는다. 시럽처럼 찐득찐득하게 달라붙던 쓰레기통 뚜껑은 생각하지 않을 것이다. 링컨은 비틀비틀 다가오며 칭얼거리고 가르랑거리는 소리를 낸다. 아침에 너무 일찍 깨울 때처럼 말이다. 이제 울타리는 지났다.

그녀는 얼어붙는다.

그런 다음 비틀비틀 물러나 울타리 뒤쪽으로 가서는 링컨을 다리에 딱 붙여 끌어당긴다. 다시 공포를 느낀다. 좋은 일이다. 공포는 다른 모든 감정을 태워버리니까. 그녀는 깨끗하게 열소독된다.

조금 전까지 서 있던 대나무 울타리와, 벽돌로 된 사바나 스낵바의 측면 사이는 거의 대낮 같다. 빛나는 자판기들이 벽에 줄지어 서 있다. 코카콜라와 펩시, 다사니 생수와 저멀리에는 작은 포장용기로 가득 채워진 금속 상자가 있다. 이 자판기들을 밤에 본 적은 한 번도 없었다. 선명한 불빛은 공격적일 만큼 기계적으로 느껴진다. 자판기들은 그녀의 곤경을 전혀 의식하지 않는다. 그 밝기 때문에 그녀는 기계들이 증오스럽다.

빛 때문에 눈을 가려야 할 정도다.

대나무 울타리는 자판기 왼쪽에서 구부러져 결국 식당 벽에 붙는다. 바나나나무들이 울타리 굽이에서 높고 울창하게 자라 있다. 최소한 그쪽에는 일종의 장벽이 있는 셈이다.

하지만 그녀가 서 있는 곳에서 자판기의 신용카드 삽입구가 있는 곳까지는—제발요, 하느님, 카드 리더기가 작동하게 해주세요. 가끔씩 안 되잖아요. 전 절대 동전을 들고 다니지 않는단 말이에요—그러니까 여기에서 자판기까지는 숨을 곳이 없다. 콘크리트길 말고는 아무것도 없다. 자판기들의 내부 조명이 켜져 있는 건 물론이고, 처마를 따라 오목하게 들어가 있는 전등들이 그 구역 전체에 환한 빛을 비추고 있다.

그녀는 자판기를 지나 있는 바나나 덤불을 자세히 살핀다. 잎사귀들은 파라솔 모양으로 뻗어 있고, 그 밑에는 화단의 뿌리덮개 부근까지 경사를 이룬 두꺼운 나무몸통이 있다. 쓰레기통 세 개가 울타리 한구석에 쑤셔박혀 있지만 건물 옆 모퉁이는 어둡고 비어 있다. 바나나가 숨을 곳을 제공해준다. 그녀와 링컨은 식물들 깊숙이 들어가 울타리 자체에 몸을 붙일 수 있을 것이다.

여기에 끝없이 서 있어봐야 좋을 건 없다. 여기라고 안전한 건 아니다.

그녀는 보이는 모든 것과 보이지 않는 모든 것을 자세히 살핀다.

그리고 다시 링컨을 들어올려 아이의 팔과 다리가 자신의 몸에 감길 때까지 기다린다.

"이쪽이야." 그녀는 말하며 조명을 쏜살같이 가로지른다. 시멘트 위에 깔린 그녀의 그림자는 거대하고 형체가 없다. 음료 자판기와 간식 자판기를 지나 바나나나무 가장자리로 곧장 향한다. 바로 가까이에 흙에 박힌 장식용 돌들이 보인다. 네모난 흑백 모자이크다. 그녀는 잎사귀 안쪽에 아이를 내려주고 식당의 벽돌 벽에 몸을 붙인다. 간식 자판기는 만질 수 있을 만큼 가깝다. 기계 때문에 생긴 사각에 두 사람의 몸이 가려진다. 그녀는 부드럽게 아이의 손을 자기 손에서 떼어놓고 더듬더듬 한 걸음씩 아이를 뒤로 밀어 화단에 자리잡게 한다.

"저 돌에 서 있어." 그녀가 속삭인다. "저기 있으면 엄마가 먹을 거 가져올게."

아이의 위치가 만족스럽다. 이렇게 가까운데도 거의 보이지 않는다.

자판기 이쪽에서는 그림자 속에 서서 카드를 든 팔만 뻗어 노출시킬 수 있다. 그녀는 약간 더듬거리며—손가락 끝이 너무 건조하다—카드를 밀어넣는다. 자판기가 카드를 받아들인다. 그녀는 치즈맛 밀크래커를 고른 후 자판기 아래 투출구에 잽싸게 손목을 밀어넣고 크래커가 바닥에 떨어지기 전에 잡는다. 크래커를 꺼내고 귀를 기울인다. 그런 다음 두번째 크래커 한 팩을 더 산다. 솔직히 오 초 더 쓴다고 얼마나 더 위험할까 싶어서다. 다만 엉뚱한 버튼을, B6 대신 A6를 누른다. 그 바람에 제로 초코바가 나온다. 그녀는 그것을 낚아채 든다.

그림자 속으로 다시 물러난다. 목 뒤에 닿는 잎사귀들이 축축하다.

7:12 p.m.

그녀의 무릎에 느즈러지면서 아이의 셔츠가 올라간다. 그녀는 아이의 척추뼈가 얼마나 불거졌는지, 엉덩이가 얼마나 좁은지 생각한다. 아이는 4.5킬로그램이 넘는 우량아였고 잠깐 동안은 턱도 여러 겹이었다. 길에서 모르는 여자들이 그녀를 멈춰 세우고 아이의 허벅지를 쥐어봤을 정도로 보기 좋게 통통했다. 아이는 아주 오랫동안 둥근 모습을 유지했으나 어째서인지 자라면서 길고 가냘프게 변했다.

그녀는 크래커를 뜯어 한 개를 건넨다. 포장지 소리가 생각보다 크지만 가운데를 찢자 크래커가 들어 있던 비닐이 느슨해진다. 그녀는 뿌리덮개 말고 돌 위에 단단히 자리를 잡는다. 머리와 어깨에는 넓적하고 납작한 잎사귀들이 차갑게 와닿는다. 이제 스피커에서는 〈오즈의 마법사〉에서 항상 '사악한 마녀'의 등장을 알리는 어지러운 기악곡이 흘러나오고 있다. 목관악기가 너무 시끄럽고 미친 듯하다. 거슬리긴 하지만 그녀는 소리가 멈추는 걸 바라지 않는다. 그 외에 다른 어떤 소리도 듣고 싶지 않다.

링컨은 그녀가 알아채기도 전에 크래커 두 개를 먹었다. 핸드백에서 빨대컵을 꺼내 흔들어보니 다행히도 최소한 반은 차 있다. 그녀는 마개를 따고 컵을 아이의 무릎 사이에 둔다. 아이의 무릎은 그녀의 무릎 사이에 끼여 있다.

"고맙습니다." 아이는 가볍게 통통 튀며 엉덩이를 거의 바닥에서 떼고 있다. 크래커의 효과는 마법적이라고 할 만하다.

"초코바도 있어?" 아이가 묻는다. "무슨 종류야? 먹어도 돼?"

그녀는 초코바를 조금 잘라 내민다. 말소리를 내보려는데 더디다. "제로바라는 거야." 그녀가 말한다. "화이트초콜릿이랑 캐러멜이야."

"엄마는 화이트초콜릿 싫어하지. 그거 먹으면 토하잖아."

보통은 맞는 말이다. 태국 시절이 남긴 유산이었다. 방콕으로 가기 전 아일랜드에서 수녀들과 일했던 그녀는 시기가 사순절이었기에 초콜릿을 끊었다. 수녀들 곁에 있으면 자기부정의 관념을 배우기 마련이니까. 머잖아 태국에 갔을 때는 부활절이었고 그녀는 딱딱한 화이트초콜릿 토끼를 샀다. 애초에 왜 태국에 부활절 초콜릿이 있는 거지? 아무튼 그 초콜릿을 전부 먹고 토했고 그걸로 그녀와 화이트초콜릿의 관계는 끝났다.

"아주 오래전에는 엄마도 화이트초콜릿을 좋아했어." 허벅지 아래의 돌 모서리가 날카롭다. 그녀는 자세를 바꾸려고 몸을 움직이며 손으로 돌을 쓸어본다. 따가움에 이어 액체가 흐르는 게 느껴진다. 손바닥 상처가 다시 터졌다.

"내가 태어나기 전에?" 링컨이 묻는다.

"응." 그녀는 주먹을 쥐었다 폈다 하면서 혈액의 끈적거림을 느끼며 말한다. "네가 태어나기 한참 전에."

"엄마가 이 나라 저 나라에 갔던 때."

"그래, 그때."

아이는 머뭇거리며 초코바를 먹어보더니 만족스럽게 음, 소리를 낸다. 조각 전체가 아이의 입에서 사라진다.

"엄마는 내가 태어나기 전에 맨날 이걸 먹었지." 아이가 말한다. "화이트초콜릿을 좋아했을 때. 근데 내가 태어나기 전에는 화이트초콜릿이 없었잖아. 그러니까 그건 틀린 말이야."

"그래?"

코카콜라 자판기가 오작동—합선인 것 같다—하며 스프라이트 버튼이 부드럽게 깜빡이면서 켜졌다 꺼졌다 한다.

"내가 태어나기 전에는," 아이가 말한다. "아예 초콜릿이 없었어. 집도 없었고. 성만 있었어. 가구도 없었고. 접시도, 모자도, 흙도 없었고. 공룡이 있었잖아. 세상은 없었고. 아무것도 없었어. 그치만 병원이 하나 있었어. 내가 거기서 태어났어."

그녀는 아이를 본다.

링컨은 식료품점의 확성기에서 목소리가 나왔다고 울음을 터뜨린 적이 있다. 아이는 〈스쿠비 두〉*의 괴물들이 무시무시하다고 생각한다. 그리고 지금은 지난 몇 시간을 전혀 기억하지 못하는 것처럼 보인다. 아이는 정상적인 상태로 확 되살아났다.

"그건 몰랐네." 그녀가 속삭인다.

"엄만 몰랐을 줄 알았어."

곧 이곳을 떠나야 한다. 지금은 주요 관람로에서 조금 떨어진 건물 바로 옆이다. 그녀는 벽돌 벽에 몸을 붙여 움츠리고 둘 다 그림자 안에 틀어박혀 있는지 확인한다. 고맙게도 나뭇잎 사이로 똑똑 떨어지는 빛에 의존해 아이가 먹는 모습을 지켜본다.

"맛있어, 아가?" 그녀가 속삭인다.

"냠냠." 입안에 젖은 부스러기가 한가득이다. 아이는 다시 크래커로 주의를 돌린다. "냠냠. 너무 맛있어서 냠냠이라고 두 번 말했어."

"쉿." 그녀가 말한다. "더 조용히. 한 번에 삼켜먹으면 안 된다고 했지? 맛을 즐겨야 돼."

'삼켜먹는다'는 아이가 발명한 또다른 단어다. '삼켜버린다' 대신이다. 그리고 아이는 그녀에게 물은 적이 있었다. 왜 아, 시원하다, 라고 해? 아, 뜨겁다, 라고 해야 하는 거 아니야?

"즐기고 있어." 아이는 속삭이면서 크래커를 겨우 갉다시피 작게 베어물며 그 말을 증명한다.

그녀는 원래도 아이에게 음식맛을 즐기라고 말하지만 지금은 특히 천천히 먹어주기를 바란다. 가공 치즈맛의 기쁨에 사로잡혀 있는 아이를 지켜보는 게 좋다. 링컨이 시끄럽게 씹어댄다. 입을 별

* 미국 애니메이션 작가 조지프 바베라의 만화 시리즈.

로 벌리진 않았지만 턱과 입술이 필요 이상으로 움직인다. 그리고 손목을 핥는다. 그녀는 거기에 부스러기가 있었을 거라고 생각한다.

그녀는 아이가 크래커만 생각하기를 바란다.

아이가 몸을 꿈틀거리며 더 가까이 다가오면서 엉덩이가 그녀에게 부딪친다. 그녀는 동전 색깔의, 오래된 리클라이너 의자에 앉아 있던 외삼촌을 생각한다. 그녀의 작은 몸이 들어갈 공간을 만들어주느라 옆으로 미끄러지던 외삼촌. 그는 이렇게 말했다. 우리 둘 중에 한 명은 점점 더 커지나보다. 외삼촌은 언제나 베어낸 풀과 기분 좋은 땀냄새를 풍겼다. 그녀가 엉덩이를 맞대고 리클라이너에 몸을 구겨넣으면 외삼촌은 그녀의 머리에 뺨을 대곤 했다. 그러면 관자놀이께에서 외삼촌의 심장이 뛰는 게 느껴졌다. 자신의 곁에서 그가 견고하고 안전하게 존재한다는 느낌이 무척 만족스러웠다.

영화나 책이나 친구들과의 점심식사를 통해 그녀가 이해한 바에 따르면 사람들은 좀처럼 만족감을 느끼지 않는다. 하나같이 다른 직업과 다른 배우자를 원한다. 그녀의 나이가 되면 자신의 모든 선택지에 의문이 들면서 처음부터 다시 시작하고 싶어지는 엄청난 존재의 위기에 부닥친다고들 한다. 그녀는 여자이고 아이가 있으며 일도 하기에 그 위기를 더욱 심하게 겪기 마련이며, 그 모든 걸 원하면서도 모든 전환점에서 좌절당해야 하고, 이 세상에 자신의 입지를 구축하려는 욕망과 모성적 열망에 발목이 잡혀 우왕좌왕하게 될 거라고들 한다.

그녀는 그런 걸 느끼지 않는다.

어렸을 때, 인체 자연발화나 부두교 등에 관계된 모든 것에 집착하던 시기에 어떤 이야기를 읽은 적이 있다. 아마 유령 얘기로 가득한 수많은 두꺼운 책들 중 한 권에서 읽은 이야기 같다. 악마에게서 손목시계를 받은 남자의 이야기였는데, 그 손목시계로는 시간을 멈추게 할 수 있었다. 시계의 버튼을 누르기만 하면 남자의 인생은 영원히 변치 않고 그대로 굳어진다고 했다. 절대 죽지 않을 것이고, 나이를 먹지도 않는다. 현재 살고 있는 것과 정확히 같은 매일을 살게 된다. 그가 해야 할 일이라고는 시간을 골라 버튼을 누르는 것뿐이었다. 하지만 그는 단 한 번도 버튼을 누를 준비가 되지 않았다. 계속해서 자신한테 딱 맞는 여자를 만날 거라고 생각했고, 그런 여자를 만났다는 생각이 들었을 때는 아버지가 되고 싶은 마음이 들었으며, 아이가 생긴 다음에는 그 여자가 맞는 여자였는지 별로 확신이 들지 않았고, 그다음에는 더 많은 돈을 벌고 싶었다. 그러다 마침내 그는 늙은이가 되었고, 악마가 그의 영혼을 차지하러 왔다. 악마는 이 시계 속임수를 영원토록 사용해왔는데, 이제까지 아무도 그 버튼을 누른 적이 없다는 것이야말로 반전이라고 말했다. 아무도 이 순간, 바로 이 순간이 완벽한 순간이라고 기꺼이 말하지 못했다는 것이다.

그녀라면 시계를 멈출 것이다. 어느 날에든. 어느 순간에든.

만족은 그녀가 지닌 위대한 재능일지도 모른다. 그녀는 가진 것에 감사한다. 아들이 자신에게 따뜻하고 가깝게 몸을 붙이고 있는 것만으로 다른 모든 일들이 거의 상쇄된다.

단지 손이 다시 젖은데다 손가락에서 피가 똑똑 떨어지고 있을 뿐.

베인 손바닥을 뭔가로 누를 생각으로 그녀는 손을 든다. 하지만 이제는 손목 바로 위 까진 옆쪽 팔에서 피가 흐른다. 그곳을 빤히 바라보던 그녀는 자기도 모르게 몸 아래의 들쭉날쭉한 돌조각에 피부를 앞뒤로 문질러대고 있었음을 깨닫는다. 문득 계속 아팠다는 생각도 든다. 하지만 동시에—빨간 방울이 허벅지에, 링컨에게 너무 가까운 곳에 후드득 떨어지자 그녀는 손을 뒤로 홱 치운다—계속 돌을 문지르고 싶은 마음도 든다.

그녀는 벗어진 피부를 치마에 대고 누른다.

시계를 멈추고 싶다. 그녀는 최근에 거울에 비친 자신의 모습을 보았다. 속이 비치는 상체에 엉덩이 부분까지 트여 있는 레이스 달린 나이트가운 차림이었다. 폴이 목요일 오후 점심시간에 집에 올 테니 그때 입어달라고 부탁했던 옷이었다. 그리고 그녀는 생각했다. 언젠가는 이 옷을 더이상 입지 않겠지. 언젠가는 피부가 늘어지고 배도 나올 테니까. 섹시한 란제리 같은 건 입지 않는 늙은 여자가 될 테니까. 언젠가는 폴도 세상을 떠날 테니까. 어쨌든 이 옷을 입을 이유가 되어줄 사람이 없어질 때가 올 테니까. 그녀는 링컨에게 옆돌기를 해보이기도 했다. 열여덟, 열아홉, 스물. 옆돌기를 보여주면서 조금은 자랑스럽고 조금은 즐거웠다. 그리고 한편으로 생각했다. 언젠가는 옆돌기를 할 수 없게 되겠지. 적어도 내가 옆돌기를 할 수 있었던 날들을 링컨이 기억해주면 좋겠는데. 만일 내가 내일 교통사고로 죽는다면 아이가 이런 내 모습을 기억할까? 신호등을 초록색으로 바꾸려고 마법의 주문을 말했던 걸, 응접실을 요새로 만들었던 걸 기억할까?

언제부터 이런저런 것들의 종말을 상상하게 됐는지는 모르겠다. 마흔 살이 되면서 방아쇠가 당겨졌을 수도 있다. 아기였던 링컨이 소년이 되어가면서 결국 다 크면 떠나버리리라는 사실을, 사라져 버리리라는 사실을 반복해서 깨달았을 때 불씨가 당겨진 걸지도 모른다. 이렇게 어두운 생각을 하는 이유도, 바로 자신의 인생이 손톱만큼도 변하지 않고 지금과 같이 이어지는 것 말고는 바라는 게 전혀 없기 때문일지 모른다. 어쩌면 지금 이 순간이 지속될 수 없다는 걸 알기에 모든 걸 더 사랑하는 건지도 모른다. 그녀는 모든 사람이 자동차 사고며 남편의 사망을 생각하는 건지, 자기만 유달리 병적인 건지 궁금하다.

"트란실바니아 트위스트에는 무슨 일이 일어난 걸까?"* 스피커에서 베이스 음성이 묻는다.

링컨의 포장지에는 크래커가 하나만 남아 있다. 일어나야 한다. 좀더 멀리 떨어진 장소를 찾아야 한다.

아니다. 그보다는 앞으로 뭘 할지 먼저 결정해야 한다. 어디로 가야 할지 확신이 서기 전까지는 조명 속으로 물러날 필요가 없다. 게다가 링컨이 아주 조용하다. 굉장히 얌전하다. 지금처럼만 조용히 있어준다면 거의 눈에 띄지 않을 수 있다. 그리고 움직이려면 방향도 선택해야 한다. 쓰레기통을 다시 지나가느냐, 아니면 그런 일을 피해 가느냐를 결정하는 문제다.

피부가 찢긴 팔이 욱신거린다. 피가 나도록 돌 모서리에 몇 번

* 미국 가수 보비 피킷의 노래 〈몬스터 매시Monster Mash〉의 가사.

더 긁으면 통증이 사라질지도 모른다는 생각이 든다. 가려운 곳을 긁을 때처럼.

이런 충동에 그녀는 두려운 마음이 든다. 그녀는 이런 생각을 하는 사람이 아니다.

"초코바 마저 줄까?"

아이는 마지막 크래커를 한 손으로 꺼내들고 초코바를 받으려고 다른 손바닥을 내민다.

"응, 줘." 아이가 속삭인다.

그녀는 초코바를 건넨다. 뭔가가 그녀의 발을 가로질러 기어간다. 가뿐하고 재빠르다. 자칫 시선을 내렸다가 그게 무엇이었는지 보는 일이 없도록 그녀는 마음을 다잡는다. 어머니의 집에서 배운 교훈이다. 보는 일을 피할 수만 있으면 그게 존재하지 않는 척도 할 수 있다.

그렇더라도 그녀는 상상한다. 윤이 나는 까만 껍데기와 움찔거리는 더듬이를 생각한다.

〈미녀 첩보원〉에는 리와 아만다가 늪에서 지금의 그녀처럼 식물과 흙 속에 웅송그리고 숨는 장면이 있다. 아만다는 몸을 떨고 리는 그녀에게 두 팔을 두른다. 이건 조앤의 비밀이다. 그녀는 〈미녀 첩보원〉 여러 편을 아무에게도 말할 수 없을 만큼 여러 번 보아왔다. 몇 시간씩 이런 드라마를 보면서 그녀가 느끼는 것이, 다른 사람들이라면 알코올이나 포르노에서 느끼는 것과 같을 거라는 확신이 든다. 재택근무를 하는 그녀는 점심시간이면 가끔씩 집안의 작업실에서 나와 몰래 그 드라마를 본다. 가끔은 한밤중에 침대에서 기어나와 폴의 어깨에 입을 맞추고 새벽 세시까지 깨어 폭식하듯 시청한다.

지금은 텔레비전을 생각하면 안 된다. 아니, 어쩌면 생각해야 하는 건지도 모른다. 더 나쁜 것들이 있으니까.

그녀는 브루스 박스라이트너가 잘생겼다고 생각하곤 했고, 지금도 그렇다고—1980년대의 브루스 박스라이트너 말이다—생각한다. 당시의 브루스는 그녀가 원할 때면 언제나 눈앞에 나타난다. 그 사람들—아니, 사람이 아니다, 등장인물이다—은 전혀 변하지 않았으니까. 예전에는 리와 아만다가 어른이라고 생각했지만 이제는 그녀의 나이가 더 많다. 그 사람들은 멋지게 얼어붙어 있다.

소녀 시절, 그녀는 놀이방의 지나치게 반짝거리는 딱딱한 나무 바닥에 앉아 있곤 했다. 커피테이블 옆의, 어머니가 늘 광택제를 과도하게 발라 속이 느글거릴 정도로 투명하던 바닥. 바닥이 매끄러운 건 바퀴벌레 때문에 더 끔찍했다. 바퀴들은 아무 소리를 내지 않고서 마치 얼음 위를 스치듯 경쾌하게 나아갔다. 언제나 바퀴벌레가 있었다. 어머니는 살충제를 쓰면 실수로 개가 죽을지도 모른다고 생각했다. 조앤은 학교에서 집에 돌아오자마자 텔레비전을 켜곤 했다. 학교를 절대 떠나고 싶어하지 않았던 사람은, 마지막 종이 울린 뒤 가능한 한 느리게 교문을 지난 사람은 그녀뿐이었을까? 잘 꾀어내면 선생님의 책상에 걸터앉아 대화를 나눌 수 있을지 보려고, 선생님의 관심 속에서 숨을 쉬어보려고 교실을 들여다본 사람은? 선생님들은 그녀를 좋아했다. 6학년 때 열린 메이폴 댄스* 행사에서는 선생님들이 선발한 여학생 단 열두 명 중 한 명이 되었다. 여기에 선발된다는 건 방과후에도 오랜 시간 동안 연습을 한다는 뜻이었다. 어두워지기 전까지는 집에 가지 않으니, 천국이었다.

하지만 사람들은 그녀가 학교에 영원히 머물도록 내버려두지 않았다. 그래서 그녀는 텔레비전을 켰고 어머니가 집에 돌아올 때까지 방송을 보곤 했다. 그런 다음에는 어머니가 텔레비전을 차지했다. 그녀에게도 나름대로 봐야 할 방송들이 있었으니까. 조앤은 어머니가 잠자리에 들 때까지 밤늦도록 기다렸다가 텔레비전으로 돌아왔다. 목을 위로 쭉 빼고 텔레비전 가까이에 앉아 있었다. 리모컨을 잃어버려서였다. 아니, 그뿐만은 아니다. 그녀는 놀이방보다 텔레비전 안에 있는 게, 가능한 한 텔레비전과 가까이 있는 게 좋았다. 그게 만족감을 주었다. 가끔은 어두워진 후에도 그곳에, 미끄럽고 미끄러운 그 바닥에 책상다리를 하고 맨발로 앉아 있었다. 그럴 때면 바퀴벌레 한 마리가 발꿈치나 허벅지나 손가락 위로 기어갔고, 그녀는 소파로 달려가 비명을 눌러 참았다. 하지만 항상 텔레비전으로 돌아갔다. 바퀴벌레가 어느 방향으로 갔는지 몰라 어쩔 수 없이 의자 아래를 계속 확인해야 했는데도 말이다. 가장 두려운 건 늘 최초의 순간, 살금살금 움직이는 짙은 색깔의 형체가 곁눈으로 보이는 순간이었다. 그녀는 한 번도 놈들을 죽일 수 있을 만큼 가까이 가지 못했다. 최선은 놈들에게 신발을 던지면서 운이

---

* 기둥 꼭대기에 다양한 색깔의 천을 묶어 늘어뜨리고 여러 사람이 하나씩 쥐고서 기둥 둘레를 돌며 추는 춤.

좋기를 바라는 것뿐이었고, 가끔은 놈들이 익사할 때까지 헤어스프레이를 뿌려댔다. 그녀는 놈들이 그런 식으로 죽는 걸 지켜보는 게 좋았다. 하지만 바퀴들이 위협하고 있을 때조차도 그녀는 텔레비전으로 돌아갔다. 거기서 멀리 떨어질 수 없었다.

자판기의 스프라이트 버튼 조명이 모스부호처럼 깜빡인다. 링컨은 지금도 우물거리는 중이다. 스피커가 큰 소리로 노래한다. "묘지를 강타했지/순식간에 유행했지……"

그녀는 〈미녀 첩보원〉 한 회를 보고 되감기를 하면서—언제나 녹화를 해두었으니까—좋았던 부분을 다시 보았다. 되감기, 일시정지, 재생. 되감기, 일시정지, 재생. 리와 아만다가 호텔로 걸어들어가는 편이 기억난다. 엘리베이터에 타면서 그가 그녀의 손을 잡고 있다가 버튼을 누르도록 손을 놓아주자 아만다는 허공을 더듬으며 그의 손을 찾는다. 아만다가 자기에게 손을 뻗고 있다는 걸 알고 그가 지은 표정은 참 멋졌다. 조앤은 그 장면을 백 번은 보았다. 둘이 사랑에 빠졌지만 아직 그 사실을 인정하지 않던 때의 일이라 모든 눈길 하나하나가 너무도 중요했다. 조앤은 자신을 그렇게 보아주는 사람이 있는지 궁금했다.

텔레비전 받침대 앞의 좁은 바닥은 어린 시절을 보낸 집 가운데서 그녀가 선명하게 그려볼 수 있는 유일한 부분이다. 베이지색 칠에 선반마다 레이스가 늘어진 채 벽을 가득 채운 책장과 그녀의 오른쪽에 있는 반짝이는 커피테이블. 커피테이블에는 놋쇠 그릇에 조화가 담겨 있고 잡지들이 흩어져 있었다. 텔레비전과 VCR, 은색 손잡이와 검은 버튼들, 되감기는 테이프의 만족스러운 웅웅거림.

다른 방들은 마음에 들지 않았다. 부엌에는 바퀴들이 가장 많이 꼬였다. 한번은 감자칩 봉지에 손을 넣었는데 손가락 아래에서 움직이는 딱딱하고 매끈한 껍데기가 느껴졌다. 그녀는 카펫이 깔린 기다란 복도를 전속력으로 달렸다. 달려야 할 빈 공간이 너무 많았고, 발바닥은 연녹색 카펫의 이음매에 쓸려 뜨거웠다. 그녀의 침실은 복도 끝에 있었고 그녀는 복도에서 자신의 침대 위 파란색 이불로 뛰어들었다. 이불 속에는 움직이는 게 아무것도 없기를 바라며.

바퀴벌레 대여섯 마리를 보지 않고는 단 하룻밤도 지나지 않았다. 가끔 그녀는 뜬눈으로 누워 놈들의 작은 다리가 종종걸음 치는 소리에 귀를 기울였다. 가끔은 전혀 잠을 자지 못했다.

어머니는 놈들을 한 번도 보지 못했다. 어머니가 절대 눈치채지 못하는 것들—예컨대 손자라든지. 어머니는 링컨이 태어난 이래 단 두 번밖에 방문하지 않았다—이 얼마나 많은지 조앤은 감탄이 나올 지경이었다. 하지만 어머니가 단 한 번도 바퀴벌레들을 보지 못했다는 점에는 지금까지도 내면에서 격노의 몸서리가 쳐진다.

조앤은 계속해서 살충제를 뿌려달라고 부탁했다. 과민반응이야. 어머니는 그렇게 말하곤 했다. 데이지가 그걸 먹을 수도 있다는 거 알잖아. 그렇게 바퀴가 많은 것도 아니고.

기억하는 대로라면 그녀에게도 놀이방 카펫을 자신만의 작은 연극을 올릴 무대로 쓰는 걸 좋아하던 시절이 있다. 그녀는 어머니에게 공연을 구경해달라고 부탁하곤 했다. 엄마가 눈 쉴 때 해줘. 어머니는 소파에 누운 채 그렇게 말했고, 이미 눈을 감고 있기가 다반사였다.

어머니가 억지로 그녀를 데리고 가 매니큐어를 발라주려 했던 일도 기억난다. 재미있을 거야, 라고 어머니는 말했다. 싫어요. 조앤이 대답했다. 그때는 좀더 나이가 들어 성질이 드러나고 있었다. 재미없을 거야. 나는 손톱 하는 거 싫어요. 냄새도 싫고, 그 사람들이 쓰는 도구도 아파요. 난 원래 싫어했어요. 좋아하는 건 엄마잖아요.

어머니는 머리빗을 화장대에 쾅 내려놓았고 화장용 거울이 덜컥거렸다. 다음날, 그들은 '러블리 네일아트'에 갔다. 물론 어머니는 지금 이날까지도 조앤이 매니큐어를 아주 좋아한다고 믿는다.

어머니는 절대 보지 못한다.

어머니는 절대 보려고 하지도 않는다.

아이까지 낳은 마당에, 부모가 된다는 게 무슨 뜻인지 절감하게 되었는데 부모님에게 좀더 아량을 베풀어야 하는 것 아니냐고? 아니, 그녀에게는 오히려 반대였다. 이십대에 조앤은 부모님과 애매한 평화를 이루었지만 링컨이 태어나자 분노가 돌아왔다. 할 수 있는 최선은, 분노에서 고개를 돌려 그것이 어두운 형태로 스멀스멀 기어다니게 놔두는 것뿐이었다.

리 스테트슨은 이 보르도를 위해서라면 죽을 만하지, 같은 말들을 하며 은색 스포츠카를 몰았고 아만다의 손에 입을 맞추었다. 조앤은 어른이 된다는 건 바로 그런 거라고 생각했다. 모두가 아름답고 재치 넘치게 되는 것, 칵테일과 이국적인 장소와 몽타주들. 그녀에게는 라사 압소*와 함께 잠을 자는 어머니가, 이불에 묻은 개똥은

* 테리어종의 소형견.

신경쓰지 않지만 보물처럼 반짝이는 돌을 만지는 일에는 코웃음을 쳤던 어머니가 있었으며, 하루종일 작은 동물들을 사냥할 수는 있으나 다 큰 딸에게 돌아오는 길은 절대로 찾지 못하는 아버지도 있었다.

스프라이트 버튼 조명이 미친듯이 박자를 올린다.

언제부턴가 링컨이 움직이지 않는다. 아마도 잠들었을 것이다. 화이트초콜릿으로 뒤덮인 손가락들이 풀어진 채 하늘을 가리킨다. 아이의 머리가 그녀의 팔에 떨어져 있다. 그녀는 아이의 뺨의 부드러운 곡선과 아래쪽으로 쓸어내려진 눈썹, 끝이 공처럼 완벽하게 둥그런 코를 바라본다. 아이는 어제 '군수품'이라는 단어가 들어간 문장을 말했다. 아이의 머릿속에는 그만의 온 세상이 들어 있다.

그녀는 아이를 본다.

피가 묻지 않은 손으로 아이의 손목을 팔찌처럼 부드럽게 감싼다. 피부 아래의 뼈가 느껴진다.

그녀가 아이를 본다.

오직 아이만을.

집중력을 유지하는 방법이다.

"사지가 있었으면 좋겠어." 링컨이 중얼거린다. 그녀는 아이가 잠들어 있지 않아서, 또 보통 아이가 가장 좋아하는 동물인형은 축 늘어진 기린이고 사지는 두번째일 뿐이기에 놀란다. 사지는 원래 조앤의 강아지 인형으로 지금은 햇수가 삼십 년도 더 됐다. 사지는 왼쪽 귀에 손가락이 들어갈 만큼 큰 구멍이 있으며 코의 칠이 부분적으로 떨어졌다. 외삼촌은 사지를 아침 식탁으로 살금살금 올라오게 해 그녀의 달걀을 맛보도록 했었다. 갑자기 그녀도 사지가 그리워진다. 솜으로 채워지고 우둘투둘 닳아빠진 녀석의 독일셰퍼드 몸통이 그립다. 사지는 그녀가 사랑했던 모든 사람을 안다.

"왜 사지가 있었으면 좋겠어?"

"경찰견이니까." 링컨의 머리가 약간 들린다. "사지는 지켜주니까."

그녀가 지켜주겠다고 다시 아이를 안심시키려는데, 밝은 빛 한가운데서 소리와 움직임이 인다.

아주 잠깐, 시간이 지나고서야 그녀는 문이, 코카콜라 자판기 반대쪽에서 문이 열리는 걸 알아차린다. 어떤 목소리가 들리더니 자판기가 일으키는 빨간색과 하얀색 빛의 소용돌이에 분홍색으로 빛나는 얼굴이 나타난다.

얼굴. 흔들리는 긴 머리카락. 그들을 응시하는 짙은 색깔의 두 눈.

일이 초가 흐른 뒤에야—시간은 끈적거리고 느리다. 헤어스프레이에 빠진 바퀴벌레 다리처럼—조앤은 그 목소리가 한 소녀의 것임을 알아차린다. 그녀는 간신히 비명을 삼킨다.

소녀는 한쪽 팔을 뻗고서 손가락을 구부리고 있다. 온몸이 아주 잠깐 보이더니 자판기 뒤로 다시 미끄러진다. 어린 흑인 여자애, 십대다. 땋아내린 머리에 크레용처럼 밝은 빨간색 줄무늬가 들어가 있다. 머리카락이 하도 북슬북슬해서 얼굴이 작아 보인다.

"들어와요," 소녀가 말한다. "빨리요."

7:23 p.m.

조앤은 완벽하게 침묵을 유지한다. 순간, 소녀가 무장괴한들의 여자친구이거나, 사냥감과 게임을 하라고 보내진 사람일지도 모른다는 생각에 얼굴을 자세히 살핀다. 하지만 소녀는 아주 어리고 극도로 긴장한 것처럼 보여서 무슨 이유로든 그녀를 의심하기는 어렵다.

"들어오고 싶으면요." 소녀가 고개를 돌려 어둠 속을 내다보자 뒤통수가 보인다. 머뭇거리면서도 짜증이 난 목소리다.

그 짜증이 조앤에게 확신을 심어준다. 그녀는 한 팔을 둘러 링컨을 일으켜세운 뒤, 아이가 두 발을 디딜 때까지 기다렸다가 자신도 무릎을 짚고 일어나며 얼굴에서 바나나 잎사귀들을 쓸어낸다. 그러고는 아이를 떠밀며 코카콜라 자판기를 지난다. 밀치면서 허둥지둥 움직인다. 아이의 손이 그녀의 치마를 배배 꼬아댄다. 모든 게 이상하다. 허벅지가 아프다. 어느새 그녀와 링컨은 식당 안으로 들어가고 있다. 뒤쪽에서 유리문이 너무 요란하게 닫힌다.

조앤은 앞발로 쪼그리고 앉은 채 계속해서 링컨의 허리에 팔을 두르고 있다. 알고 보니 문에는 기다란 금이 가 있다. 닭발 모양으로 유리 전체에 은색 선이 퍼져 있다.

소녀는 그녀 앞에서 꼼짝 않은 채 그녀처럼 바닥 가까이 몸을 낮게 숙이고 있다. 식당의 바 옆이다. 왼쪽에는 금전출납기가 있고 오른쪽은 벽 전체가 창문으로 되어 있다. 천장등은 꺼져 있지만 식당의 음식 진열장 안에 불이 들어와 있어 공간에 형광빛이 감돈다. 흰색 플라스틱 식탁과 의자들—아마 흰색인 것 같다—은 이제 심해 생물처럼 연녹색을 띤다.

소녀는 조앤과 링컨에게로 몸을 돌리고 섰다. 그들의 머리 너머로 손을 뻗자 소녀의 겨드랑이가 가까이 다가온다. 기분좋은 파우더와 빵 냄새가 난다.

"문 때문에요." 소녀가 데드볼트*를 돌리며 말한다.

소녀는 다시 몸을 숙이고서 음식 진열장을 지나 앞으로 움직이고 두 사람은 소녀를 따라간다. 의자를 뒤집어서 다리가 위로 가도록 깔끔하게 올려놓은 식탁도 몇 개 있지만 다른 의자들과 심지어 식탁들은 바닥 전체에 마구잡이로 흩어져 있다. 두 기둥 사이에 빨간 줄이 걸린 것도 있다. 식당 손님들에게 줄 설 곳을 알려주는 물건인데, 그 기둥 자체도 뒤집어져 둥근 기단이 천장을 향한다.

* 문의 잠금장치.

"이 길 뒤쪽이에요." 소녀는 그렇게 말하며 그들에게 앞으로 가라고 손짓한다. 두 사람이 이미 그녀의 발을 밟을 만큼 가까운 곳에 있는데도.

"저 사람은 누구야?" 링컨이 묻는다. 조앤의 뺨에 닿는 아이의 목소리가 따뜻하고 축축하다.

아이의 손은 지금도 그녀의 치맛자락을 감아 당기고 있다.

"엄마도 몰라." 그녀는 자신이 많은 것들을 모른다는 걸 깨닫는다. 예컨대 낯선 사람과 함께 이 건물에 갇히기로 결정한 이유라든지. 문이 열렸다. 그리고 그곳에 다른 인간이 있었다. 그녀는 그게 신의 선물인 것만 같았다. 만일 신이 누군가를 보낸다면 굳이 왜 십대인가 싶기는 했지만. 어쩌면 끔찍한 실수일지도 모른다. 그렇더라도 그냥 돌아서는 건 생각조차 할 수 없다. 앞으로 갈 수밖에 없다는 기분이 든다. 하지만 왜?

머리가 핑핑 돌면서 뒤죽박죽이다. 하지만 두 발은 터벅터벅 걷고 있다. 등이 굽은 사람처럼 조앤과 링컨은 원래 음식—머핀과 애플 대니시였던 것 같다—이 들어 있던 텅 빈 금속 유리장을 지난다. 벽에 줄지어 있는 창문 아래 높이에만 머문다. 창문 바깥으로는 억새지붕의 아랫면과 스포트라이트 불빛 너머의 어둠이 힐끗 보인다. 밖에 있었을 때와 달리 어둠은 완전한 것만 같다. 코끼리 구역도, 멀리 떨어진 소나무나 불이 밝혀진 거리도 전혀 보이지 않는다. 억새지붕은 영원히 이어지고 그 뒤의 세계는 실제 아프리카일 수도 있을 것 같다.

그녀는 반대편의 시야를, 건물 밖에서 안을 들여다보는 경우를 생각한다. 바깥의 조명 불빛을 받아 움직이는 윤곽선이 선명하게 드러나지는 않을까? 그녀의 피부가 바다생물처럼 연녹색으로 보인다고 생각하는 사람이 밖에 있지는 않을까?

그녀는 다시 앞을 본다. 이 조명에서 보니 소녀의 머리카락은 짙은 빨간색으로 염색되어 있다. 검은색과 녹슨 듯한 색깔의 줄무늬가 보인다.

바깥의 음악은 단조롭게 웅얼거린다.

바닥에는 죽은 무당벌레가 있다. 링컨은 그걸 보지 못하고 아이의 신발 아래에서 껍질이 바스러진다.

소녀는 속도를 낸다. 조앤이 바짝 뒤따르는 와중에 링컨은 그녀에게 몸을 감고 있지만 제힘으로 움직이는 중이다. 이런 식으로 계속 오리걸음을 하자 허벅지가 비명을 지른다.

그들은 카운터를 돌아 주방 구역으로 접어든다. 스테인리스 조리대와 거대한 가스레인지, 온갖 크기의 손잡이 여러 개를 지난다. 타일 바닥이 약간 미끄러워 그녀는 발걸음을 조심스럽게 떼어놓으면서도 신경을 써서 링컨의 손을 꽉 잡고 있다.

"거의 다 왔어요." 소녀가 속삭인다.

주방이 끝난다. 더이상 가전제품이 없다. 타일 바닥이 짧은 통로 쪽으로 굽어지더니 스테인리스 문으로 가로막힌다. 소녀가 문을 밀어 열고, 그들은 방으로 들어선다. 양옆에 철제 조리대가 있고 조리대 아래에는 종이상자가 쌓여 있다. 물론 조명은 꺼져 있지만 벽 높은 곳에 달린 네모난 창문 하나가 달빛과 실외의 스포트라이트 불빛을 조금씩 혼합시켜 들여보낸다.

바닥에 한 여자가 앉아 있다. 나이가 많은 여자는 머리가 희고 피부색이 창백하며 상자 더미에 등을 기대고 있다. 청바지와 운동복 차림에 얼굴에는 그림자가 드리워져 있다. 그녀가 한 번 고개를 끄덕인다.

"들어와요." 그 여자가 말한다.

"이쪽이야, 링컨." 조앤은 말하면서 여자에게 마주 고개를 끄덕이고 아이를 방안으로 이끈다.

종이상자들이 방 한가운데 좁은 통로를 제외한 바닥 전체를 채우고 있다. 한 상자 안에는 플라스틱 포크와 숟가락이, 다른 상자에는 커피 필터들이 들어 있는 게 보이지만 대부분의 상자들은 테이프로 밀봉되어 있다. 조리대 위에는 최소한 여남은 개의 국자들이 자석 띠를 따라 걸려 있고, 칼도 한 세트 있다. 그녀는 더 멀리서 빨갛게 빛나는 웅덩이 때문에 움찔하지만 그때 마침 케첩병이 보인다. 케첩이 담긴 일고여덟 개의 유리병이 깔끔하게 늘어서 있다. 뚜껑들은 열려 있고 그중 한 군데에서 케첩이 조리대로 흘러넘쳐 바닥에 웅덩이를 이루었다.

"혼합중이었어요." 소녀가 철문의 자물쇠를 미끄러뜨려 잠그며 말한다.

조앤은 뒤를 돌아본다. 문의 광택이 심해 어슴푸레한 조명으로도 소녀의 모습이, 오르내리는 소녀의 두 팔을 흉내내는 유령이 비친다. 문 속의 소녀는 진짜 소녀와 함께 부드럽게 바닥으로 주저앉는다. 팔다리가 접히는가 싶더니 책상다리를 하고 앉는다.

진짜 소녀는 땋은 머리색과 같은 고동색 베레모를 쓰고 있다. 청바지는 엉덩이 부분이 헐렁하다. 뼈대가 새처럼 가늘고 가볍다.

"케첩 말이에요." 소녀는 비유제품 커피크림이라는 딱지가 붙은 종이상자에 팔꿈치를 기댄다. "그놈들이 들어오는 소리를 들었을 때 저 유리병들을 섞다가 조금 흘렸어요. 한 번 쏟고 나니 청소하는 게 멍청해 보이더라고요, 안 그래요?"

"케첩?" 링컨이 따라 말하며 다가온다. 조앤이 자리를 만들려고 상자를 밀치는 바람에 아이의 두 발이 그녀의 발에 꼬인다.

조앤은 자리에 앉으며 공간을 자세히 살핀다. 문은 하나뿐이다. 창문이 하나 있지만 너무 높아 누구도 안을 볼 수 없을 게 확실하다. 뭔지는 몰라도 소녀가 늘어놓는 소스 이야기를 이해하는 것보다 주변 공간, 이 공간의 강점과 약점에 집중하는 게 더 쉽다.

소녀의 목소리를 제외하면 공간은 조용하다. 더이상 핼러윈 음악이 들리지 않는다. 이 침묵이 마음에 드는 건지는 잘 모르겠다.

문득 그녀는 자기 발이 나이든 여자에게 닿아 있다는 걸 알아챈다. 여자는 조용히 지켜보는 중이다. 조앤은 두 다리를 가까이 당기고 링컨을 허벅지에 앉힌다. 아이의 두 다리가 그녀의 무릎 사이 공간에 내려앉는다.

"그쪽도 무장괴한들이 식당에 들어왔을 때 여기 계셨어요?" 조앤이 여자에게 속삭인다.

"전 아니에요." 여자가 목소리를 낮추고 대답한다. "코끼리 근처에 있었어요. 헤드폰을 쓰고 있어서 처음에는 총소리도 못 들었어요. 그런데 저 아이가 저를 찾았죠. 당신들을 찾은 것처럼요."

"그놈들은 모르더라고요." 소녀가 속삭이지도 않고 말한다. 마치 소파에 앉아 피자를 먹으며 〈댄싱 위드 더 스타〉를 보면서 수다라도 떠는 듯하다. "그 남자들이요. 제가 여기 있는지 모르더라고요. 잘 보지도 않고. 그게 이상한 거죠. 좀더 열심히 확인해봤어야 할 거 같지 않아요? 그러니까, 완전 진지하게 했어야 하잖아요? 이런 일을 벌일 땐 계획이 있어야 하는 거 아닌가?"

소녀는 대답하면서 너무 많은 단어를 써버린다.

"좀 조용히 말해야 하지 않을까?" 조앤이 속삭인다.

"왜요?" 소녀가 어깨를 살짝 으쓱한다. "문밖에서는 이 안의 소리가 하나도 안 들려요. 확실해요. 제가 들어봤거든요. 우리 매니저가 누구를 처음으로 울릴 때 이 뒤쪽으로 와서 문을 닫으니까요. 맨날 커피 케이크를 먹어치우던 여자애가 있었어요, 무슨 커피 케이크에 미친듯이 중독된 것처럼요, 우린 다들 어떻게 될지 궁금했죠. 제 말은…… 아무튼 제 말은 그놈들이 들어왔을 때 제가 이 뒤에 있었다는 거예요. 손님은 한 명도 없었어요, 좋은 거죠. 제 말은, 그러니까…… 아무튼 그놈들이 다시 걸어나갈 때 제가 문을 열고 놈들이 떠나는 걸 봤어요. 창문 너머로 오솔길을 걸어가는 남자 한 명, 여자 한 명이 보이더니 총소리가 들리더라고요. 그러더니 그 사람들이 쓰러졌어요. 뭐, 나중에 일어났을지도 모르지만요."

조앤은 소녀가 하는 말 한마디 한마디에 아주 열심히 집중해야만 한다. 꼭 그 나라 말을 할 줄 안다고 생각하고 갔는데 택시기사나 호텔 안내원이 전속력으로 말하기 시작하면서 모든 연습이며 CD 청취로는 이런 상황에 전혀 대비할 수 없었다는 사실을 깨닫는 기분이다. 아는 말인데도 단어를 서너 개 중 하나만 알아들을 수 있다.

"그럴지도 모르지." 그녀는 소녀에게 말하고서 흰머리 여자와 눈을 마주친다.

그들은 잠시 서로를 자세히 살핀다. 여자는 운동복을 입고 있기는 하지만 은 귀고리와 목걸이도 걸치고 있는 게 보인다. 머리카락도 정성 들여 손질했는데, 만지면 튕겨올라 원래 자리로 돌아올 것만 같다. 손톱에는 매니큐어가 칠해져 있다. 화려한 건 전혀 아니고, 파스텔 색 계열이다. 고상하다. 신중하다.

그녀는 이 여자가 화장을 하지 않고는 절대 집을 나서지 않는 사람일 거라고 생각한다.

소녀를 따라온 게 후회된다. 여기에 있고 싶지 않다.

소녀는 머리카락으로 무거운 머리를 뒤로 젖히며 위를 바라본다. 조금씩 몸을 흔들자 머리카락이 어깨 위에서 흔들린다.

"그런 얘기 들어본 적 있어요? 누가 총을 겨누면서 억지로 차에 태우려고 하면요," 소녀가 말한다. "그 사람들한테서 도망치는 게 낫대요. 왜냐하면 총을 쏴서 죽일 가능성이, 뭐냐, 심지어 2미터 정도만 떨어져 있어도 한 60퍼센트 정도? 3미터 떨어져 있으면 뭐 30퍼센트 정도? 그렇대요. 그러니까 그 사람들이 총을 쏠 수는 있어도 아마 죽지는 않을 거라는 거죠. 거기다 9미터나 15미터쯤 떨어져 있으면 가능성이 아예 없대요."

조앤은 링컨을 내려다본다. 그녀의 허벅지에 앉아 있던 아이가 자세를 바꾸었다. 링컨은 감자 으깨는 기구처럼 보이는 것에 정신이 팔려 있다. 어쩌다가 그걸 손에 넣었는지 모르겠다. 하지만 그녀가 생각하는 것보다 아이는 더 열심히 귀를 기울이는 경우가 많다. 총상에 대해 자세히 논하고 싶지 않다.

"넌 몇 살이니?" 그녀가 소녀에게 묻는다.

"열여섯이요."

자랑스러운 목소리다. 조앤은 거의 잊어버린 감정이다. 자기 나이에 대해 느끼는 기쁨이라니.

"그래서 어떻게 된 거니?" 그녀가 다시 묻는다. 무장괴한 이야기는 알면 알수록 좋으니까. "그 남자들이 여기 들어왔을 때 말이야."

소녀는 종이상자에 더 깊이 기댄다. 기침약을 빨거나 껌을 씹는 것처럼 아래턱이 약간 움직인다.

"처음에요?" 소녀가 말한다. "처음에는 밖에서 비명소리가 들렸죠. 그치만 비명소리야 원래 가끔씩 들리잖아요, 안 그래요? 애들이 뛰어다닌다든지, 그 물 뿜는 코끼리 동상 아세요? 게다가 동물원에서 애들한테 기린 먹이를 주게 해주거든요. 그러면 가끔씩 애들이 기린 혀를 보고 돌아버려요. 어쨌든 음악도 시끄럽고, 폐장 업무를 하느라 바쁘기도 하고요. 그러다가 비명소리가 사라지더니 잠깐은 모든 게 아주 조용해졌어요. 아줌마는 총소리 들었어요?"

소녀의 목소리는 여전히 너무 크다. 조앤은 소녀를 흔들고 싶은 충동을 억누른다. 네가 계속 이런 식으로 말하면 우린 죽게 될 거야. 그렇게 말하고 싶다. 논리적으로야 문에 방음 처리가 되었다는 걸 이해하지만 논리만으로는 힘이 없다.

"우린 멀리서 들었어." 조앤이 침착하게 말한다. 논리적으로. "아들이랑 어린이 구역 숲속에 있었거든. 그 소리가 총성인지 몰랐어."

링컨이 감자 으깨는 기구를 떨어뜨리고는 다시 주우려고 일어선다. 나이든 여자가 대신 건네주자 조심스럽게 받아든다.

소녀는 열중해 고개를 끄덕인다. "저도요. 처음에는 멀게 들리더라고요. 가게는 이미 닫은 뒤였어요, 문도 잠그고 다 했죠. 문에 누가 온 소리가 났을 때 저는 이 뒤에 있었어요."

"쉿." 조앤이 참지 못하고 말한다. "조금만 더 조용히."

"못 듣는다니까요." 소녀가 반복한다.

흰머리 여자가 손을 뻗어 소녀의 팔을 건드린다. 가벼운 접촉이 아니라 단호한 손길이다. 그녀의 매니큐어 칠한 손이 소녀의 팔을 잡는다.

"쉿." 여자가 말한다. 목소리에 놀라운 권위가 어려 있다. "저분 말이 맞아. 목소리 낮춰."

소녀는 놀란 표정이지만 고개를 끄덕인다. 여자는 소녀의 팔을 토닥거리고서 놓아준다.

"옳지." 나이든 여자가 말한다.

조앤은 여자를 살펴보며 재평가한다.

"어쨌든," 소녀가 마침내 소리를 죽이고 말한다. "저는 케첩을 혼합하고 있었어요. 꼭 손에 묻더라고요. 아무리 애를 써도 팔이랑 손목에 얼룩이 남고. 얼룩이 말라붙기 전까지는 눈에 띄지도 않아요. 근데 그때 노크 소리가 들렸어요. 처음에는 누가 화장실을 쓰려나보다 생각했죠."

소녀는 가느다란 두 다리를 곧게 뻗더니 종이접기라도 하듯 포개어 접는다. 소녀는 항상 움직이고 있다.

링컨은 이제 소녀를 지켜본다. 두 눈이 휘둥그레져 주의를 기울인다. 감자 으깨는 기구는 잊어버렸다.

"아니지." 소녀가 다시 뭔가를 씹으며 말한다. "진짜로 든 생각은 딴 거였어요. 뭔지 아세요? 제가 하와이안 아이스에서 일했던 얘기 안 했죠? 거기 주인아줌마가 저랑 같은 교회를 다니거든요. 아무튼 매주 토요일마다 오는 어떤 나이 많은 여자가 있었는데……"

소녀는 잠시 말을 멈춘다. 하지만 결코 대답을 기다리는 것 같지는 않다. 뜸들이기는 그저 리듬의 일부일 뿐이다.

"그 사람이 항상 제 머리카락을 만지고 싶어했어요." 소녀가 말을 잇는다. "아줌마들이 가끔 그래요, 백인 아줌마들이요. 기분 나쁘게 듣진 마세요. 아무튼 그 사람이 제 머리카락을 만져보기 전까지는 아예 나가려고 하질 않는 거예요. 가끔은 늦게 올 때도 있었어요. 가게 문 닫을 시간이라 창문까지 내렸는데 제가 문을 열어줄 때까지 쾅쾅 두들기는 거예요."

이번의 뜸이 기회처럼 보인다. 조앤은 더이상 소녀의 자제력에 믿음이 가지 않는다.

"그건 그렇고 무장괴한은?" 그녀가 유도한다.

"아. 그래서 제가 이 문을 조금 열었어요." 소녀는 어깨 너머로 단단한 문을 향해 고갯짓한다. "그랬는데 남자들이 옆문을 걷어차서 여는 거예요. 총도 보이고. 라이플총인가 뭔가. 그놈들이 안으로 들어와서 이것저것 집어던지기 시작했어요. 멍청하죠, 안 그래요? 제 말은, 걔들이 조용히 굴기만 했으면 저는 그놈들이 들어왔는지도 몰랐을걸요. 근데 둘이 들어와서 이것저것 다 때려부수니까 제가 이 문을 잠그고 들어와버렸죠. 자물쇠가 안쪽에 있거든요. 옛날에 누가 한번 이 안에 갇혔나봐요. 밖에서도 열 수는 있는데 열쇠가 필요해요. 열쇠는 제가 가진 거 하나밖에 없어요. 그러니까 이 안은 안전해요."

뭔지 몰라도 소녀는 씹던 걸 삼킨다.

"누나 모자 쓰고 있다." 링컨이 큰 소리로 알린다.

"너 모자 좋아해?" 소녀가 베레모를 만지며 묻는다.

링컨은 고개를 끄덕인다. 아이는 벌써 몇 년째 인도를 지켜보며 보행자들과 자전거 탄 사람들의 무리를 살피면서 그들이 머리에 쓴 물건의 이름을 부르고 손가락질을 해왔다. 모자. 헬멧. 모자. 모자. 헬멧. 그렇게 소리치곤 했다.

"아직 그 사람들을 직접 보진 못했어요." 나이든 여자가 찡그린 얼굴로 다리를 구부리며 말한다. "케일린이 잡지 않았으면 그 사람들하고 정면으로 마주칠 뻔했죠. 당신은요?"

"거의 출구까지 갔을 때 봤어요." 조앤이 말한다. "그러고서 옛날에 호저가 있던 우리로 도망쳤고요."

나이든 여자는 링컨을 내려다보며 미소 짓는다. 주변에서 벌어지는 모든 일과는 완전히 유리된 상냥한 미소다. "너 호저 놀이 했니? 날카로운 가시가 달린 호저가 되었으려나?" 여자는 굽은 손가락 하나를 링컨의 머리에 톡톡 두드리더니 손을 홱 젖힌다.
"아야!"
링컨이 웃는다. 거품이 이는 듯한 놀라운 소리다. 창문에서 들어온 빛이 여자의 얼굴을 잡아낸다. 명랑하고도 집중한 표정이다. 조앤은 의구심이 든다.
"선생님이세요?"
여자는 고개를 떨어뜨린다. 입술이 살짝 곡선을 그린다. "3학년을 맡았었죠. 삼십육 년 동안. 작년에 은퇴했어요."
"어느 학교요?"
"해밀턴 초등학교요."
칵테일파티나 점심 모임이었다면 조앤은 "아, 제 친구 중에도 애들을 둘 다 해밀턴에 보내는 애가 있어요"라고 말했을 테고, 두 사람은 일상 수다의 보편적 법칙을 따라 대화를 이어나갔을 것이다. 하지만 지금은 그런 주고받음이 옳지 않게 느껴진다. 그녀는 모든 게 정상인 양 행동하지 않을 것이다. 이 사람들을 더 잘 알고 싶지도 않다. 수다를 이어갈 필요가 없다.
케일린이라고, 여자가 말했다. 소녀의 이름은 케일린이다.
"그 남자들 봤을 때," 조앤이 케일린에게 말한다. "인질이 있는 것 같았니?"
"인질이요?" 소녀가 말한다. "인질을 잡고 싶으면 왜 사람들을 쏘겠어요?"
조앤은 고개를 젓는다. 말이 안 되는 상황이다. 어쩌면 퍼즐 조각들을 맞추려는 노력 자체가 시간과 에너지를 낭비하는 일일지도 모른다.

"내 모자 써볼래?" 케일린이 링컨에게 말한다.

"괜찮아요, 고맙습니다."

소녀는 몸을 돌리고서 왼쪽 상자의 날개 부분을 들어올린다. 셀로판지 바스락거리는 소리를 내며 작은 봉지를 하나 꺼낸다.

"누나한테 뭐가 있게?" 케일린이 말한다. "동물 크래커지롱."

어슴푸레한 불빛 안에서도 조앤은 링컨의 치아가 반짝이는 걸 볼 수 있다.

7:32 p.m.

링컨은 동물 크래커를 거의 다 먹었다. 아이에게 식욕이 있다는 건 좋은 신호라는 생각이 든다. 뭐라도 먹는 생각을 하면 그녀는 목구멍이 막힌다.

그녀만 그런 건 아닐지도 모른다. 케일린의 계속되는 제안에 끝내 항복하긴 했지만 선생님은 봉지에서 꺼낸 과자 한 개를 먹으려 시도조차 하지 않는다. 엄지와 검지 사이에 크래커를 들고서 매니큐어를 바른 손톱으로 두드려댄다.

케일린은 식욕에 아무 문제가 없어 보인다. 방금 또 한 봉지를 뜯었다. 거기다 좌우로 몸을 흔들며 머리카락을 양옆으로 휘저어 대고 있다.

소녀는 서서히 조앤을 미치게 만든다.

"제가 진짜 먹고 싶은 게 뭔지 알아요?" 소녀가 뭔가를 씹으며 말한다. "양파튀김이요. 빵에다가 으깬 고구마랑 옥수수를 얹어 먹는 것도 좋겠지만, 냉동은 사양. 집에 튀김기 있으세요?"

조앤이 고개를 젓는다. 선생님도 마찬가지다.

"부모님한테 애원했거든요." 케일린이 말한다. "하나만 사달라고. 보통 저녁을 하는 게 저라서요. 튀김기는 프라이팬이랑 달라요. 튀김기가 있으면 양파튀김이나 모차렐라 스틱도 만들 수 있어요. 생선튀김이나. 뭐, 대량학살이니 어쩌니 완전 난리가 났으니 엄마가 너무 미안해하면서 하나 사줄지도 모르겠네요."

아무도 대꾸하지 않는다.

케일린은 두 손을 청바지에 닦더니 링컨을 내려다본다. "넌 이름이 뭐야?"

"링컨." 아직도 입을 우물거리며 대답한다.

"에이브러햄 링컨의 링컨?"

"네."

조앤은 소녀가 자기 이름을 묻지 않더라도 놀라지 않는다. 더이상은 그 누구도 조앤의 이름에 신경쓰지 않는다.

"너 에이브러햄 링컨이 누군지 알아?" 소녀가 묻는다.

"네." 링컨이 말한다. "대통령이요. 암살당했어요."

조앤은 참지 못하고 아이를 내려다보며 미소 짓는다. 그녀를 매료시키는 게 '암살'이라는 단어라는 점이 이상하다는 건 알지만, 어쨌든 다섯 살짜리 중에 그 사실을 아는 애가 몇이나 되겠는가? 이건 아이가 대통령들을 무척 좋아하던 시절, 지나가버린 단계의 유물이다. 당시 링컨은 레이건이 꼬마곰 젤리를 좋아했고 닉슨이 볼링을 좋아했고 오바마가 농구를 좋아했다는 사실에 열광했다. 조지 워싱턴의 가발을 좋아했고 프랭클린 루스벨트의 휠체어를 좋아했다. 병원놀이를 할 때면 그녀는 아이를 진찰하고서 귓병에 걸렸다거나 배탈이 났다고 말해주었고, 아이는 그녀에게 소아마비에 걸렸다고 말하곤 했다.

현관 앞에서 축구를 할 때면 아이는 제럴드 포드가 되고 싶어했고 그녀는 로널드 레이건이 되곤 했다. 제럴드 포드가 볼 컨트롤을 보여줍니다. 아이는 한 발을 공에 올려놓고 소리쳤다. 제럴드 포드가 공을 차고…… 제럴드 포드가 득점합니다! 로널드 레이건이 제럴드 포드에게서 공을 빼앗으려 합니다! 로널드 레이건이 공을 경기장 밖으로 날려버립니다!

"링컨은 모자에 서류를 넣고 다녔어요."* 링컨이 말한다.

"우리가 밖에 있는 건 어떻게 알았니, 케일린?" 조앤이 묻는다.

어둠 속을 살금살금 나아가는 자신들이 얼마나 빤히 보였을까 싶다. 사방을 꼼꼼히 살피며 마른 잎 하나도 밟지 않으려 애썼으니까. 삼림지대와 어린이 구역에서 나오는 길에 지나쳤던 불 꺼진 코알라 카페도 떠오른다. 식탁에 의자가 얹혀 있고 살아 있는 존재의 흔적은 전혀 보이지 않았지만 물론 그곳에도 동물원 직원들이 있었을지 모른다. 주방에 틀어박혀 있거나 금전출납기 뒤쪽에 수그린 채, 그녀가 손바닥을 댔던 문에서 몇 걸음 떨어져 있었을지도

* 미국의 16대 대통령 에이브러햄 링컨은 높은 중절모를 쓰고 다녔던 것으로 유명하며, 안감에 중요한 서류를 보관했다고 알려져 있다.

모른다. 어쩌면 그녀는 안전한 장소에 숨어서 어두운 창밖을 내다보던 십여 명의 사람들을 지나쳤을지도 모른다. 어쩌면 그들 모두가 말 한마디 없이 그녀를 지나가도록 내버려두었을지 모른다.

뻗어오는 작은 손가락, 사뿐거리는 두 손.

다른 사람들에게 말할 수도 있다. 그 생각이 계속 떠오른다. 그녀는 이 사람들에게 아기 이야기를 할 수 있고, 심지어 가서 아기를 이리로 데려와 스스로 지은 죄를 사면할 수도 있다. 그런데도 그녀는 그렇게 하지 않는 핑계를 댄다. 내가 총을 맞으면 링컨은 어쩌라고? 이 방의 방음 처리가 별로 신통치 않아서 울부짖는 아기가 그들 모두에게 죽음을 가져온다면? 하지만 이런 이유들은 그녀가 침묵을 지킨 까닭이 아니다.

이 사람들에게 털어놓는 건 상상조차 되지 않는다. 누구에게든 말하는 걸 상상할 수 없다.

케일린이 대답하고 있다.

"그때 간식 자판기 소리가 났어요." 소녀가 말한다. "벽 너머로 진동하는 소리가 들리거든요. 가끔 쉬는 시간에 나가서 페이데이 초코바를 뽑아올 때가 있는데 딱 그 소리가 들렸어요. 그래서 밖을 내다봤죠. 마침 아줌마가 식물들 속으로 들어가는 게 보이더라고요. 그래서 잠깐 기다리면서 아줌마가 다시 문 앞을 지나갈 때 데려올 계획을 세웠어요. 그런데 아줌마가 안 나오더라고요. 결국 문을 열고 나가서 데려왔죠. 밖은 안전하지 않으니까요."

조앤은 아직 소녀를 이해할 수 없다. 동물 크래커와 끝없이 늘어놓는 아무 생각 없는 수다를 보면 영웅적인 성격은 아닌 것 같다.

하지만 이 소녀는 그들을 안전한 곳으로 데려오려고 위험을 무릅썼다. 그걸 부정할 수는 없다.

케일린은 청바지에서 부스러기를 떨어낸다. "장담하는데 그놈들은 못 들어와요. 걱정할 이유가 없어요."

어쩌면 소녀는 영웅적인 것도, 생각이 없는 것도 아닐지 모른다. 그냥 자신만만한 건지도 모른다. 오직 열여섯 살짜리들만 할 수 있는 방식으로 말이다. 케일린은 다시 머리카락을 휘둘러 한쪽 어깨에서 다른 어깨로 휙휙 넘겨댄다. 앞뒤로, 앞뒤로.

조앤은 시선을 돌린다. 소녀가 보이지 않을 때 기분이 더 낫다. 선생님의 아이디어가 좋아 보인다. 그녀는 가만히 앉아 눈을 감고 있다. 조용히, 그리고 동떨어져서. 그녀는 건드리지 않은 과자를 아직도 손에 쥐고서 부적이라도 되는 양 손가락 사이로 옮겨댄다.

그때, 조앤이 지켜보는 걸 느꼈는지 선생님이 눈을 뜬다.

"다 잘될 거예요." 침착하면서도 약간 깔보는 듯한 말투다. 조앤은 왜 그녀가 그제야 입을 열었는지, 하필 선택한 말이 그것인지 궁금해진다.

"그럴까요?" 조앤이 대답한다. 필요 이상으로 날카롭게 말이 나온 것 같다.

"하느님은 우리를 그저 죽이려고 이 멀리까지 데려오지 않으세요."

조앤은 억지로 미소를 짓는다. 신이 그들 모두를 이곳에 데려왔다니 믿을 수 없다는 말을 굳이 하지는 않는다. 대체 무슨 뜻인가? 무장괴한들을 여기에 데려온 것도 신인가? 콘크리트 길에 자빠져 죽어 있는 시체들은? 하느님이 그들도 안내한 건가?

"우린 지금까지 운이 좋았어요." 선생님이 무릎을 문지르며 말한다. "누군가 우리를 돌봐주고 있는 거예요."

"근사한 생각이네요." 조앤이 말한다. 이제 깔보는 듯한 소리로 말하는 사람은 그녀다. 실제로도 그런 마음이 든다. 이 여자의 지나치게 완벽한 헤어스타일과 그 순진한 대답이 싫다. 하지만 멍청한 것들을 믿는 건 이 여자의 잘못이 아니다.

조앤이 다시 애를 쓴다.

"그렇게 말씀해주셔서 고맙다는 뜻이었어요." 이번에는 목소리가 좀 낫다. 그녀는 자신의 목소리에 스스로 감탄한다. 기특하다. 여자는 그냥 고개를 끄덕이고 다시 눈을 감는다.

링컨은 빈 봉지를 바닥에 떨어뜨리더니 땅을 짚고 일어선다. 무릎을 굽혔다 펴며 바닥에서 발을 거의 떼지 않고 멀어져가는 모습을 보니 기분이 편안해진 게 틀림없다. 아이는 통통 튀어 반대편 벽으로 간다. 종이접시가 든 상자의 뚜껑이 열려 있어 거기에 걸려 넘어질 가능성이 높지만 그녀를 놓고 가는 아이를 보니 기분이 좋다.

"상자에 걸려서 넘어지겠다." 조앤이 아이에게 말한다.

"아니야, 안 걸려."

그녀는 아이를 지켜본다. 옆에서는 소녀가 머리카락을 흔들어대고 있다.

"우리 아빠랑 항상 뭘 했는지 아세요?" 케일린이 말한다. "숨바꼭질을 하곤 했는······"

"입 좀 다물 수 없니?" 조앤이 말을 끊는다. "제발! 부탁인데 잠깐만이라도 입 좀 다물어줄래?"

입에서 말이 나가자마자 후회가 밀려들고 링컨의 얼굴에 떠오른 표정이 눈에 들어온다. 모든 게 더 나빠졌다.

"엄마." 아이의 눈이 휘둥그렇다.

조앤은 숨을 쉰다. 그녀에게 실망한 링컨의 모습을 한 번이라도 본 적이 있던가? 확실하지 않다. 선생님도 그녀를 빤히 바라본다. 탐탁지 않은 얼굴이다. 케일린의 얼굴에 떠오른 표정은 더 안 좋다. 소녀는 상처를 받았다.

"제가 말이 많다는 건 알아요." 소녀가 말한다. "죄송해요."

"아니, 내가 미안해." 조앤이 말한다. "하면 안 되는 말이었는데. 아빠 얘기 계속해봐."

솔직히 소녀가 이야기를 계속할 거라고는 생각하지 않는다. 사실은 케일린이 좀 지나치게 예민하고 뚱해서 토라져 물러나는 십대이기를 바라는 마음도 있다. 하지만 아니다. 이 소녀는 확실히 회복력이 좋다.

"그게," 케일린은 조심스럽게, 희망을 담아, 조앤이 생각을 바꿀지도 모른다는 듯 입을 연다. "숨바꼭질을 하곤 했어요. 아빠랑요. 저랑 동생은 항상 숨었고 아빠가 찾았죠. 근데 아빠는 술래를 할 때마다 항상 크고 무섭게 걸으면서 거칠게 숨을 쉬었어요. 아빠가 오는 소리를 들으면 몸이 떨린다니까요. 그러다가 모든 게 조용해지면 아빠가 가까이 있다는 걸 알 수 있었어요. 그럴 때면 아빠가 있었죠. 손으로 침대 밑에 있는 저를 잡거나, 빨래통에 넣어둔 이

불을 잡아당기거나 하면서요. 그럼 우린 비명을 지르고 또 질렀어요. 아빠는 우릴 겁주는 걸 아주 좋아했어요. 항상 웃더라고요."

조앤은 소녀의 아버지가 머저리인 게 틀림없다고 생각한다. 그게 중요하다는 건 아니지만.

"한번은," 소녀가 말을 잇는다. "제가 옷장에 숨어 있는데 아빠가 문을 확 열었어요. 전 너무 놀라 뒤쪽 선반으로 넘어져서 팔에 상처가 났죠. 피가 났는데 뭐랄까, 그게, 제가 봤을 때는 그렇게 피가 많이 난 적이 한 번도 없었어요. 울음을 못 그치겠더라고요."

"그때도 아빠가 웃으셨니?" 조앤이 아무 뜻 없이 묻는다.

"아뇨. 아빠는 저를 들어올렸는데 얼마나 당황했는지 보이더라고요. 아빤 계속 미안하다고 했어요. 계속, 계속. 그러더니 제 상처에 키친타월을 덮고 저를 무릎에 앉혔어요. 저는 아직 울고 있었죠. 아빠가 저한테 씩씩하게 굴라는 거예요. 피가 나서 못 그러겠다고 했죠. 그랬더니 아빠가 조리대에서 칼을 집어들어 자기 팔에 상처를 냈어요. 제 눈앞에서 그냥 팔을 그어버리더라니까요. 그런 다음에는 아빠도 피를 흘렸죠. 그러면서 팔을 내밀고 말했어요. '아빠랑 같이 숨을 쉬어보자, 아가. 들이쉬고, 내쉬고. 너랑 아빠랑 똑같이.' 그래서 그렇게 했어요. 그런 다음에 밴드를 붙였고요."

조앤은 보인다. 보고 싶은 것 이상으로 선명하게 보인다. 케일린의 얼굴에서 눈물이 흐르고 있다. 어렸을 때 그녀는 머리를 땋았을 것이다, 뻔하다. 어쩌면 머리핀을 여러 개 꽂았을지도 모른다. 피가 흐르는 작은 팔과 자기 몸에 피를 내는 아버지도 보인다.

그녀는 소녀에게 미소를 짓는다. 총을 휘두르는 남자들과 쓰러져 죽는 사람들을 본 소녀에게. 한 번 만나본 적도 없는 사람들을 도우려고 자기만의 안전한 은신처에서 나와준 소녀에게.

"가끔은 숨쉬기가 도움이 되지." 조앤이 말한다.

케일린은 머리를 앞으로 기울이며 머리카락을 양옆으로 흔든다. 잠깐이지만 그 움직임도 거슬리지 않는다. 아이의 습관인 모양이라고 그녀는 생각한다. 어쩌면 그게, 머리카락이 휙휙 움직이는 느낌이 위안이 되는지도 모른다.

"아빠가 여기 있었으면 좋겠어요." 케일린이 조용히 말한다.

조앤은 소녀에게로 가까이 몸을 숙인다. 이 공간에 함께 갇힌 후 처음으로 소녀가 징표를 보인 것이다. 이곳에, 현실 한가운데에, 진짜 무게감 같은 것을 느끼며 자신이 존재하고 있음을 진정으로 이해했다는 징표를.

"그래." 조앤이 말한다.

"아줌마도 아빠가 여기 있었으면 좋겠어요?"

조앤은 그 질문에 해줄 수 있는 답을 가려낸다.

"글쎄." 그녀가 말한다. "우리 아빤 큰 총이 아주 많았어."

케일린이 웃는다. 그냥 조용한 낄낄거림이다. 조앤은 자신의 내면에서 무언가가 느슨해지는 걸 느낀다. 그 느슨함이 좋은 것인지 나쁜 것인지는 확신이 서지 않는다.

"왜 네가 저녁을 하니?" 조앤이 묻는다.

"엄마랑 아빠는 둘 다 늦게까지 일하거든요." 소녀가 말한다. "그리고 전 요리가 좋아요."

"내 딸도 케이크를 만든 적이 있단다." 선생님이 눈을 감은 채 말한다. "오층인가 육층짜리. 아직 어렸을 때 말이야. 빵집에서 볼 수 있는 케이크랑 똑같았어."

조앤은 여자를 자세히 살핀다. 언제든 잠들 수 있을 것처럼 편안해 보인다. 머리카락은 매끄럽고 흐트러진 곳이 없으며, 우아한 목걸이에 달린 펜던트는 완벽하게 목 한가운데에 자리잡고 있다. 여자는 아주 침착하다. 어쩌면 기도를 하고 있는지도 모른다. 조앤은 누군가 자신들을 지켜보고 있다는 믿음이 매력적인 생각이라고 인정할 수 있을 것 같다. 신이 함께 있다는 생각. 그녀도 믿고 싶다. 머릿속으로 그 생각을 곱씹어보는 그때 링컨이 상하좌우로 폴짝폴짝 뛰다가—동작이 정돈되지 않은 데르비시* 같다—뒤로 넘어져 그녀가 미리 경고했던 상자에 부딪힌다.

갑자기 공간에 빛이 넘쳐난다. 혼란스러워 잠시 눈이 보이지 않지만 조앤은 곧이어 아들을, 그다음에는 아이의 엉킨 곱슬머리 바로 위에 있는 전등 스위치를 본다. 그리고 펄쩍 뛰어 아이를 벽에서 당기는 동시에 스위치를 내리쳐 머리 위 조명을 끈다.

그들은 어둠 속에서 침묵을 지킨다.

그녀는 자기 숨소리를 듣는다. 입을 다물어보지만 코로 숨을 쉬자 소리가 더 심해진다. 그녀가 자신의 손으로 링컨의 손을 찾자 아이의 손가락이 그녀의 손가락을 붙든다.

아이는 그녀의 무릎에서 움직이지 않는다. 그들은 모두 앉아 기다린다.

---

* 신비 체험을 얻기 위해 춤을 추는 이슬람교의 수행자.

"겨우 일 초였어요." 케일린이 말한다. 이 공간에 들어온 이래 그녀가 아무 말도 하지 않고 지낸 가장 긴 시간이었을지도 모른다. 조앤은 소녀의 목소리가 들리자 기쁜 마음이 든다.

"별거 아니에요." 선생님이 말한다. "괜찮아요."

조앤은 그들이 기울이는 노력이 고맙다.

"엄마?" 링컨의 목소리가 불안하다. 그녀는 여태껏 아이를 탓하는 말을 한마디도 하지 않으려고 조심해왔다. 그런데도 뭔가를 눈치챘다. 그녀에게서든, 다른 사람들에게서든. 언젠가 아이들은 강아지와 같아서 공포의 냄새를 맡을 수 있다는 말을 들었다.

"괜찮아." 그녀가 말한다. "괜찮아. 우린 다 괜찮아."

공간을 가득 채우는 빛이 꺼져 있다가 켜졌다가 다시 꺼졌다. 빌어먹을 신호처럼, 오려는 사람을 모두 부른다.

"괜찮아." 그녀가 되풀이하며 아이의 손을 꽉 쥔다.

손가락이 작다.

아이는 너무 작다.

아이의 부드러운 손마디 감촉…… 아이의 몸은 아직 어느 한 곳도 거칠어지거나 못이 박이지 않았다. 심지어 발꿈치나 팔꿈치도. 가끔 그녀는 목욕을 하고 난 후 손가락 끝으로 그 부분을 쓸어본다. 단지 아이가 거칠어지고 있는지 확인하려는 마음에, 그러지 않기를 바라면서, 그런 기대를 갖는 것에 죄책감을 느끼면서 말이다. 아이는 거칠어져야만 하니까. 그 손마디와, 그녀의 손바닥에 와닿는, 조개껍데기처럼 단단하고 매끄러운 손톱의 감촉이 그녀 안의 무언가를 터뜨린다. 몇 시간 전에 산산조각났지만 그녀가 솜씨 좋게 붙들어놓고 있었을 뿐인 무언가를.

그녀는 그 생각을 거부해왔다. 아이가 죽을 수도 있다는 생각을.

그런 걸 생각하면서 동시에 제 역할을 해낼 수는 없다. 그녀는 제 역할을 해내야만 한다. 결코 그녀는 아이들에게 익히지 않은 쿠키 반죽을 먹지 못하게 하거나, 보호자가 없으면 한 블록도 마음대로 가지 못하게 하는 그런 여자가 되고 싶지 않았다. 그런 공포를 다루지 못하면 결코 아이가 현관을 걸어나가는 모습을 지켜볼 수 없다. 자신들의 얼굴에 죽음이 피투성이 주둥이를 들이밀고 있는 여기 이곳에 있으면서도 그녀는 그 생각을, 진짜로는, 해보지 않았다. 그런 생각을 할 경우 자신이 어떤 짐승을 풀어놓게 될지, 얼마나 거대한 틈새가 쩍 벌어지게 될지 막연하게 떠올랐기 때문이다. 아이가 생기면 그렇게 된다. 그렇지 않은가? 부모는 스스로를 상상 불가능한 고통에 드러내놓은 다음 그럴 가능성이 없는 척한다.

그녀는 아이의 손에 집중한다. 아이의 음-하-하-하 하는 짓궂은 악당 웃음을 생각하고, 낮잠을 자고 일어난 아이가 자기를 굽어살피는 그녀를 보고서 짓는 미소를 생각한다. 그러자 공포가 물러난다.

아마도, 침묵을 메울 만한 말할 거리를 모두들 애써 생각했을 것이다. 바로 그때, 밖에서 타닥거리며 터지는 총성이 들린다. 불꽃놀이처럼 느껴질 정도로 멀다.

여러 번의 발사와 작은 폭발이 화음을 이룬다. 웅웅거리는 소리가 너무 시끄러운 걸 보니 확성기를 쓰는 게 틀림없다는 생각이 든다. 그리고 그 모든 소리들을 구분해내던 바로 그때, 알아들을 수 없는 쾅 소리가 들린다. 제빵용 금속 트레이가 무더기로 바닥에 떨어지는 소리가 생각난다. 여러 음조로 이루어진 그 불협화음이 점점 확산된다. 그녀는 이것이, 이 모든 총성과 소란과 고함이 무슨 뜻일 수밖에 없는지 알고 있다.

마침내 무슨 일이 일어나고 있다. 누군가가 오고 있다. 안도감이나 흥분을 느껴야 마땅하겠지만 그녀는 무엇도 거의 떠오르지 않는다.

"봤죠?" 케일린이 창문 쪽으로 머리를 홱 젖히며 말한다. "경찰이에요."

"그러게." 조앤이 말한다.

"좀 있으면 이리 올 거예요."

"그래." 조앤이 말하며 책상다리를 한다. 서고 싶다. 움직이고 싶다.

그녀의 손이 바닥의 무언가 끈끈한 것에 내려앉는다. 손을 들어 올리고 분명 어디 가까운 곳에서 키친타월을 봤던 걸 떠올린다. 케일린이 그녀의 팔꿈치를 잡는다.

"팔을 다쳤잖아요." 소녀의 눈에는 조앤의 손바닥 상처가 아니라 손목 근처 벗어진 피부가 보인다.

"심하진 않아."

"감염되면 안 돼요." 케일린이 말한다. "여긴 뭐가 없는데. 그래도 싸매긴 해야죠."

조앤이 반박하기도 전에 소녀는 조리대로 몸을 날려 서랍을 연다. 얇은 흰색 행주를 손에 들고 다시 바닥에 주저앉더니 그걸 조앤의 손목에 감기 시작한다.

"깨끗해요." 그녀가 말한다.

소녀의 움직임이 놀랄 만큼 효율적이어서 조앤은 반발하지 못한다. 소녀가 행주를 꽉 감고서 두 번 재빠르게 당겨 묶는 모습을 그녀는 그저 지켜본다.

"봤죠?" 케일린이 다시 팔꿈치를 괴고서 몸을 기대며 말한다. 머리카락이 타일에 스친다. "좀 낫죠?"

"응." 조앤이 말한다. 천으로 상처를 누르고 있으니 실제로도 좀 나은 것 같다.

아직 그녀가 손목을 살피고 있는 사이, 총성이 방안을 가로지르며 울린다. 소리가 너무 커서 아예 다르게 들린다. 조앤은 화들짝 놀라 물러나다가 조리대 모서리에 머리를 쾅 부딪히고 두 팔로는 링컨이 몸부림칠 정도로 아이를 꽉 조인다. 사방에서 총소리가 난다. 머릿속에서 심벌즈처럼 울려댄다.

케일린의 비명소리가 들리고, 링컨이 그녀의 귀에 대고 뭔가 소리치지만 알아들을 수 없다.

소음은 신체를 고통스럽게 한다. 자신의 귀를, 링컨의 귀를 두 손으로 틀어막으려는 충동을 억누르기까지 시간이 좀 걸린다. 그녀는 등이 문을 향하도록 몸을 돌리고 있고, 링컨은 그녀의 몸이 만든 곡선 아래에 틀어박혀 있다.

한 가지 생각만은 논리적이다. 누군가가 식당에 들어와 있다. 누군가가 방에 달린 강철 문 바깥에서 안으로 들어오려 한다. 그 시끄러운 소음이 치아로까지 느껴진다. 한 번씩 총이 발사될 때마다,

그녀는 총알이 문을 뚫고 들어오리라고 확신한다.

사격이 잠시 멈춘다. 아마 십여 발쯤 쏘았을 것이다. 사격은 이내 다시 시작된다.

케일린은 허둥지둥 일어나 방의 먼 구석으로 물러난 뒤다. 소녀의 주변에는 상자들이 굴러 넘어져 있고 커피 필터와 종이컵이 바닥에 쏟아져 있다. 선생님은 간신히 몸을 세운 모습에 양손으로 조리대를 짚고 있다.

총알들이 다시 멈춘다. 침묵이 소음보다 두렵다.

"안으로 못 들어와요." 케일린이 말한다. 소녀는 울고 있다. 젖은 얼굴을 통해서만 그 사실을 알 수 있다. 그녀의 목소리는 강하다. "못 들어와."

조앤은 그렇게까지 확신이 들지 않는다. 문은 그저 강철일 뿐이다. 마법이 아니다. 문이 견디는 데에도 틀림없이 한계가 있다. 자신도 울고 있을지 모른다는 생각에 얼굴을 만져보지만 그렇지 않다. 낭비다, 운다는 건. 그녀는 오늘밤 내내 앙다문 이에서 힘을 빼는 법을, 몸으로 숨을 들이쉬고 내쉬는 법을 배웠다.

호흡은 실제로 도움이 된다.

귀에서는 여전히 총성이 메아리친다.

"창문." 그녀는 작게 내뱉고서 몸을 일으키고는 링컨을 조리대에 올려놓고 그 뒤로 기어오른다. 창문을 밀자 천만다행으로, 거의 힘도 주지 않았는데 열린다. 손목을 비틀었을 뿐인데 손잡이가 돌아간다. 유리창은 바깥으로 밀리다가 몇 센티미터 가더니 덜컥 멈춘다. 창문과 창틀 사이의 틈은 링컨에게는 충분히 넓지만 그녀에게는 빡빡하다. 충격은 다시 시작되지 않는다. 놈들이 전략을 짜고 있는 걸까? 왜 아무 말도 하지 않았을까? 운율과 대구를 맞춰 연극을 해야 하지 않나? 문 근처에 있을까, 아니면 둘 중 한 명이 이 창문 밖에서 기다리고 있을까? 이때 새로운 소리가, 문에 쿵 부딪히는 더 육중한 소리가 난다. 지금 그녀는 자신이 올라갈 테니 링컨에게 조리대 위에 가만히 있으라고 말해둔 상태다.

창문 옆은 조명이 밝다. 달빛보다는 확실히 가로등이 더 환하다. 눈을 들자 무당벌레들이, 작고 검은 단추들이 천장에 점점이 찍혀 있다.

"서둘러요." 그녀가 다른 사람들에게 말한다. 말한다기보다 입 모양으로 말을 만들어낸다. 소란을 뚫고 소리치는 시도 따위는 할 생각도 없다.

케일린이 다가오며 한 발을 조리대에 올려놓더니 무릎과 팔꿈치만으로 눈 깜짝할 사이에 기어오른다.

쿵쾅거리는 소리가—벽 부수는 도구라도 쓰는 건가?—두개골을 뚫을 듯 진동하고, 선생님은 고개를 젓는다.

조앤은 한 손을 링컨에게 올려놓고서 다른 손으로 미친듯이 손짓한다. 손이 흐릿하게 보일 정도다. 그런데도 선생님은 여전히 고개만 젓고 있다.

"전 할 수가……" 선생님이 입을 열지만 다른 말들이 모두 묻힌다.

그때 소음에 변화가 생긴다. 한번 더 쿵 소리가 나지만 이번에는 음색이 새롭다. 문에 다른 종류의 충격이 가해지더니 와장창 하는 소리와 함께 굉음이 난다.

잠시 모든 게 조용하다. 은혜로울 지경이다. 그러더니 문이 움직인다. 간신히 조금 움직여 한 뼘 정도만 열린다. 너무도 작은 움직임이라 처음에 조앤은 그 모습을 보지 못했다고 자기최면을 걸 수 있을 정도였다. 하지만 문은 계속해서 천천히 더욱 활짝 젖혀진다. 그녀는 문이 열리는 중이라는 걸 안다. 그리고 아들을 내려다본다. 아이의 뺨에 붙은 부스러기가 보인다. 그녀의 등에는 케일린이 바짝 붙어 있다. 따뜻하고, 떨고 있다. 선생님은 문과 가장 가까이에 서서 물러나는 중이다. 조명을 받아 머리카락이 빛난다. 이 순간이 계속 이어진다, 느리고 느리고 느리게. 그러더니 문이 완전히 쾅 하고 열리면서 뒤쪽 선반에 세게 부딪힌다.

한 남자가 거기에 있다.

조앤은 자신이 처음부터 옳았다는 생각을 하지 않을 수 없다. 놈은 거의 남자도 아니다. 아직 수염조차 안 난지도 모른다. 그녀의 상상과 달리 놈은 부츠를 신지 않았다. 운동화를 신고 있다.

1초.

2초.

그녀는 링컨 앞으로 미끄러져 나온다. 조리대 위에서 그녀의 두 다리가 달랑거린다. 자신이 링컨을 완전히 가리고 있으며 어쩌면 무장괴한이 자기 아들을 절대 발견하지 못할 가능성도 좀 있을지 모른다고 생각한다. 혹시 아이를 창문 너머로 미는 것도 가능할까? 눈에 띄지 않게? 그녀의 뒤에는 칼 한 세트가 30센티미터인지 60센티미터쯤 떨어진 곳에 있다. 그쪽을 보고 싶지는 않지만.

대신 그녀는 남자를 본다. 놈이 그들 모두를 향해—선생님을 향해—들어올린 장총 너머를 보는 건 힘든 일이다. 하지만 그녀는 그 너머를 본다.

놈은 다른 손에 도끼를 들고 있지만 그녀가 지켜보는 가운데 뒤로 던져버린다. 재킷은 너무 크고 청바지는 너무 조인다. 그리고 청바지 위에서 배가 약간 흘러넘친다. 멍청해 보이지만 여린 느낌도 있다. 그녀는 뒤쪽의 조리대를 더듬으며 어떻게 해야—놈이 보지 못하게 칼을 잡는다 하더라도—놈이 총을 쏘기 전에 그에게 다가갈 수 있을지 생각해내려고 애쓴다. 만일 총을 맞는다면 그다음에도 놈을 찌르는 게 가능할까? 죽어가는 중이라도? 그녀는 자기 몸뚱어리가 죽어간다는 사실을 깨닫기 전에 몇 초쯤 여유가 있을 거라고 생각한다. 칼을 놈의 심장에 쑤셔넣으려면 얼마나 센 힘이 필요할까? 아니, 심장보다는 목이 더 쉬울지도, 더 부드러울지도 모른다. 가로막는 갈비뼈가 없으니까. 이 모든 걸 생각하며 등뒤에서 손가락을 허우적거리면서도 조앤은 놈의 얼굴을 보려고 노력한다.

3초.

4초.

충분히 보이지 않는다. 놈이 머리를 아래로 숙이고 있어서, 보이는 건 짙고 넓은 눈썹뿐이다. 그림자 때문에 이목구비가 자세히 보이지 않아 그녀는 낙담한다. 그녀는 놈이 자기를 보기를 원한다. 총을 선생님의 가슴 높이에 겨누고서도 놈은 계속 바닥을 본다.

조앤은 놈의 얼굴을 보고 싶다.

손가락이 칼끚이 주변에 감겨든다. 그리고 손가락 끝이 칼자루를 따라 올라간다. 칼을 꺼내야 할까, 아니면 링컨을 창문 너머로 내려놓아야 할까? 하지만 그렇게 한다면, 그렇게 빨리 움직인다면 총부리를 틀림없이 이쪽으로 유인하게 될 것이다. 어쩌면 이제는 너무 늦었을지도 모른다. 마침내 무장괴한이 눈을 들고 있으니까.

놈은 선생님을 빤히 바라보고 있다. 돌아서지도 않고 뒤쪽으로 손을 뻗어 벽을 탁 친다. 그러고는 전등 스위치를 찾자마자 튕겨 올린다. 방이 다시 밝아지고 눈이 적응하는 동안 그녀는 샛눈을 뜨고 있다.

놈은 선생님에게서 시선을 돌리지 않고 있다. 선생님은 놈을 마주 응시하면서 조명을 받아 눈을 깜빡이는 중이다. 선생님의 가슴이 오르내린다.

5초.

6초.

총이 아래로 떨어진다.

"파월 선생님?" 놈이 말한다.

선생님은 그냥 그를 지켜보기만 한다. 움직이지도, 입을 열지도 않는다. 바지 밑단 고무줄이 무릎에 걸려 창백한 종아리가 드러나 있다. 조리대에 기대어 등을 뒤로 젖히는 바람에 운동복 아래로는 배가 조금 보인다.

링컨이 자세를 바꾸면서 아이의 발이 조앤의 옆구리를 찌른다.

뭐라고 말 좀 해봐요. 그녀는 선생님을 보며 생각한다. 뭐라도 해보라고요. 당신이 누군진 모르지만, 파월 선생님이라고 말해요.

선생님이 허리를 편다. "네." 그리고 마침내 말한다. 출석이라도 불린 듯 침착한 투다. 그러고는 운동복을 당겨 내린다.

그들 중에서 선생님만 유일하게 움직였다. 조앤은 칼자루에 손을 올려놓고 있으면서도 칼꽂이에서 칼을 빼내려고 움직이지는 않았다. 그녀는 케일린을 힐끗 쳐다본다. 소녀의 두 뺨을 적신 축축한 빛이 보인다. 공포 때문인지, 아니면 너무 오랫동안 앞발로 버티고 서 있어 긴장한 탓인지 소녀의 두 다리가 떨리는 것도 보인다.

무당벌레 한 마리가 천장에서 바닥으로 떨어진다.

"네." 선생님이 반복해서 말한다. 전과 똑같이 침착하다. "제가 마거릿 파월입니다만."

무장괴한은 총에서 왼손을 떼더니 손가락을 쥐었다 폈다 한다. 반복적으로. 아무것도 움켜쥐진 않는다.

"저 롭이에요." 조앤이 알아들을 정도로 큰 목소리다. 콜로부스를 죽인 놈이다. "로비요……"

놈은 말을 멈추면서 인상을 찌푸린다. 어쩌면 스스로 이름을 밝힌 자신에게 짜증이 났는지도 모르겠다. 조앤은 놈이 모두를 쏘아버림으로써 실수를 만회하려 들지도 모른다고 생각한다. 그러나 놈은 단지 자기 두 발을 힐끗 볼 뿐이다. 그러더니 총을 더 내리고 다시 입을 연다.

"3학년 때 선생님 반이었어요." 놈이 말한다. "로비 몽고메리요."

선생님은 이번에도 조용하다. 지나치게 조용하다. 놈에게 마법 같은 힘을 발휘하는 건지는 모르겠지만, 전략적인 감각은 전혀 없는 게 분명하다. 공포로 얼어붙었는지도 모른다. 아니면 그를 기억하지 못한다는 걸 인정하고 싶지 않을 수도 있다. 그녀는 단지 그를 쳐다보기만 한다. 옷깃 저 아래까지 곱슬거리는 머리카락과 헐렁한 재킷과 여러 자루의 총들을. 놈의 손에는 라이플총이 있고, 재킷 밑에는 권총 비슷한 물건이 있다. 등에도 뭔가 커다란 다른 물건이 매달려 있다.

선생님의 두 손은 그때까지도 운동복을 꽉 잡고 있다.

"로비." 파월 선생님이 말한다.

놈이 고개를 끄덕인다.

"로비 몽고메리."

놈이 그들 모두를 쳐다보지만 잠깐일 뿐이다. 놈은 그때까지도 조리대 위에서 몸을 웅크리고 있던 케일린을 힐끗 본다. 조앤도 힐끔거린다. 그가 고개를 기울이자 어깨 너머의 링컨도 그에게 보인다는 걸 그녀는 눈치챈다.

이윽고 놈은 뒤로 물러나 문틀에 몸을 바싹 붙인다.

"이쪽." 놈의 목소리가 방안을 가득 채운다. "나와요."

놈은 다시 선생님을, 파월 선생님을 보고 있다. 그가 내린 명령에 나머지 사람들도 포함되는 건지는 분명하지 않다. 무슨 명령인지는 모르겠지만 말이다. 선생님은 살려주고 나머지 사람들을 잡으러 돌아오려는 건지도 모른다. 아니, 어쩌면 제일 먼저 쏘아버리려고 선생님을 데리고 나가는 걸 수도 있다. 그다음에는 그들을 잡으러 돌아올 것이다.

하지만 파월 선생님이 문 쪽으로 걸어가자 로비 몽고메리는 나머지 사람들에게도 손짓을 한다. 조앤은 바닥으로 미끄러져 내리며 링컨을 두 팔에 안아든다. 칼을 챙기는 시도라도 해봐야 할지 생각하며 천천히 움직인다. 그러다 어느덧 방향을 바꾸고는, 그때까지도 확신이 서지 않은 채 기회를 놓쳐버린다. 케일린의 두 발이 바닥에 닿는 소리가 들리고, 이내 그녀는 링컨을 자기 엉덩이 쪽에 자리잡게 한다.

조앤은 종이컵 쪽으로 걸어간다. 그러면서 바닥에 주의를 집중한다. 다시 눈을 드니 선생님을 건드리는 로비 몽고메리가 보인다. 선생님이 문간을 지날 때 그가 팔에 손을 올렸다.

"나 기억 못하죠?"

파월 선생님이 그의 손을 내려다보자 그가 팔을 놓아준다. 선생님은 평소처럼 말이 느리다. 하지만 일단 그가 손을 치우자 손을 뻗어 그의 손목에 두 손가락을 얹는다.

"귀에 딱풀을 꽂던 그 꼬마 옆에 앉았잖니." 그녀가 말한다. "걔가 해리슨…… 해리슨 뭐였는데. 넌 나를 도와 게시판에 스테이플러 찍는 걸 좋아했어. 무슨 스테이플러든지 말이야. 심 제거기가 좋다고 했었지. 생긴 게 꼭……"

"흡혈귀 이빨 같다고요." 놈이 말하더니 미소를 짓는다.

"엄마?" 링컨이 조용히 말한다. 따뜻한 숨결에서 치즈 냄새가 난다. 아이가 흡혈귀라는 말에 흥미를 느낀다는 건 알지만 그녀는 무장괴한의 미소를 지켜보느라 바쁘다. 이상한 광경이다. 어쩌면 그녀 자신도 링컨과 그리 다르지 않았는지 모른다. 그녀 역시 악당들이 행복해서는 안 된다고 생각한다.

그때 로비 몽고메리가 획 고갯짓을 하자 그들은 움직인다. 조앤은 파월 선생님을 따라 문간을 지난다. 로비 몽고메리 옆을 지날 때는 그에게도, 그의 총에도 스치지 않으려고 애쓴다. 케일런이 뒤따른다. 조앤은 소녀의 손이 자기 팔의 붕대 바로 위로 바싹 감겨오는 걸 느낀다.

그들은 다시 통로로 돌아와 있다. 눈앞에는 주방 스테인리스의 어두운 빛이 보인다.

"저기." 로비 몽고메리가 말한다. "어디 다른 데로 가셔야 돼요. 이쪽은 안 돼요. 경찰들이 출입구로 들어오는 중이니까 그쪽으로는 가지 마세요. 그놈들이 아직도 총을 쏘고 있거든요."

"'그놈들'이 누구니?" 파월 선생님이 묻는다.

"경찰이죠." 그가 아주 쉽게 말한다. "그리고 데스틴. 죽지 않았다면요. 하긴, 데스틴은 이 정도로 끝장나지 않을 거예요. 데스틴이 죽었으면 경찰이 지금까지 총을 쏘지는 않겠죠."

"데스틴이 누군데?" 파월 선생님이 묻는다. 목소리에 깐깐한 구석이 있다. 마치 이 소년이 고른 졸업무도회 파트너를 허락해주어야 할지 생각하는 꼴 같다. 우스꽝스러울 지경이다.

"데스틴은 이번 쇼의 주인공입니다." 로비 몽고메리가 딴사람 같은 목소리로 말한다. 텔레비전 뉴스 진행자의 목소리로, 지나치게 극적이다.

조앤은 놈에게서 한 발짝 떨어진다. 그 흉내내는 목소리가 마음에 들지 않는다.

파월 선생님이 얼굴을 찌푸리니 로비 몽고메리도 눈치를 챈 듯하다. 다시 입을 연 그가 정상적으로 말한다.

"다리 달린 탱크 같은 게 보이면, 그게 데스틴이에요." 그가 말한다. "데스틴이 좋은 것들을 다 가졌거든요. 라이플 공격을 막아줄 레벨 4 방탄복이랑 블랙호크 전투모랑 그런 거 전부요. 데스틴이랑은 절대 엮이지 마세요. 저랑 같이 이리로 올라온 마크도 있어요. 걜 또 놓쳐버렸는데, 선생님한텐 행운이죠. 얼른요. 움직이셔야 돼요."

"엄마?" 링컨이 다시 속삭인다.

"아직 안 돼." 조앤이 마주 속삭인다. 너무 작아서 스스로도 거의 들리지 않는다.

놈이 자신들을 보내주려 한다.

놈이 자신들을 보내주려 한다.

그 생각이 너무 압도적이어서 맨 처음에 그녀는 그 이상의 어떤 것도 생각할 수가 없다. 다만 그 단계가 지난 뒤에도 그의 말은 이해하기 어렵다. 이 사건에 연루된 사람은 이 소년을 포함해 세 명. 놈은 전혀 중요하지 않다는 듯 그들의 이름을 마구 던져댄다. 그런 자세한 사실을 공유하지 않는 건 당연한 일 아닌가? 지금 벌어지는 사건을 놈이 제대로 이해나 한 건지 의문이 든다. 무슨 일이 일어났으며, 앞으로 무슨 일이 일어날 것인지를 말이다. 아니, 어쩌면 놈은 앞으로 무슨 일이 벌어질지 알고 있는지도 모른다. 그래서 대수롭지 않게 이름을 대는 걸지도 모른다.

마지막에 든 생각이 너무 날카롭게 느껴져 그녀는 뒤를 본다. 모래성의 탑처럼 위를 향해 뒤집힌 채 쏟아져 있는 종이컵 쪽을 힐끗 뒤돌아본다. 지금은 너무 멀리 떨어져 있는 칼 쪽을 본다. 세번째 놈인 데스틴은, 듣자니 별로 인간 같지 않았다. 그녀는 아널드 슈워제네거 영화의 어떤 괴물을 상상한다. 괴물들은 옛 시절 선생님 따위에 흔들리지 않는다.

"경찰은……" 그녀가 입을 열어보지만 로비 몽고메리는 파월 선생님을 제외한 누구와도 말을 섞고 싶지 않은 게 분명하다. 놈은 곁눈질조차 하지 않고 그녀의 말을 자른다.

"저쪽." 놈이 라이플총으로 식당 옆문을 가리키며 말한다. "저 길로 나가서 바다사자 쪽으로 다시 내려가세요. 바다사자 아시죠?"

그래서 그들은 모두 천천히 옆문으로 향한다. 케일린이 앞에, 링컨과 그녀가 중간에, 파월 선생님이 로비 몽고메리와 같이 맨 뒤에 있다. 이제 문은 경첩에 간신히 매달려 있다. 놈이 억지로 연 게 분명하다. 아무리 방음문 뒤에 있었다지만 그가 문을 부수는 소리를 전혀 듣지 못했다니 그녀는 놀라울 따름이다.

밖으로 나온다. 어두침침한 식당에 있다가 와서 보니 콜라 자판기의 불빛이 환각제를 먹고 나서 바라보는 광경 같다. 나무들 너머에서는 지금도 총소리와 고함소리가 난다. 바나나 잎사귀들이 퍼덕인다. 그리고 조앤은 인도를 따라 내려간다.

"더 빨리." 로비 몽고메리가 소리치자 그녀는 속도를 올린다.

마거릿 파월은 몇 분 후면 죽을지도 모른다는 걸, 자신이 가르친 학생 중 한 명이 등뒤를 쏠지도 모른다는 걸 잘 안다. 그렇게까지 놀란 상태는 아니다.

케일린과 다른 여자는 그녀보다 훨씬 빠르게 움직이며 점점 멀어진다. 하지만 로비는 겨우 1미터쯤 뒤에 있다. 그녀는 그를 힐끗 보지만 너무 티는 내지 않으려고 애쓴다. 그는 베트남에 파병된 군인을 흉내내는 듯하다. 숲속을 좌우로 살피는 것처럼. 다른 상황에서라면 우스꽝스러웠을 몸짓. 그녀를 지켜주려는 건지, 도살장으로 데려가는 건지 아직도 잘 모르겠다. 그라고 해서 알 거라는 확신도 들지 않는다. 틀림없는 사이코패스다. 아니면 별 차이가 없을 만큼 사이코패스에 가깝거나. 하지만 히틀러마저도 강아지들에게는 잘해주지 않았던가.

무릎이 욱신거린다. 가끔은 앉는 게 서 있는 것보다 나쁘다.

억새지붕 그늘을 한참 지나쳤다. 총성이 계속 끊겼다 이어졌다 하며 동물원 앞쪽에서 들려온다. 로비는 지금도 저기 뒤에서 따라오고 있는데, 그가 이토록 가까이에 머물 거라고는 예상하지 못했다. 마거릿은 속도를 늦추어 다시 뒤를 본다. 이번에는 그를 보았다는 사실을 감추지 않는다.

"우리랑 같이 가는 거니?"

그는 고개를 저으면서도 그녀에게 다가온다. 아직 젖살이 있긴 하지만 키가 크다. 총이 손에 헐겁게 들려 금속탐지기든 뭐든 사람을 죽이지 않는 물건처럼 까닥거린다.

그에게 말을 걸면 걸수록 좋을 거라는 생각이 든다. 그녀의 목소리를 들을수록 그는 그녀가 진짜 사람이라는 사실을 받아들일 수밖에 없다. 손을 잡고 같이 줄을 섰으며, 신발끈 묶는 걸 도와주던 사람 말이다. 사실 그녀는 그런 일들을 했던 기억이 없다. 하지만 자기가 맡았던 모든 학생들에게 한 번쯤은 그런 일을 해주었을 거라고 상상한다.

"선생님 너무 천천히 움직이시네요." 그가 말한다. "더 빨리 가야 돼요."

그녀는 아예 멈춰 서서 몸을 돌려 그를 본다.

"나는 예순여덟 살이야." 그녀가 말한다. "무릎이 안 좋단다. 할 수 있는 한 빨리 걷는 거야."

아까의 애엄마가 앞에서 잠시 멈추었다. 어린 아들을 업고 있다. 그러고서 어깨 너머를 돌아본다. 마거릿은 애엄마가 기다리지 않기를 바란다.

"나랑 같이 걷자, 로비." 그녀가 선생님 특유의 목소리로 말한다. 자신이 가르쳤던 모든 아이들에게 효과가 있었던 목소리다. 그와 함께 가고 싶다는 뜻이 전달되었다고 그녀는 확신한다. 보통은 문제아, 나쁜 아이, 다른 교사라면 소리를 치거나 교장실로 보냈을 아이들에게 제일 효과가 좋은 방법이다. 그런 아이들이야말로 가장 관심이 필요하며, 그게 바로 그 아이들을 자기편으로 만드는 비결이다.

물론 그녀는 그와 함께 가고 싶지 않다. 실은 그가 등뒤에 있는 것도 싫다. 보이는 곳에 있었으면 좋겠다. 또하나의 비법은 문제아들에게 항상 교탁과 가장 가까운 자리를 배정하는 것이다.

그를 가르친 적이 있다는 사실도 놀랍지는 않다. 그녀는 다른 방식으로 이런 일이 벌어질 거라고 공상하곤 했다. 웬 깡패가 총을 겨누고 핸드백을 달라고 하다가 "아니, 파월 선생님 아니에요?"라고 내뱉는 일을 무수히도 상상했다. 그녀는 너무 많은—여러 해에 걸쳐 수천 명에 달하는—학생들을 바로 이 도시에서 가르쳤기에 쇼핑몰이나 레스토랑이나 주차장에서 계속 옛 학생들을 마주쳤다. 그 여덟 살짜리들이 모두 정장 차림의 남자와 굽 높은 부츠를 신은 여자로 변신했다.

"파월 선생님!" 학생들은 언제나 그렇게 말했고 언제나 미소를 지었다. 그녀는 한 번도 그들을 알아보지 못했다. 당연하게도 어른이 되었으니까. 하지만 학생들이 자기를 부르는 방식을 보고서 그녀는 그들을 알아보았다.

가끔은 그녀도 학생들을 기억한다. 그들이 어디에 앉았었는지, 혹은 그녀에게 크리스마스 선물로 무얼 주었는지까지 이따금 기억난다. 그들은 그녀를 끌어안으며 변호사나 의사나 자동차 영업사원이 되었다고, 혹은 딸이 셋 있다거나 대학에 다니는 아들이 있다고 말한다. 자신들이 어떻게 자라났는지 그녀에게 알려주고 싶어 한다.

다른 학생들도 있다. 결코 자기소개를 하지 않는 아이들. 하지만 그녀는 그들이 어떻게 자랐는지 알고 있다. 드미트리우스 존슨은 결국 사형선고를 받고 만 첫 학생이었다. 텔레비전을 놓고 싸우다가 어떤 소년을 죽였다. 그녀가 담임을 맡았을 때에는 한 여학생을 다리에 피가 날 정도로 세게 걷어차기도 했다. 하지만 그는 직소퍼즐을 매우 잘하기도 했다. 그건 진짜 재능, 어떤 의미가 있을지도 모르는 재능이었다. 제이크 해리먼이라는 아이도 있었다. 아주 상냥한 소년으로, 그녀에게는 전혀 골칫거리가 아니었다. 하지만 가정환경이 나빴고 몸에 멍이 들어 있곤 했다. 교장에게 보고하고 학생부에서 그 아이의 집을 방문했지만 아무 일도 일어나지 않았다. 그렇게 이십 년이 지난 어느 날, 뉴스에 나온 그의 얼굴을 보았다. K마트 주차장에서 여자를 죽이고 자동차를 훔쳤다고 했다. 사형. 호러스 리 블록은 시끄럽고 절대 가만히 앉아 있지 못했으며 옛날에도 못된 구석이 있었다. 그가 껴안으면 그녀는 억지로 녀석의 두 팔을 떼어내야만 했다. 사형.

그녀는 신문에서 그들의 이름을 본다. 뉴스에 나온 알아볼 수 없는 그들의 사진을 빤히 바라본다. 세어본 게 맞다면 그녀는 살인자

넷, 강간범 여섯, 무장강도 아홉 명을 가르쳤다. 계속 기록할 생각은 없었는데 숫자가 알아서 더해졌다. 그녀가 가르친 학생 중 세 명이 살해당했다. 그중 한 여학생에게는 남편이 불을 질렀다. 그 아이의 한 갈래로 길게 땋은 머리가 떠올랐다. 끝에 플라스틱 방울이 달린 작은 머리끈으로 묶은 머리가. 그 모든 일이 끔찍했다. 텅 빈 눈을 한 괴물의 상반신 사진을 보며 팔꿈치에 때가 낀 깡마른 소년을 떠올리는 일이 자꾸 생기자 그녀는 아예 교사 일을 그만두고 싶어졌다. 최악은 그런 일들을 충격적으로 느낀 적이 거의 한 번도 없다는 것이었다. 아이들은 그녀를 만나기 전부터 이미 자기들만의 길을 걷는다. 분노로 가득차 있고 퉁명스러우며 욕설을 뱉어대고 폭력적인 모습으로 찾아오는 아이들은, 보통 그 부모도 분노로 가득차 있고 퉁명스러우며 욕설을 뱉고 폭력적이다. 절망에 빠져 공허한 마음으로 오는 아이들은, 부모 역시 절망에 빠져 있고 마음이 공허하다. 보통 그녀에게는 아이들이 가는 방향이 보인다. 그녀가 해볼 수 있는 일은 없다. 가끔은 노력도 해보았지만 벽돌집에 대고 입김을 불어대는 거나 마찬가지였다.

아이들은 그녀의 교실에서 걸어나간다. 뒤조차 돌아보지 않는다. 그렇게 떠나버린다.

하지만 로비라니. 그녀가 보기엔 말이 되지 않는다. 지금도 그를 선명히 기억하는 건 어렵지만 말이다. 로비는 입을 다물 줄 몰랐다. 그건 기억난다. 불쌍한 녀석, 마치 음량 조절기가 없는 것처럼 목소리가 너무 컸다. 다른 아이들이 속닥거리며 빠져나갈 때에도 그는 매번 그녀에게 걸렸다. 사회성이 떨어졌지만 품행에 문제가 있는 건 아니었다. 다른 아이들이 농담을 하면 너무 크게 웃고, 그녀가 조용히 하라고 할 때마다 "네, 선생님"이라고 말하던, 땅딸막한 아이로 기억한다. 그리고 규칙을 잘 지키는 아이였던 것 같다. 아니, 아니다. 규칙을 잘 지키는 게 아니라 사람들을 기쁘게 해주고 싶어했다. 결과는 같았지만 이유는 달랐다.

그가 그녀를 따라잡으려는 순간이 느껴진다. 그에겐 온기가 있고 약간 양파 냄새가 난다.

"왜 서둘러야 하니?" 그녀가 부드럽게 묻는다. 그가 게시판에 스테이플러 박는 일을 도와도 되느냐고 묻던 게 생각날 뿐 함께 나누었던 대화는 하나도 떠오르지 않는다.

"마크 때문에요." 그가 말한다. "어느 정도는요. 걔가 올 거니까요."

"마크가 네 친구야?"

"네."

"친구라면," 그녀가 머뭇거리며 말한다. "우리를 쏘지 말라고 얘기해줄 수는 없니?"

그녀는 정면을 향한 채 그를 보지 않는다. 대답하는 데 조금 시간이 걸린다. 이제 그들은 넓게 뻗은 오크나무 아래를 지난다. 화살표가 가득 붙은 표지판이 서 있는데 어두워서 읽을 순 없다. 하지만 그녀는 자신들이 동물원 출구 표지판을 따라가고 있다는 걸 안다.

"걔는 걔대로 생각이 있어서요." 그가 마침내 말한다. 그러더니 총을 든다. 그녀가 다른 사람들에게 소리를 질러 경고하려던 순간,

총을 더 들어 나무 꼭대기를 향해 몇 발을 쏜다. 귀가 쪼개져 열린 것만 같다. 그녀는 피가 났는지 더듬어보려고 귀를 만진다.

소리치는 그의 목소리가 거의 들리지 않는다.

"보이는 데 있어!" 그가 소리친다. 그녀는 케일린과 그 여자와 남자아이가 오솔길 굽이를 돌아 사라지려 했다는 걸 알아차린다. 그들은 더이상 사라지려 하지 않는다. 석상처럼 얼어붙었다.

"서지는 마." 로비가 소리친다. 전보다 더 짜증이 나 있다. "멈추면 안 돼. 가까이에만 있어."

총이 다시 땅을 겨눈다. 그들은 자주 뒤를 돌아보며 움직이기 시작한다. 그녀의 아픈 무릎에서 맥이 뛰는 게 느껴진다.

"네가 저 사람들한테 빨리 가라고 말했잖니."

그는 대답하지 않는다. 그러고서 그녀는 그가 손을 뻗어오는 걸 보고 얼어붙는다. 하지만 그의 손은 팔꿈치에 닿고, 충분히 친절하게 그녀를 앞으로 이끈다. 그는 그녀를 해치지 않는다.

"다 같이 빨리 가요."

그는 분명 그녀가 입을 다물기를 원한다. 하지만 그가 원하는 건 사실 그렇게 중요하지 않다는 게 점점 분명해진다. 이제는 그가 저지를 수 있는 일들에 별로 겁이 나지 않는다. 죽음도 한때 생각했던 것만큼 공포스럽지 않다. 황금빛 거리가 있는 천국을 상상하거나 부모님과의 눈물 어린 재회를 공상하기 때문이라면 좀더 말이 될 것이다. 그녀는 부모님을 육신으로든 영혼으로든 천사로든, 어떤 형태로든 무척 보고 싶었다. 하지만 지금은 그중 어느 것도 생각하지 않고 있다.

그녀는 평생 신이 있다는 말을 들어왔다. 그 말은 물론 진실이다. 그리고 언제나 그 사실을 떠올리려고 노력해왔다. 하느님에게 말을 걸기도 했다. 하지만 조리대 모서리가 등에 파고들던 순간이나 라이플총의 검은 구멍을 들여다보던 순간에는 신을 생각하지 않았다. 다 커버린 딸이 이제 엄마가 주는 건 뭐든 별로 필요하지 않다고 아주 확실히 밝혔다는 것, 부모님은 돌아가셨고 전남편은 그녀보다 젊고 뚱뚱한 여자와 결혼했다는 것, 더는 아무것도 할일이 남아 있지 않다는 것을 생각하고 있었다. 죽고 싶은 마음이 강하지는 않았지만 죽는다는 생각에 크게 당황하지도 않았다.

그래서 그녀는 절뚝거리며 묻는다. "오늘 사람들을 죽였니?"

그가 어깨를 으쓱한다. 그녀가 상상할 수 있는 가장 십대 같은 응답이다.

"잘 모르겠다는 거야?"

다시 어깨를 으쓱한다. 함께하는 시간이 길어질수록 이면의 3학년생이 더 잘 보인다.

"후회하니?"

그가 나뭇가지 아래로 몸을 숙인다.

"아뇨, 선생님."

그녀는 묻고 싶다. 그럼 왜 날 죽이지 않았니? 너한테 그렇게 쉬운 일이라면 말이야.

아프리카 길을 알리는 세공된 나무아치 아래를 지나자 언덕의 맨 밑에 거의 다다라 있었다. 이제는 아프리카 구역에서 완전히 벗어난다. 그의 손은 여전히 그녀의 팔꿈치를 느슨하게 잡고 있다. 수

다쟁이인 줄 알았는데 말을 별로 많이 하진 않는다. 어쩌면 악惡이 그를 바꾸어놓았는지도 모른다. 그 시절의 3학년생은 더이상 저 안에 없는지도 모른다.

케일린과 그 여자가 오솔길 굽이를 돌아 다시 사라지는데 이번에는 소리치지 않는다. 그렇게 그녀와 로비만 남는다. 그의 입을 열겠다는 생각을 포기한 바로 그 순간 그가 다시 말한다.

"물집 터뜨릴 때 알죠?" 그가 그녀의 팔꿈치를 가볍게 누른다. "바로 그런 기분이에요. 그 기분 아세요? 그러니까, 뭐랄까, 만족감이 있거든요, 뭘 터뜨릴 때는. 여드름도 그렇고, 물집도 그렇고. 뭔가 부어오른 것들, 그 자리에 있으면 안 되는 것들 말이에요. 속에는 다들 그런 걸 터뜨리고 싶어하는 마음이 있어요. 뭔지 아시겠죠? 그리고 모두 자기한테 무슨 알맹이가 있다고 생각해요. 하지만 아주 조금만 찔러봐도 우린 그냥 피부랑 고름이랑 전염병일 뿐이에요. 제 생각엔 우리 모두 그걸 알고 있어요. 다들 뭔가를 지어내잖아요. 아주 중요하다고 생각하는 것들을 잔뜩 지어낸다고요. 근데 그중에서 중요한 건, 진짜는 하나도 없어요. 어쩌면 그런 거품 따위 터뜨려버리는 게 좋을지도 몰라요. 그런 생각 한 번이라도 해봤어요? 어쩌면 내 안의 무언가를 흘려보내는 게 더 나을지도 모른다는. 우린 그냥 부어올라 고름이랑 피를 뚝뚝 흘리는 물집일 뿐인데, 그런 주제에 빌어먹을, 죄송해요, 아무튼 그런 주제에 유니콘이나 요정이나 뭐나 되는 것처럼 굴잖아요. 아름답고 마법적인 것처럼요. 하지만 우린 아무것도 아닌 똥자루일 뿐이에요."

그가 큰 소리로 숨을 들이쉰다. 독백이 부끄러워서인지, 산소가 모자라서인지 마거릿은 확실히 알 수 없다. 그녀는 고르지 않은 콘크리트 길에 부딪혀 하마터면 발목이 돌아갈 뻔한다.

생각하고 또 생각해도 쓸모 있을 만한 답은 떠오르지 않는다. 사람을 고름이 가득찬 자루로 여기는 이야기를 부추기고 싶지는 않다. 그녀는 손목 둘레의 팔찌를 돌린다. 세일 기간에 20달러를 주고 산 케이트 스페이드 제품이다.

"넌 이 모든 게 사실이 아니라고 생각하니?"

"제 생각엔, 우리 모두가 멍청한 짓을 하고 멍청한 것들을 믿으면서 인생을 사는 거 같아요." 그가 좀더 조용하게 말한다.

그녀는 깨닫는다. 그가 그녀를 설득하려 한다는 걸. 그는 자신의 주장을 펴는 중이다.

"그러니까 너는 사람들이 더 나아질 거라 생각해서 죽였다는 거야?"

"제가 그 사람들을 죽인 건지는 모르겠어요. 그 사람들이 더 나아졌다거나 그런 것도 아니고요. 제가 영혼을 구원하는 예수님이 됐다거나 뭐 그런 것도 아니고. 그래도 그 사람들이 더 나빠진 건 아니죠. 더이상 나빠질 수는 없으니까."

침을 삼키니 신맛이 난다. 처음부터 그녀가 옳았다. 그는 사이코패스다. 그녀가 거의 발을 헛디딜 정도로 그가 길을 재촉한다. 더이상 음악소리는 들리지 않지만 동물원 정면에서 들려오는 소리들이 점점 더 커진다. 목소리, 남자의 목소리. 숫자가 많다. 그리고 금속성의 뭔가가 내는 굉음.

"요즘도 점심으로 오렌지를 드세요?"

그녀는 너무 놀라 대답을 깊이 생각하지 않는다.

"가끔 먹지."

"오렌지 껍질을 아예 까고 드셨죠."

어떻게 그걸 기억하는지 모르겠다.

"그래."

그는 멈춰 서더니 신발 바닥에서 뭔가를 긁어낸다. 그 신발 바닥에 어떤 것들이 달라붙어 있을지 생각하고 싶지 않다.

"도끼 쓰는 법은 배우셨어요?"

그녀는 과거를 떠올린다. 육 개월 차이로 뜰에 있던 나무 두 그루를 베어낸 해에 그가 있었던 모양이다. 당시 정원사들은 나무를 베고 비상식적인 액수를 청구했다. 두번째 나무를 베어낸 뒤 그녀는 도끼를 샀다. 직접 나무 베는 방법을 배우려고 단단히 결심한 터였다. 학급의 소년들은 모두 이 아이디어에 아주 매료되었고.

"아니." 그녀가 말한다. "도끼 손잡이에 손이 찢어졌단다. 결국 다른 사람한테 돈을 주게 됐어."

"전 선생님이 작업복을 입고 뜰에 나가는 모습을 상상하곤 했어요." 그가 말한다. "선생님 도끼를 들고요. 그런 다음에 선생님이 현관 흔들의자에 앉아 레모네이드를 마시는 거죠. 현관에 베란다가 있나요?"

"아니. 대신 뒤쪽에 테라스가 있었지."

"교외에 살아요?"

"아니."

"전 항상 그러고 싶었어요."

"교외에 살고 싶었다고?"

"네. 숲속을 산책할 수 있는 곳에요."

불빛이 번뜩이면서 그녀가 눈앞에 펼쳐진 콘크리트 길에서 시선을 들어올린다. 나뭇가지 사이로 환하게 밝혀진 호수가 보인다. 몇 걸음 앞에서는 기찻길이 콘크리트 길을 가르며 지나간다. 케일린과 그 여자와 남자아이가 거기에 서 있다.

로비는 그녀를 놓아주고서 호수 쪽으로 손짓한다.

"전 다시 올라가요." 그가 말한다. "바다사자랑 새들 근처로 어디로든 가세요. 적당한 곳을 찾아서 숨으세요. 다 끝날 때까지 기다리시고요."

떠나려 한다는 걸 그녀가 미처 깨닫기도 전에 그는 몸을 돌린다. 어째서인지 잠깐 그녀는 도저히 가늠할 수 없는 오랜 옛날의 어느 순간을 떠올린다. 그때는 분명 로비의 담임이 아니었다. 아무튼 그녀는 과학 시간에 뿌리에 대해 가르치며 이끼 이야기를 하고 있었다. 공원에서 커다란 이끼 덩어리를 발견해 교실로 가져왔고, 아이들에게 그걸 돌려 보게 하면서 이끼에는 진짜 뿌리라고 할 만한 게 없다는 이야기를 했다. 하지만 아이들은 뿌리 이야기를 하고 싶어 하지 않았다. 이끼를 머리카락인 양 머리에 올려놓고 싶어했고, 숲에서 이끼 베개를 베고 자면 어떨지 보겠다고 얼굴을 그 위에 짓눌러댔다. 그녀는 과학 수업을 포기하고 식물을 들고 있는 아이들을 지켜보았다.

"우리랑 같이 가자."

그가 멈춰 선다. 그녀를 향해 돌아서는 그의 입이 약간 벌어져 있다.

"왜요?"

정직하게 말하자면 총이 있기 때문이다. 로비의 친구들과 우연히 마주치기라도 하면 그 총이 어느 정도 쓸모가 있을 테니까. 하지만 동시에, 정직하게 말하자면, 그를 구원할 수 있다는 확신이 들어서다. 그러고 싶은 충동이 온몸을 급격히 휩쓴다. 닳아빠진 연골이 뼈에 긁히듯 날카로운 충동이다. 모든 일이 눈앞에서 일어나는 듯 선하다. 두 손을 든 그를 경찰에 데려간다. 감옥에 있는 그를 면회하고 파이를 가져다준다. 그래도 된다면. 초콜릿이나 코코넛 중 뭘 먹고 싶은지 묻는 편지도 쓴다. 그녀라면 그를 구원할 수 있다. 동시에 그들 모두를 구할 수 있을 것이다. 무기를 내려놓도록 어떻게 그녀가 그를 설득했는지, 모두가 실패했을 때 어떻게 그녀만이 그의 마음을 열었는지 알리는 헤드라인들을 상상하지 않을 수 없다.

그는 아직 그녀를 지켜보고 있다. 기다린다. 그녀는 두번째 기회니 파이니 이끼니 하는 이 모든 생각들을 한데 엮어야만 한다.

"그 사람들한테, 경찰한테 네가 우리를 도와줬다고 얘기할게." 그녀가 말한다. "우리가 그렇게 말하면……"

그가 미소를 짓는다. 어둠 속에서 그의 치아가 보인다.

"괜찮아요, 파월 선생님." 그가 말을 끊는다.

"뭐가 괜찮아?"

그는 다시 등을 돌린다.

"그 사람들한테 아무 말 하지 않으셔도 돼요." 목소리는 언제나 그랬듯 시끄럽다. 한마디 한마디가 또렷하게 들린다.

그는 언덕을 올라간다. 한 번 돌아보지도 않는다. 그렇게 떠나버린다.

7:49 p.m.

구름이 다시 짙어져 달빛을 가린다. 조앤의 눈앞에는 연못이 펼쳐져 있다. 울타리에 걸려 있거나, 어떻게 했는지는 몰라도 심지어 물위에 떠 있는 장식물들이 보인다. 다채로운 색깔의 바다괴물 한 마리가 연못 한가운데에서 눈을 껌뻑인다. 연못가를 따라 조명을 받고 있는 다른 장식물들도 보인다. 연못 뒤에서는 당연하게도 동물원 출입구의 소음이 들려온다.

고개를 돌리면 저 뒤의 선생님과 로비 몽고메리가, 친밀하게 함께 있는 그들이 보인다. 애써 가만히 있으려니 숨이 가쁠 지경이다. 가만히 있을 시간 따윈 없다. 움직여야 한다. 총과 로비 몽고메리에게서 링컨을 멀리 떼어놓아야 한다. 그리고 움직이고 있을 때는 별생각을 하지 않아도 된다. 근육이 비명을 지를 때까지 몸을 심하게 혹사시키면 모든 게 더 단순해진다.

계속 움직여야 하는 또하나의 이유는 기찻길을 지난 몇 미터 앞 콘크리트 길에 있다고 생각되는 존재 때문이다. 그녀는 그 존재를 보지 않으려고 신경을 쓴다.

그렇지만 계속 나아가고 싶어 안달이 나는데도 그녀는 기찻길에 멈춰 망설인다. 로비 몽고메리가 시야를 벗어나지 말라고 했다. 그는 그들을 위협했다. 하지만 오른쪽으로 돌면 플라밍고와 바다사자 구역으로 가는 길에 잡목림이 그늘을 드리우고 있다. 그림자에 구미가 당긴다. 그녀는 도망치는 선택지를, 운을 시험하는 편을 고려해본다. 오랫동안은 아니다. 링컨의 무게 때문에 몸이 약간 내려앉고 있기 때문이다. 로비 몽고메리나 그의 총알이 눈 깜짝할 사이에 그들을 따라잡으리라는 걸 안다.

누군지는 모르지만 데스틴이라는 놈도 계속 생각난다. 그자가 방탄복으로 온몸을 가린 채 혼자만의 계획을 가지고 사방을 쏘다니고 있다.

"저 뒤에서 뭘 하시는 걸까요?" 케일린이 속삭인다. 너무 가까이 서 있어서 소녀의 머리카락이 조앤의 어깨에 날린다. 소녀의 손이 그녀의 팔꿈치를 찾아든다.

"시간 낭비." 조앤이 대답한다. 찌르르 죄책감이 든다. 아까는 선생님이 살인자의 마음을 사로잡아 구슬리고, 그의 죄책감을 자극해 자신들을 돕게 해야 한다고 생각했으니. 하지만 이제는 그 둘이 함께 옹송그린 모습에 속이 메스껍다.

그녀는 왼쪽으로 한 걸음 내디디며 연못을 등진다. 케일린은 아직 그녀를 잡고 있다. 그녀는 손을 빼고, 대신 소녀의 어깨에 팔을 둘러 데려간다. 반은 소녀에게 위안이 필요하다는 걸 알기 때문이고, 반은 소녀와 링컨이 기찻길 너머 땅 위에 흩어져 있는 것들을 알아채지 못하게 막아야 하기 때문이다.

마침내 파월 선생님이 남은 언덕길을 내려온다. 다리를 저는 걸 보니 뭔가 문제가 있는 게 분명하다. 발소리조차 어색하고 균형이 맞지 않는다.

"가버렸어요." 그들에게 다다른 선생님이 말한다. "가서 숨으라고 하네요."

조앤이 뒤쪽을 힐끗 본다. "정말로 갔어요?"

"우리랑 같이 안 가겠대요."

조앤은 그 말에 토를 달지 않기로 한다. 주의를 흩뜨리는 불필요한 일들에 더이상은 시간도, 생각도, 말도 써버릴 여유가 없다. "숨어 있지 않은 건 확실하고요?" 조앤이 묻는다. "다시 언덕을 올라가는 걸 보셨어요?"

"봤어요."

"가요, 그럼." 조앤이 그렇게 말하며 기찻길에 한 발을 올린다. 그녀는 계속 기찻길을 마주보기로 결심한다. 레일이 아주 균등하게 배치되어 있다. 아름다울 만큼 반복적이다. 예상외의 것은 아무것도 없다. 그 레일들을 따라가면 영원까지도 갈 수 있다.

파월 선생님이 그녀의 어깨에 한 손을 올린다. 손아귀가 단단하다.

"바다사자 쪽으로 가라고 했어요." 선생님은 그렇게 말하며 조앤을 살짝 뒤로 당긴다.

그녀의 좌절된 모든 움직임과 온갖 역겨움, 격노, 심지어 선생의 약한 다리 때문에 이는 짜증이 한순간에 쏟아져나온다.

"그놈이 가라는 데로는 안 가요!" 조앤이 쏘아붙인다. 그런 다음에야 억지로 목소리를 죽인다. "어리석게 굴지 마세요. 반대 방향으로 가야 돼요. 그놈한테서든, 다른 누구한테서든 가능한 한 멀어져야 한다고요."

"왜 바다사자 쪽으로는 가지 않겠다는 거죠?" 파월 선생님이 묻는다. "어쩌면 그애가 뭔가 알고 있을지도 몰라요. 우리를 죽이고 싶었으면 벌써 그렇게 했겠죠. 저는 이 아이를 알아요. 제 생각에는……"

"알긴 뭘 알아요."

"제 기억엔……"

"그놈이 자기 친구랑 하는 얘기 들어봤어요?" 조앤이 말을 끊는다. "당신은 걔가 어떤 놈인지 몰라요. 놈은 지루해한다고요. 이건 그냥 놀이예요. 우리를 풀어주고 처음부터 다시 찾고 싶었던 건지도 모르죠. 그냥 재미나 좀더 보겠다고. 장담하는데, 그놈은 우리 안전 따윈 관심 없어요."

그녀는 링컨을 더욱 꽉 끌어안고서 다시 기찻길에, 대장장이와 공구와 모든 강하고 구부러지지 않는 것들을 떠오르게 하는 매끄러운 철제 레일에 집중한다. 은빛 돌덩어리들이—자갈이라기엔 너무 크다—발밑에서 움직인다. 헨젤이 숲속에 떨어뜨린 돌 같다.

이번에는 케일린이 입을 연다. 옆에 다른 사람들이 있을 때의 문제를 하나만 꼽자면 바로 이것이다. 누군가는 언제나 말을 한다는 것. 누군가는 언제나 일을 복잡하게 만든다. 조앤은 다시 멈출 수밖에 없다. 기찻길 아래 레일을 겨우 세 개 정도 지났는데, 겨우 두어 걸음을 떼었는데.

"가서 경찰을 찾는 건 어때요?" 케일린은 그렇게 말하면서도 조앤을 따른다. 그녀의 셔츠를 잡고 있다.

총성만으로도 경찰 쪽으로 가지 않는 이유는 충분히 설명된다. 하지만 조앤은 동물원 정면을 향해 다시 방향을 튼다. 다시는 그쪽을 보지 않기로 맹세했는데도. 그러고는 연못 건너편을 힐끗 본다. 추적용 조명 때문에 바다괴물이 희미하게 빛나면서 내달리는 주황색과 빨간색 물결이 된다.

시선이 아래로 떨어진다. 불가피한 일이다. 어쩔 수 없이 콘크리트 길 위의 형체들을 본다. 그것들이 형체 이상의 것이 되고, 그녀는 눈을 돌릴 수가 없다. 그녀는 한 손을 링컨의 머리에 둔 채 아이의 이마를 자신의 뺨에 단단히 가져다댄다. 아이가 보게 할 수는 없다. 하지만 그녀는 그 모든 것들을 본다. 바닥에 널브러진 시체 두 구의 모든 직선과 곡선을. 왠지는 모르지만 그 사람들을 기억하는 일이 옳게 느껴진다. 그녀에게는 그럴 의무가 있다. 그 사람들에 대한, 어쩌면 신에 대한 의무일지도 모른다.

조앤은 한 소녀의 하이힐 샌들 밑창을 본다. 소녀는 배를 깔고 엎어져 있고, 검은 레이스가 달린 밝은 주황색의 너무 짧은 치마가 허벅지에 꽉 조인다. 소년이 그 위에서 두 팔을 쫙 펼쳐 소녀의 몸 대부분을 덮고 있다. 자기가 소녀를 구할 수 있을지도 모른다고 생각했던 게 분명하다. 물론 그후로는 아무 생각도 할 수 없었을 것이다. 조앤이 예상한 것보다 피가 많다. 흩뿌려져 철퍽거리고 콘크리트 길 사방에 고여 있다. 그녀는 연못처럼 어둡고 축축하게 빛나는 그것이 피라는 걸 안다.

오빠가 위생병 훈련을 받던 시절에 해준 이야기가 있다. 교관들이 염소의 다리들을 자르면, 훈련용 위장 전장에서 위장 위생병 기지로 다리 없는 염소를 옮기는 게 그의 임무였다. 그 진짜 염소가 과다출혈로 사망하지 않게 옮겨야 한다고 했다. 그런데 중요한 건 염소들이 죽지 않도록 하는 게 아니었다. 염소들은 어차피 죽는다. 단지 염소들이 너무 빠르지 않게 천천히 피를 흘리도록 만들어야 했다. 오빠는 지혈대를 대는 도중에도 발 주변에 피가 고인다고 했다.

소년의 한 손이 소녀의 머리에, 소녀의 머리카락에 얽혀 있다. 소년의 입은 벌어져 있다.

마침내 조앤은 억지로 눈을 돌린다. 결코 그 사람들을 보지 않은 걸로 할 수는 없다. 하지만 그게 맞다. 그녀는 눈앞에 펼쳐진 빛나는 연못을 건너다본다. 연못 너머에는 나무 널빤지가 붙은 기다란 출입구 구조물과 단조로운 구식 매표소가 있지만 그중 어느 것도 알아볼 수 없다.

갖가지 스포트라이트 때문에 동물원 입구가 눈에 띈다. 하지만 모든 것이 멀기도 하고 연기가 어려 있어 흐리기만 하다. 아마도 경광등에서 나왔을 빨간색과 파란색 빛이 혼탁한 먼지에 반사된다. 연기 위로 삐져나온 앵무새 횃대의 나뭇가지가 보이지만 추상적인 스케치일 뿐이다. 모든 게 추상적이다. 이중으로 된 철제 정문—열려 있는 건가?—주변에 모인 어두운 형체들이 보인다. 그녀는 경찰이라고 확신한다. 수가 너무 많기 때문이다. 뭔지는 모르지만 이런 일을 처리하도록 파견되는 종류의 경찰이 틀림없다.

그녀는 건물 주변의 움직임을 본다. 어쩌면 문이 열리려는지도 모른다. 경찰 쪽에서 움직임이 일고 그중 몇 명은 어두운 덩어리를 이루어 앞으로 움직인다.

온통 연기와 소음과 실루엣뿐이다. 그녀는 총소리에 귀를 기울이고서 다시 시체들을 내려다본다.

"가고 싶은 데로 가세요." 그녀가 케일린과 선생님에게 말한다.

그녀는 달리기 시작한다. 두 발이 반드시 레일 위에 번갈아 닿도록 하며 속도를 올린다. 헐거운 자갈을 피하려고 애쓰는 것이다. 이제는 이런 일이 익숙하다. 영원처럼 느껴지는 시간 동안 이 짓을 해왔으니까. 그렇게 그녀는 링컨을 엉덩이 위로 더 높이 추어올리고서 좀더 바짝 다리를 감도록 아이의 발꿈치를 당긴다. 링컨도 익숙해진 게 틀림없다. 한마디 말도 없이 그녀의 신호에 복종하고 있으니. 그리고 그녀는 어깨가 고장났다. 팔을 앞으로 움직일 땐 괜찮은데, 뒤로 움직이면 날카로운 통증이 어깨를 타고 쏘아온다. 하지만 그녀의 몸은 다른 방면으로 버티고 있다.

케일린의 손을 뿌리칠 만큼 빠르게 움직인 건 분명하다. 그런데 등뒤에서 나머지 사람들 중 한 명, 혹은 그 둘의 소리가 들린다. 돌멩이들이 와작거린다. 그녀는 발가락으로 샌들을 꽉 잡는다. 신발 밑창이 내는 찰싹찰싹 소리가 더 시끄럽게 들린다. 그녀는 신발 밑창이 떨어지려는 게 아니기를 바란다.

그녀가 다른 사람들에게 설명해주지 않은 게 한 가지 있다. 시간 낭비에 질린데다 다른 사람들의 생각은 중요하지 않기 때문이다. 기찻길은 동물원 부지의 외부 경계선으로 이어진다. 로비 몽고메리가 그들을 가지고 놀면서 처음부터 다시 사냥할 준비가 되었대도, 데스틴이 그 모든 방탄 도구로 무장하고 그들을 쫓아온대도, 일단 바깥쪽 울타리에 접근하면 거길 넘어갈 방법을 찾는 일도 가능해 보인다. 어쩌면 더 많은 경찰이 기다리고 있을지도 모른다. 한창 총격전을 벌이고 있지 않은 경찰들 말이다. 최악의 경우, 숲이 끝없이 펼쳐져 있대도 어둠 속에 감춰진 장소만 찾을 수 있다면 경찰이 무장괴한을 처리할 때까지 그녀는 링컨과 무사히 있을 수 있다.

기찻길 옆으로는 하얀 조명들이 달린 줄이 기둥에서 기둥으로 원호를 그리며 이어져 있다. 어둠은 불가피하게 빛으로 조각조각 베여 있다. 안전하게 몇 걸음 가면 곧 노출된다. 지금은 빛을 피할 수 없다. 기찻길 오른편은 연못에 가로막혔고 연못 가장자리를 따라 거친 죽데기 울타리가 있다. 모든 게 너무 엉터리로 자연스럽다. 왼쪽은 시냇물이다. 물살이 몰아치면서 찰랑거리는 소리가 난다.

"우리 기찻길 위에 있다." 링컨이 알은체를 한다. 조앤의 팔 너머로 몸을 기울이고 땅을 내려다보느라 그녀의 신체 균형이 흔들린다. "기차에 치이면 어떡하지?"

아이의 목소리를 듣자 긴장된다. 링컨의 목소리도 소음, 즉 누군가가 따라올 수 있는 그들의 또 한 가지 흔적이다. 이제 질문은, 머릿속에서 항상 반복되는 질문은 두 가지다. 놈들이 우릴 볼 수 있을까? 놈들이 우리 소리를 들을 수 있을까?

그 누구도 다시는 절대 그들을 찾지 못하게 할 것이다.

"팔 다시 엄마 목에 둘러." 그녀가 속삭인다. 두어 마디 할 때마다 숨을 한 번씩 들이쉰다. "밤에는 기차가 안 다녀."

아이는 이 말을 받아들이고서 제자리에 두 팔을 놓는다. 아이의 머리가 그녀의 어깨에 부딪쳐 튕겨댄다.

그녀의 발소리, 그리고 등뒤의 발소리가 들린다. 어느 정도 시간이 지나고서야 그녀는 그 밖의 소리가 전혀 들리지 않는다는 걸 깨닫는다. 총격이 멈추었다. 밤은 고요하지만 침묵은 그녀를 위로하지 못한다.

고요함은 멋지다. 로비는 이 침묵을 기다려왔다.

그는 데스틴을 상상한다. 생각만으로도 데스틴은 너무 거대해 액자 안에 들어오지 않는다. 그의 두 팔은 뽀빠이 같고 손목이 아예 없다. 그는 자기 말—자기 말이라니!—을 탄 데스틴을 상상하면서 데스틴이 그를 언덕 너머로 태워다준 일을 생각한다. 하지만 그때 로비는 그냥 좋아하는 척했을 뿐이다. 실제 경험보다는 그 일을 생각하는 게 더 좋았다. 데스틴의 이두박근에 있는 미국독도마뱀 문신이 떠오른다. 죽이게 멋지다. 한 번인가 데스틴이 로비를 팀 플레이어라고 불렀던 생각도 난다. 마크에겐 뭐라고도 부른 적이 없었는데 말이다.

덤불 속에서 귀뚜라미인지 뭔지가 울어댄다. 로비가 지나가자 그놈들마저 조용해진다. 좋다.

이 언덕을 올라가는 로비처럼, 마분지로 만든 캐릭터가 산을 올라가는 퀴즈 프로그램이 있다. 멍청한 참가자가 문제를 틀리면 마분지로 된 그 녀석이 떨어져 사라진다. 마분지 캐릭터는 그저 점점 더 높이 터벅터벅 걸어간다. 널빤지에 맞아 떨어질 수 있다는 건 꿈에도 모른 채.

왼쪽, 왼쪽, 왼쪽, 오른쪽, 왼쪽.

마크가 위쪽 어딘가에서 포장도로를 쿵쾅쿵쾅 가로지는 소리가 들린다. 아프리카 표지판을 좀 지난 곳이다. 마크일 게 거의 분명하다. 경찰은 동물원 정면에서 오게 되어 있으니까. 그는 어깨 너머를 본다. 연기를 뚫고 호수 쪽으로 움직이는 경찰이 보이는 것 같다.

로비는 다시 앞을 본다. 서두르려 하지만 잘 안 된다. 그는 오직 마분지로 만들어진 진부한 등장인물일 뿐이니까.

그때 마크가 튀어나온다. 마구 내달리며 사방으로 팔을 휘두르는 모습이 어느 모로 보나 비효율적이다. 그는 로비를 보고도 거의 속도를 늦추지 않는다. 그러다 서로 어깨가 부딪치고 마크가 핀볼처럼 튕겨나간다.

"저놈들이 데스틴을 죽인 것 같아." 마크가 계속 언덕을 내려가며 말한다. "내 생각에는 그래. 틀림없어."

"그래." 로비가 점점 멀어지는 마크를 지켜보며 말한다. 바퀴벌레 한 마리가 발치의 콘크리트 길을 가로지른다. 바퀴벌레는, 그래, 저 녀석은 진저리나게 효율적이다.

"저놈들이 온다니까! 알지?" 마크가 말한다.

그는 이제 멈추어 있다. 로비가 따라오지 않는다는 것을 눈치챘다.

"나도 저놈들이 오는 거 알아." 로비가 말한다. 평생 처음으로 마크가 자기보다 목소리를 높였다는 게 자랑스럽다. 이제는 마크야말로 조용히 시켜야 할 사람이다.

"너 뭐해?" 마크가 묻는다.

잘 모르겠다. 로비는 뭐든 잘 모른다. 최악의 기분은 아니다. 모든 게 전보다 흐릿하다. 그는 원래 휴지에 싸여 있는 것만 같았다. 시험 삼아 주립 대학에서 한 학기를 다녔을 때 엄마가 보내주었던 프랄린* 봉지처럼. 아니면 하딩 중위가 적갈색 이끼로 감싼 뒤 파묻어버린 죽은 땅딸보 같기도 했다. 파월 선생님은 그를 다시 로비 자신으로 일부나마 돌려놓았고, 이제 그는 중간에 끼어버렸다. 창고에서는 파월 선생님을 즉시 알아보았다. 머리카락이 좀더 희었을지는 몰라도 십사 년 동안 전혀 변하지 않았으니까. 줄을 서 있다가 견디지 못하고 구내식당으로 달려나가는 그를 선생님은 소리쳐 부르곤 했는데, 이번에는 그러지 않았다는 걸 믿을 수 없었다. 그런 다음에야 선생님이 자신을 알아보지 못했다는 생각이 들었다. 하지만 그는 그녀를 부르지 않고는 견딜 수 없었다.

"로비!" 마크가 소리친다. "서두르라니까!"

잠시 후면 로비는 억지로 몸을 움직일 것이다. 마크가 돌아버리기 일보 직전이라는 걸 안다. 하지만 파월 선생님을 어딘가로 보내

* 설탕에 졸인 견과류 혹은 그 견과류를 넣어 만든 초콜릿.

는 게 먼저다. 그녀가 그를 내버려두도록 말이다. 자기가 뭔가 해내는 중이라는 걸, 실은 자기야말로 진짜 생각이라는 걸 해본 사람이라는 걸 파월 선생님이 이해할지도 모른다고 생각했다. 하지만 지나친 기대였다. 그녀는 보지 못했다. 아니, 어쩌면 보았을지도. 그래서 함께 가자고 부탁한 건지도 모른다. 어쩌면 결국 그가 그녀의 마음에 가닿은 걸지도 모른다. 그리고 나중에는 그녀가 그를 생각할지도 모른다. 그녀는 그를 기억할 것이다.

그녀는 그에게 오렌지를 주었다. 옛날, 그때에. 그녀가 그에게 오렌지를 주었다.

옛날 로비가 과연 그였을까?

몇 년 동안 떠올린 적도 없는 생각인데, 그녀를 본 순간 오렌지 맛이 느껴질 것만 같았다. 그의 자리는 선생님의 책상 옆이었다. 다들 연습 문제 같은 걸 풀고 있었는데, 그때 공기 중에서 과일 냄새가 났다. 그 시절에는 엄마가 아무리 많이 먹여도 늘 배가 고팠다. 그러다가 일어서서 선생님 책상으로 갈 이유를 찾아보았고, 이내 두 발이 움직이기 시작했다. 미처 그녀에게 던질 괜찮은 질문이 떠오르기도 전에 거기에, 파월 선생님 앞에 와 있었다. 그리고 그녀가 오렌지 하나를 반원으로 자르는 모습을 지켜보았다. 그녀는 눈을 들더니 아침식사할 시간이 없었다고 말했다. 전 오렌지가 좋아요. 그가 말했다. 오렌지 냄새가요.

그를 자리로 돌려보내는 대신 그녀는 웃는 듯하더니 오렌지 조각을 하나 내밀었다. 그는 껍질을 뜯어버리고 한입에 오렌지를 먹었다. 다른 사람은 아무도 오렌지 조각을 받지 못했다. 로비뿐이었다.

파월 선생님을 죽일 수 없었다. 그쪽이야 괜찮을지도 모른다. 하지만 그녀 앞에서 다른 사람들도 죽일 수 없었다. 문틀을 찍으라고 만들어진 양쪽 벽에 걸려 있던 도끼로 그렇게 멋진 일을 해냈는데도. 그 부분은 꼭 영화 같았다. 하지만 그 사람들을 죽일 수 없었다. 그래서 경로를 이탈했다, 항상 그러듯이. 뭘 원하는지 그토록 확신하고 계획도 뚜렷하게 세워놨는데, 무슨 일을 저지르는지도 모르고 딱 그것과 반대되는 잘못을 저지르다니, 그럴 수가 있을까?

하지만 별로 신경쓸 일이 아니라는 걸 이제 안다. 다 끝났다.

"난 간다." 마크가 말하면서 멍청하게 흐트러진 특유의 큰 걸음으로 달려간다. "난 여기 가만히 서 있다가 놈들한테 발견되지는 않을 거야."

"데스틴이 죽었어." 로비의 말은 조금 질문처럼 들린다.

"너도 죽은 거 알잖아." 마크가 소리친다.

로비는 억지로 움직인다. 실은, 그 일이 일어날 때 혼자 있기가 정말로 싫다. 또 그 사람들이 어디에 있는지는 중요하지 않을 것이다. 어쨌든 경찰이 찾아낼 테니까.

그는 이 언덕을 영원토록 달려 오르내리고 있었던 듯한 기분이 든다. 별로 빠르지 않은 다른 바퀴벌레의 껍데기가 신발 아래에서 부스러진다.

데스틴이라면 맨발로 바퀴벌레들을 짓밟을 것이다.

데스틴은 옻이 올랐을 때 가장 좋은 치료법이 면도칼로 피부의 가장 위층을 벗겨낸 다음 표백제를 붓는 거라고 했다. 데스틴이 그 짓을 하는 걸 본 적이 있는데, 그는 표백제를 부으며 미소를 지었다.

어쩌면 이번 생이 끝난 뒤에 뭔가가 있는 걸지도 모른다. 데스틴 같은 남자가 사라져 아예 없어진다는 건 불가능해 보이니까.

시간이 더 있었다면 데스틴한테서 훨씬 많은 걸 배울 수 있었을 것이다. 로비와 마크는 겨우 열 달쯤 전에 데스틴을 만났다. 온라인 만남도 만남으로 친다면. 로비는 마크와 열대우림 최고의 무기가 무엇인지 논쟁하고 있었다. 로비는 부하들이 명사수라면 M14일 거라고, 아니면 반자동이나 전자동 스토너일 거라고 생각했고 마크는 AK-103이라고 생각했다. 그리고 이 문제를 해결하려고 구글에서 검색해보았다. 게시판 몇 군데를 클릭하며 돌아다녀보니 사람들이 수제 수류탄과 사슴고기 통조림 제조법부터 온갖 것을 이야기하고 있었다. 그들은 와이오밍의 황야에서 사흘을 보낸 뒤 부보안관에게 구출되었다는 가족에 대한 게시글을 따라갔다. 웬 남자가 로그 체인과 케이블 풀러 윈치 크레인 없이는 절대 차를 몰아서는 안 된다는 말을 하고 있었다. 그들로서는 대체 무슨 뜻인지조차 알 수 없었다.

그래서 남자에게 물어보았다. 그가 바로 데스틴이었고, 그들의 의문을 풀어주었다. 그는 모든 걸 속속들이 알고 있었다. 예를 들면 반다나를 필터나 수갑이나 지혈대로 사용하는 방법이라든지, 누가 머리 뒤로 손을 들라고 시키는 경우에 대비해 양어깨 사이에 여분의 보조무기를 지녀야 한다든지 하는 그런 것들을. 로비는 모든 걸 아는 사람들이 늘 대단해 보였다. 게다가 알고 보니 데스틴은 도시 밖으로 고작 50킬로미터쯤 떨어진 곳에 살고 있었다. 엄청나게 많은 이메일을 주고받은 뒤 어느 날 그들은 데스틴을 만나 맥주를 마셨다.

그들은 데스틴과 엄청나게 많은 이야기를 나눴고 다시 만나 맥주를 마셨다. 운이 좋았다. 운이 너무 좋았다. 데스틴 같은 남자가 그들과 어울리고 싶어하다니! 그러던 중 하루는 데스틴이 말했다. 영원히 살고 싶나?

마크가 말했다. 그럼요.

그러자 데스틴이 말했다. 내가 그 방법을 알고 있는데.

그는 콜럼바인 총기난사 사건이 경찰을 모조리 바꾸어놓았다고 했다. 그 두 녀석이 학교에서 총을 쏘기 전까지만 해도, 총을 든 사람이 공공장소에 나타났다는 신고를 받으면 경찰은 인질극을 가정하고서 특공대가 도착해 협상하기를 기다렸다. 하지만 콜럼바인이 규칙을 새로 썼다. 가리지 않고 모두에게 총을 쏘아대면서 가능한 한 빠르게 사람을 죽이려는 무장괴한들이 존재할 수 있다는 걸 경찰이 깨달은 것이다. 그래서 더이상은 진입 전에 대기하지 않았다. 새로운 작전이 생겼다. 한 명이든 스무 명이든 경찰은 현장에 도착하는 즉시 안으로 돌진했고, 곧바로 무장괴한에게 가서 가능한 한 빨리 총알을 박아넣었다. 경찰이 얼마나 멍청한지 모르는 사람에게는 존경스럽게 느껴졌을 정도다. 그리고 경찰은 그 새로운 작전을 여러 차례 연습해야 했다. 콜럼바인 이후 같은 일이 계속 반복됐으니까. 미친놈들에게도 새로운 작전이 있었다.

데스틴은 '작전'이라는 단어를 좋아했다.

작전은 위험해. 생각하지 말라고 가르치지. 역사는 반복되지 않아, 롭. 매 순간이 새로운 순간이다.

진실을 보는 사람이라면 교육을 시도해야 돼. 사람들에게 어떤 테두리에 갇혀 있는지 보여주면, 어쩌면 그 사람들이 테두리를 넘어서려고 노력할지도 몰라.

로비는 그 생각이 마음에 들었다. 그는 사람들이 얼마나 테두리에 갇혀 있는지 모두에게 보여주고 싶었다.

처음부터 끝까지 계획을 세웠다. 일단은 로비와 마크가 조용히 동물원에 들어간다. 무기는 미리 숨겨놓고 누구든 그들에게 주의를 기울일 빌미를 주지 않는다. 데스틴은 따로 들어와서 처음부터 총 여러 자루를 꺼내 미친놈 역할을 한다. 그는 훌륭한 배우였다. 즉시 몇 사람을 해치운 뒤 인질을 잡는 척하며 사람들을 주요 건물 중 한 곳으로 몰아간다. 로비와 마크는 출입구에서 물러나 있는다. 누군가 데스틴을 보더라도 둘은 보지 못하게 하려는 것이다. 그러면 데스틴 때문에 경찰은 무장괴한들이 특정한 각본에 따른다고 생각하게 된다. 그러나 실제로는 완전히 다른 각본이 존재한다.

로비와 마크가 그 다른 각본을 담당했다. 데스틴이 인질극을 연기하며 경찰을 유인하는 동안 로비와 마크는 사냥을 다닌다. 동물원 전체를 놀이터로 삼아 누구든지 죽이고 싶은 사람을, 죽이고 싶은 방식대로 처치한다. 규칙은 없다. 테두리도 없다.

막바지에는 경찰도 자기들이 어떻게 속았는지 알게 될 것이다. 자기들이 얼마나 미적거렸는지, 어떤 식으로 대학살을 방치했는지 알게 되리라. 노트북 컴퓨터나 텔레비전 앞에 있던 사람들 모두가 경찰이 멍청하게 끌려다닌 꼴을 보게 될 것이다. 그러고 나면 온 세상 사람들 역시 자신들이 그저 양떼였을 뿐임을 깨닫겠지. 그들은 가엾고 멍청한 동물처럼 인생을 살았을 뿐, 단 한 번도 스스로 생각해본 적이 없다. 그리고 데스틴과 로비와 마크가 그들에게 섬광 같은 구원의 기회를 줄 것이다. 천재성의 섬광. 그건 아무도 해본 적 없는 상상을 할 능력이 있는 사람에게나 적합한 단어다.

일분일초가 새로울 거라는 데스틴의 말은 사실이었다. 로비는 이 자리에 서 있는 순간에도, 처음부터 이런 일이 벌어지리라는 걸 알고 있었으면서도, 도저히 이 상황을 믿을 수가 없다. 그는 아직 여기 있는데 데스틴은 사라져버렸다. 계획된 일이지만 지금 이 순간에는 다르게 느껴진다.

연기가 안개처럼 공기를 가르면서 흐른다. 로비는 그 냄새를 맡을 수 있다.

방탄복은 물론 데스틴 혼자 목숨을 구하자는 게 아니었다. 그냥 시간을 더 끌려는 것뿐이었다. 데스틴은 모든 가치 있는 일에는 희생이 따른다고 했다. 예수를 한 번 보라면서. 갈릴레이와 링컨을 보라면서. 맞아, 로비는 생각했다. 맞아. 나머지 얘기도 모두 좋았다. 데스틴은 겉으로 보이는 것과 현실에 대해, 유일한 입구와 출구와 주변지대에 대해 이야기했지만 로비는 자세한 내용에 별 관심이 없었다. 선택받는다는 것만으로 대단한 영광이었다. 데스틴은 모든 것을 알았고, 마크는 로비의 가장 친한 친구였다. 물론 그런 것도 중요했다. 하지만 로비를 납득시킨 건, 마지막 마무리였다.

그는 이 일을 끝내버릴 생각이다. 이 일이 그가 제대로 해낸 단 한 가지 일이 될 것이다. 완벽하지 않을지는 몰라도 이 일은 마무리지을 것이다.

어떤 마무리가 될지 궁금하다. 그리고 지금 데스틴은 어떨지 궁금하다. 사람들이 천사며 황금빛 거리 이야기를 한다는 걸 알고 있다. 엄마는 죽음이 잠드는 것과 같았으면 좋겠다고 했다. 평소처럼 따뜻하게 침대에 누워, 그저 사랑하는 사람들이 주변에 모여 서로 등을 맞대고 있었으면 좋겠다고. 아직 아기였을 때, 그가 엄마와 함께 자던 때처럼 말이다. 엄마는 아빠를, 그 개자식을 생각할까? 아니면 그를 자신만의 천국에서 밀어내고 싶어할까? 그는 자기 주변에 그 누구도 느껴지지 않기를 바란다. 따뜻하다거나 사랑을 받는다거나 빛으로 가득차 있다거나, 뭐든 그런 쓰레기 같은 건 느끼고 싶지 않다. 아무것도 느끼고 싶지 않다. 욕조에 들어가 있는 것 같았으면 좋겠다. 코를 제외한 모든 게 물에 잠겨 있어 아무것도 들리거나 보이지 않고, 더이상 몸이 있는지 없는지조차 알 수 없을 때처럼.

닥쳐올 일이 아무것도 아니기를 바란다. 그게 가장 아름답다.

그를 그리워할 사람들이 있다. CVS에서 카운터를 보고 있자면 언제나 그의 이름을 기억해주던 늙은 남자라든가. 하지만 그 빌어먹을 사장 때문에 어차피 그 노인은 더이상 못 볼 것이다. 주류 판매점의 계산원 아주머니는 언제나 그에게 미소를 짓는다. 그의 할머니는 다른 손자가 한 명도 없으니 그런 부분도 중요할 것이다. 마크도 있다. 하지만 마크는 그를 그리워할 수 없다. 그도 사라질 테니까. 엄마는…… 영원처럼 느껴지는 오래전 옛날, 엄마는 토요일 아침마다 아빠가 잠들어 있을 때 그를 데리고 도넛을 사러 갔다. 도넛을 산 다음에는 함께 이 동물원에 오곤 했다. 새들은 아주 지루한 동물이었는데도 엄마는 항상 새들을 보고 싶어했고, 바다사자와 바다표범의 차이를 끝내 기억하지 못했다.

바다표범이네. 엄마는 그렇게 말했다.

바다사자야. 그가 매번 고쳐주었다.

엄마 생각은 하지 않는 게 좋겠다.

마크가 뭐라고 말한다. 그들은 기찻길에 있다. 이 빌어먹을 기찻길을 따라가서 무슨 거리로 나가야 한다고 한참을 지껄여댄다. 체리 스트리트? 도그우드?

뭐든 중요하지 않다. 아무것도 중요하지 않다니 대단히 안심이 된다. 마크가 아무리 망상에 가까운 탈출 계획을 세워봐야 아름다운 마무리에 거의 다 왔다. 그 마무리가 곧 그들을 따라잡는다. 어디로 가든 상관없다. 로비가 해야 할 일은 손에 총을 쥐고 있는 것뿐이다. 주어진 배역을 연기하는 것뿐이다.

7:53 p.m.

끝이 날카로운 돌멩이가 조앤의 샌들 안으로 미끄러져 들어오는 바람에 잠시 박자를 놓친다. 연못은 이제 등뒤에 있고 왼쪽의 좁은 시내를 따라서는 두꺼운 대나무 벽이 솟아나 있어 물은 더이상 보이지 않는다.

케일린은 1미터쯤 뒤처져 있다. 파월 선생님은 그로부터 족히 3미터는 뒤처져 있다. 선생님이 무척 힘들어한다는 건 분명하다. "저는 놔두고 가세요"라고 외치기 전부터 그랬다.

조앤은 속도를 늦춘다. 링컨이 모든 근육을 당기고 있어서 그녀도 선생님보다 그렇게 빠르지는 않다.

"잘하고 계세요." 그녀가 소리쳐 대꾸한다.

그 말을 한 까닭이 선생님에게 용기를 주고 싶어서인지, 아니면 끝없이 계속되는 대화를 피하고 싶어서인지 잘 모르겠다.

하지만 선생님은 속도를 늦추어 걷고 케일린은 가볍게 달리다가 멈춘다. 조앤은 잠시 멈추는 것밖에 선택의 여지가 없다.

"못하겠어요." 선생님이 말한다. "무릎이 따라주지 않네요. 저는 이 근처에 적당한 곳을 찾아 기다릴게요."

조앤은 고개를 끄덕이고 돌아선다.

"선생님을 그냥 두고 갈 수는 없어요." 케일린이 움직이지 않고 말한다.

골치가 아프다. 배려하고 예의를 차릴 시간 따위는 없다. 수다를 떨 시간도 마찬가지다. 그랬다가는 모두가 죽는다. 아직도 그걸 모른단 말인가?

그리고 조앤은 안다. 아주 잘 알게 되었다. 그녀는 떠날 것이다. 무슨 수를 두어야 할지 이미 다 헤아려놓았다. 이내 기찻길을 몇 미터 걸으면서 뒤로 돌아 다른 사람들이 따라오는지 확인하려는 충동을 간신히 억누른다. 그때 총소리가 들린다. 몇 초—몇 분?—동안 침묵이 이어진 뒤에 들린 총성이기에 그녀는 화들짝 놀란다. 머리 위에서 원호를 그리고 있는 흰색 조명 중 하나가 터졌다. 처음엔 전구가 저절로 터졌을 거라는 터무니없는 생각이 들지만 한편으론 그 총성과 깨진 유리가 함께 떠오른다. 나무 쪼개지는 소리가 들렸다는 사실, 머리 위 백일홍 가지가 아래로 처졌다는 사실도 함께 엮인다.

로비 몽고메리는 그저 그들과 장난을 쳤을 뿐이다.

아니면 살인기계 데스틴이 사냥에 나섰거나.

지금 당장은 그런 자세한 것들이 딱히 중요하지 않다.

나무 쪼개지는 소리가 또 한번 들리면서 사방으로 나뭇잎이 흩날려 떨어진다. 조앤이 뒤를 돌아본다. 이번만은, 드디어, 아무도 입을 열지 않는다. 이제는 모두가 총성을 안다. 그리고 모두가 다시 달린다. 파월 선생님조차 아랫입술을 악물고 달린다. 그녀의 얼굴 선 하나하나에 고통이 어려 있다. 하지만 어쩔 도리가 없다. 조앤은 케일린과 선생님 너머를 보려고 애쓰지만 기찻길 방향이 좌우로 바뀌어 아주 먼 곳은 보이지 않는다.

더이상 총알이 날아들지 않는다. 하지만 발소리가 들리는 것 같다.

스무 걸음, 아니, 서른 걸음 만에 그들은 거대한 바위와 밧줄 다리가 있는 놀이터에 접근한다. 그다음은 메두사가 지나간 자리에 남은 개구리와 거북이 조각상이다. 나는 거북이다, 나는 거북이다. 링컨은 변기에 올라갈 때면 변기 뚜껑을 껍데기로 삼아 그렇게 말한다. 쿠션처럼 생긴 둥그런 의자 아래에서 버둥거리거나 등에 베개를 올려놓기도 한다. 나는 거북이다.

조앤은 더 빨리 달린다. 숨소리가 쌕쌕대고 폐가 타는 듯하다. 선생님은 거의 따라오지 못하고 있다. 그리고 이제는 놀이터를 지났다. 물놀이터의 분수가 지금까지도 허공에 아치를 그린다.

회전목마, 오르락내리락하는 동물들.

조앤의 숨소리가 그렇게 거친데도 선생님이 한 걸음씩 떼어놓을 때마다 끙끙대는 소리가 들린다. 다시 뒤를 돌아보지만 무장괴한이 나타날 기미는 보이지 않는다. 멀리서 자갈이 긁히는 소리가 들릴 뿐이다. 그녀가 상상해낸 소리 같지는 않다.

"기찻길에서 벗어나요." 그녀가 어깨 너머로 선생님에게 소리친다. "회전목마 뒤로 가세요. 몸 낮추고 가만히 있어요."

"뭐라고요?"

"가라고요, 파월 선생님!" 그녀가 식식댄다. 여자의 이름이 생각나지 않아서다. "그냥 회전목마 뒤에 계속 있으면 저놈들이 보지 못할 거예요."

설명할 시간은 없다. 지금 그녀에게는 아무도 보이지 않는다. 그러니까 로비 몽고메리나 로비 몽고메리의 친구, 혹은 살인기계도 그들을 보지 못했으면 좋겠다. 하지만 놈들의 발소리가 들린다. 그러니 어쩌면 놈들도 소리를 따라오고 있을지 모른다. 계속해서 기찻길을 따라올 것이다. 게다가 이 선생님에게는 갚을 빚이 있지 않은가? 그러면 일처리도 더 간단해진다. 그녀의 속도를 늦추는 사람이 한 명 줄어드니까. 파월 선생님은 다리를 절뚝거리며 기찻길에서 벗어나더니 줄지어 선 나무 말과 기린과 영양 뒤로 사라진다.

선생님은 사라졌다.

케일린이 아직 뒤에 있다. 한 굽이를 도니 더이상 회전목마는 보이지 않고 이어서 기찻길이 다시 굽어진다. 여기부터는 전혀 모르는 곳이다. 그녀는 동물원의 다른 세계에, 기차 위에서만 보이는 세계에 접어든다. 뒤에서는 그 누구의 소리도 들리지 않는다. 하지만 확신할 수는 없다.

호랑이의 털을 다 깎아보면 호랑이 피부에도 줄무늬가 있다는 걸 알게 되지요. 기차 차장이 한번은 그렇게 말했다.

고맙게도 모든 것이 어둡다. 어린 시절 캠핑하러 갔을 때 시골에서 본 완전한 어둠은 아니다. 이건 도시의 어둠이다. 대체로 어두운 어둠. 이제 그들은 전시관 뒤에 있다. 얼룩말과 타조가 무얼 하고 있는지는 모르겠지만 대나무가 더 빽빽해졌기에 보이지 않는다. 주변의 숲은 울창하고 가끔씩 나무에 조명 장식이 걸려 있다. 빛나는 유령 하나, 줄지어 깜빡이는 검은 박쥐들, 웃는 해골 하나.

더이상 기찻길 근처에 머물 필요가 없다. 숲은 온통 그림자와 달빛이다. 나무 사이로 자취를 감추면 된다.

"저놈들 혹시……?" 케일린이 입을 여는 듯하지만 나머지 말은 산들바람에 사라진다.

조앤은 기찻길에서 뛰어내려 묵직하게 착지한다. 자갈덩어리에 부딪혀 샌들이 뒤틀린다. 하지만 자세를 바로잡고 잡초와 솔방울과 썩어가는 나뭇조각들 너머로 향한다. 건조한 낙엽이 종아리에 반 정도까지 차오르면서 발 닿은 곳이 보이지 않는다.

저 앞에, 생각보다 가까운 곳에 동물원 외부 울타리일 게 분명한 무언가가 어렴풋이 보인다. 분명히 형태를 파악할 수는 없지만 철제 울타리뿐인 듯하다. 높이는 채 2미터가 안 되는 듯. 신발을 벗으면 아무 문제 없이 기어오를 수 있다. 이내 케일린이 등뒤에 와 멈추는 소리가 들린다. 조앤은 울타리로 더 가까이 달려가 손가락 하나를 대본다. 전기 철조망일지도 몰라서다. 링컨을 내려놓아야 맞겠지만 시간이 없는데다 아주 가볍게만 만져보는 거니까. 위험을 감수한 대가가 있었다. 감전은 없다.

할 수 있다.

일단 링컨을 울타리에 올려놓은 후 두 발을 틈새에 끼워넣고 손가락을 꽉 움켜쥐도록 도와준다. 그런 다음 아이를 따라 기어올라 더 높이 갈 수 있도록 받쳐주면서 한 손으로는 몸을 지탱한다. 좀 느리더라도 그렇게 하면 해낼 수 있다.

그런데 그때 보인다. 울타리 맨 밑 바깥쪽에 최소 1.5미터 깊이의 배수로가 있다. 배수로 밑바닥이 보이지 않는다. 설령 링컨을 울타리 너머로 넘길 방법을 알아낸다 해도 아이와 함께 배수로를 건널 도리가 전혀 없다. 케일린이 도와준다 해도 링컨을 데리고 울타리를 기어오르겠다는 공상에는 심각한 오류가 있다. 아무 방비 없이 울타리 위에서 몸을 쭉 뻗고 있으면 손쉬운 표적이 될 테니까.

그녀는 몸을 돌려 다른 방향으로, 기찻길을 넘어 동물들 쪽으로 다시 달린다.

신음하며 죽은 통나무를 뛰어넘는다. 다시 할 짓은 못 된다. 엉덩이에 18킬로그램짜리를 얹고서는. 바닥에 예상치 못하게 푹 파인 곳이 있어 그녀의 어깨에 턱이 부딪치자 링컨이 소리를 지른다. 사방에는 통나무가 있고 썩어서 부엽토가 되어가는 죽은 나무들이 있다. 여기도 나뭇잎이 깊고 두텁게 깔려 있다. 더 많은 조명 박쥐들이 대롱거린다. 왼쪽으로 떨어진 곳에는 족히 2.5미터는 되는 울타리 안에서 기린의 실루엣이 보인다.

케일린의 손이 그녀의 셔츠 뒤쪽을 다시 감아쥐고서 팽팽히 당기는 게 느껴진다. 소녀의 숨소리가 들린다. 총성은 더이상 들리지 않았다. 파월 선생님에게는 좋은 징조다. 하지만 다른 소리가 난다. 나뭇잎으로 뒤덮인 지금은 케일린과 그녀의 발소리가 귀에 거슬리면서 톡톡 쏜다. 다른 신발들이 돌멩이를 갈아대는 소리도 구분해낼 수 있을 정도다. 그녀에게 놈들의 소리가 들린다면 놈들도 그녀의 소리를 들을 수 있을 것이다.

속도를 늦춘다면 발소리는 줄어든다. 하지만 그러면 놈들에게 더 빨리 잡힐 뿐이다.

"놈들이 우리 뒤에 있어." 그녀가 고개를 돌리고 쌕쌕거리며 케일린에게 말한다.

소녀가 손을 놓자 셔츠가 헐렁해진다. 그러더니 케일린은 한마디 말도 없이 기린 쪽으로 방향을 잡아 왼쪽으로 전력 질주한다. 방향을 달리하는 건 좋은 생각이다. 함께 있으면 표적의 크기만 커지니까. 숫자가 많아서는 전혀 안전할 수 없다. 사실, 그녀는 케일린을 따돌리고 싶었다. 그렇지 않나? 선생님과 소녀 둘 다 무슨 가치가 있기보다는 골칫덩어리였으니까.

그녀와 링컨만 있을 때가 더 간단하다. 더 안전하다.

그래서 거리가 벌어져도 조앤은 아무 말 하지 않는다. 아직은 지그재그로 나아가는 소녀의 모습이 보인다. 그리고 그 순간, 그녀는 발이 걸린다. 샌들이 결국 망가진 걸지도 모른다. 엉망이 된 신발 때문에 발을 헛디뎠거나, 아니면 넘어질 때 끈이 떨어졌는지도. 영영 알 수 없을 것이다. 어쨌든 이 순간이 길게만 느껴진다. 넘어진다, 두렵다, 링컨이 품에서 미끄러진다. 그리고 높은 음조로 날카롭게 외치는 그녀 자신의 목소리가 들린다. 그녀는 링컨을 깔고 앉지 않으려고 몸을 비틀면서도 아이에게 두른 한 팔을 조인다. 떨어뜨리지 마 떨어뜨리지 마 떨어뜨리지 마. 넘어지는 내내 생각한다. 땅에 부딪힐 때쯤 그녀는 가까스로 몸을 돌려 아이를 반쯤 등 위에 올려놓는 데 성공한다. 다만 그 탓에 팔꿈치를 세게 쾅 부딪혀 충격으로 두 팔이 위로 홱 들린다. 아이도 덩달아 솟아오른다. 아까 했던 혼잣말은 아무 효력도 없다. 그녀는 아이가 떨어지는 모습을, 낙엽 위에 부딪혀 튕기는 아이의 머리를 지켜본다.

그녀는 왼쪽 어깨와 팔꿈치로만 완전히 내려앉았고 손은 옆구리에서 뒤로 꺾였다. 이가 아랫입술에 파고든다. 피를 핥아낸다. 그리고 아들에게 손을 뻗으며 팔을 제대로 움직이려고 애쓴다. 팔은 그녀의 바람대로 따르지만 손은 그렇지 않다.

아이는 울지 않는다. 그래서 두렵다. 어둠 속에서는 아이의 얼굴이 보이지 않고 윤곽선만 있을 뿐이다. 그런데 그때 링컨이 움직인다. 땅을 짚고 몸을 일으키더니 잠시 거북이처럼 등을 구부리고서 꼼짝하지 못한다.

"링컨." 그녀가 속삭인다.

"우리 넘어졌네."

"괜찮아?" 그녀가 아이에게로 기어가 괜찮은 팔로 아이를 당기며 묻는다.

"괜찮아." 아이가 한 손을 뻗어 그녀를 만지며 말한다. "엄마 얼굴이 젖었네."

그녀는 피투성이 입을 닦으며 귀를 기울인다.

목소리.

너무 가깝지는 않지만 충분히 가깝다.

오른쪽 신발이 사라졌다. 그 소녀처럼 사라져버렸다. 무릎에서는 피가 흐른다. 손은 별로 아프지 않지만 아직 축 늘어져 있다. 손목을 삔 걸까?

손이 움직이지 않으면 아이를 안고 갈 수 없다.

뒤쪽 나무에서 뭔가 다른 소리가 들린다. 나뭇가지가 흔들리는 소리. 솔잎 혹은 낙엽이 바스락거리는 소리. 작은 움직임들, 어쩌면 그냥 바람소리인지도 모른다. 지금은 바람이 조금도 불지 않는다는 게 문제지만. 다람쥐일까? 그럴 수도 있다.

그녀는 무릎을 짚고 몸을 일으킨다. 다친 무릎에 체중이 실리면서 충격이 전해지자 그녀는 헉 하는 숨소리를 틀어막는다. 그렇게 일어선다. 땅은 차가우면서 그리 단단하지 않다. 그녀는 발가락을 움찔거리면서 왼쪽 신발도 벗어던질까 생각한다. 하지만 땅에는 날카로운 것들이 가득하니 한쪽 발이라도 보호하는 게 낫다는 생각이 든다. 자기 몸을 껴안고서 링컨에게 다가간다. 무릎이 털썩 꺾인다. 하마터면 다시 땅에 부딪힐 뻔한다.

등뒤에서 들려오는 소리가 바뀐다. 더이상 바스락거리지 않는다. 발소리, 느리고 신중하다.

놈들이 온다. 열 발짝 뒤에 있는지, 아니면 엄청 뒤처져 있는지는 전혀 알 수 없다. 지금까지도 경찰은 사실상 존재하지 않는 거나 마찬가지다. 이제 무릎은 거의 체중을 지탱하지 못하고 손목은 움직이지 않는다. 그러니 충분히 빠르게 움직일 수 없다. 뾰족한 모서리들이 맨발바닥을 찔러들어온다.

그녀는 머잖아 죽을 거라는 생각이 든다. 그런 생각을 하는 자신이 증오스럽다.

아니. 그녀는 동물이 아니다. 그녀의 내면에는 싸우느냐, 도망치느냐 이상의 무언가가 있다. 우선은 링컨의 손을 잡고서 총을 든 남자들이 다가온다고 속삭인다. 아이가 그녀와 함께 달린다. 하지만 나뭇잎을 밟고 나아가는 링컨이 너무 요란하다. 느리다. 이렇게는 불가능하다.

살인자들을 따돌릴 수 없다.

발소리, 발소리.

어딘가 가까운 곳에서 다시 개울 소리가 들린다. 물이 철벅거리며 바위에 부딪힌다. 링컨이 발을 헛디뎌 거의 넘어질 뻔한 순간 그녀가 한 손으로 아이를 일으킨다. 그리고 계속 걸어가면서 아이를 앞으로 홱 당긴 다음 그 두 발을 모두 가볍게 착지시킨다.

그녀는 눈을 들어 나무들을 살펴본다. 기어오를 수 있다. 이 오크나무 중에는 어두운 하늘로 곧은 가지와 갈라진 가지들을 수없이 뻗고 있는 것들이 여러 그루 있다. 하지만 그녀가 뭔가 잘못 생각했다면? 이미 놈들에게 발견된 상태라면? 그럼 나무에 오르면 탈출구가 없어진다. 링컨을 들어올릴 수 있을지도 잘 모르겠다. 생각할 시간이 없다. 하지만 아이를 들어올린다…… 들어올린다…… 그녀는 그 문제를, 아이를 다른 어딘가에 두는 문제를 생각한다.

나무는 안 된다. 그녀는 방향을 틀어 달리는 힘은 유지하면서도 주변을 찬찬히 살핀다. 온통 그림자와 달빛과 가끔 대롱거리는 장식품 천지다. 앞에는 덤불이 하나 있다. 그녀의 어깨 높이에 나뭇잎이 빽빽하다. 그녀는 아이를 그리로 이끌고 간 뒤, 덤불을 손으로 쓸어 가시가 있는지 더듬어본 다음 아래쪽 가지를 들어올리고 그 아래에 공간을 만든다.

"여기 있어." 그녀가 말하며 늘어진 손으로 아이의 등을 가볍게 눌러 방향을 돌린다. "엎드려서 기어들어가. 아주 조용히 해야 돼. 엄마 부르지 마. 한마디도 하지 마. 그러고 있으면 엄마가 곧장 돌아올게. 하지만 네가 소리를 내면 저놈들이 널 죽일 거야."

링컨은 울먹이면서도 기어간다. 아이에게 실랑이할 기회를 주고 싶지 않다. 실은 그녀 자신에게도 지금 이 행동을 다시 생각해볼 기회를 주고 싶지 않다.

"네 몸이 사라지게 만드는 거야." 그녀는 어느새 일어서서 아이의 머리에, 그 소중한 곡선에 손을 올리는 찰나의 여유를 부린 뒤 나뭇가지가 아래로 떨어지게 놔둔다. 아이가 발만 남기고 사라진다. 그녀는 아래로 손을 뻗어 아이의 두 다리를 살짝 굽힌다.

그렇게 그녀는 달린다. 비틀거리는 걸음걸이 때문에 공포영화의 딱한 여자 주인공이 된 것 같다. 그녀는 통증을 눌러 참으며 더 크고 빠르게 발걸음을 내디딘다. 무릎이야 어떻게 되든지 말든지. 안에 전구가 든 비치볼 크기의 거미가 나무에 걸려 있는데 다리가 축 늘어져 있어 뭔지 잘 모르겠다. 그 거미가 붉은빛이 뚝뚝 흐르는 송곳니로 미소를 짓는다.

링컨은 거기에 가만히 있을 것이다. 그렇게 하라고 시켰으니까. 밖은 어두우니까. 아이는 자기가 어디에 있는지 모르니까. 쉽게 어디론가 가버리는 아이가 아니다. 긴장했을 때는 특히 그렇다. 아이는 가만히 있을 것이다. 하지만 소음은…… 그건 다른 문제다. 조용히 있을 것 같지는 않다.

그녀는 가능한 한 힘을 주어 두 발을 땅 위에 내리찍는다. 발밑에서 잎사귀들이 부스러져 먼지로 변한다. 그러고는 눈앞의 나뭇가지를 잡아 반으로 꺾는다. 사람 소리보다는 코끼리 소리 비슷한 게 나는 것 같다. 링컨에게서 한참 떨어졌다는 생각이 들자 이내 소리를 지른다. 짧고 날카로운 아! 소리다. 이 소리는 멀리까지 전달될 것이다. 그녀는 길고 시끄럽게 숨을 내쉬고서 다친 손을 배 위에 꽉 누른다. 다시 시끄럽게 발을 굴러대고 할 수 있는 한 빠르게 움직인다. 놈들을 유인하고 싶긴 해도 죽을 마음은 없으니까.

남자들이 뒤쪽에서 꾸준히 움직이는 소리가 들린다. 놈들도 충분한 소음을 내고 있다. 그녀는 만족감이 솟구친다. 동시에 피를 보고 싶어진다. 그리고 두려움을 느낀다.

그녀는 코끼리 구역을 지났다. 왼쪽에 큰 글자로 대형 동물 연구시설이라 적힌 별 특징 없는 다층 건물이 있다. 은색 물받이와 지붕이 달빛에 빛난다. 그녀는 억지로 나아가고 나뭇잎과 잔가지들이 피부를 때려댄다. 뒤이어 줄지어 낮게 걸린 호박 등불들을 지난다. 무릎이 욱신거린다. 그녀는 선생님을, 그 절뚝거리는 동작을 생각한다. 그리고 회전목마 뒤에 안전히 있을 거라고 상상한다. 그녀를 잡아당기던 케일린의 두 손을 떠올린다. 소녀의 온기가 그립다. 그 생각 없는 수다도 거슬리지 않을 것 같다. 그애는 머리카락도 참 사랑스러웠다. 바람에 흩날리는 빨간 리본들처럼.

링컨이 불빛을 보고 호기심을 느끼면…… 그러면 움직일까? 아니, 근처에 기어가는 벌레를 보고 그걸 피해 도망친다면? 그녀의 목소리가 들린다고 상상할 경우엔? 그녀는 엉망이 되어간다. 공포에 사로잡힌다. 그래서 더 빨리 달린다. 그러면서 단단하고 안전한 쓰레기통들을 떠올린다. 링컨이 얼마나 순한 아기였는지, 먹기도 잘 먹고 잠도 잘 자는 아이였는지 생각한다. 하지만 가끔은 끊임없이 울어대는 링컨을 도저히 그치게 할 수 없었던 순간도 있었다. 아주 잠깐이었지만, 좌절감의 파도가 난폭하게 일면서 아이를 옷장에 그냥 집어넣어버리면 어떨까 상상했던 일이 떠오른다. 그 아기 엄마도 그런, 아니, 그 천 배는 되는 공포와 기진맥진함과 좌절을 느껴 한순간 나약해진 게 아닐까? 그래서 아기를 버리고 떠난 걸까? 그런데도 그녀 자신은 그 엄마를 이해하지 못한단 말인가?

물론이다. 그녀는 이해할 수 없다.

하지만 남자들이 다가오고 있었다면? 지금처럼 말이다. 만일 그 엄마도 아기를 내려놓고 남자들을 유인하려 했다면? 만일 그랬다면? 그 여자가 달리는 모습이, 얼굴 위로 온통 머리카락이 흘러내린 채 텅 빈 품으로 달리는 모습이 눈에 선하다.

조앤은 그 여자를 잘못 생각했다.

발아래의 땅이 폭폭 파인다. 낙엽과 부엽토와 솔잎인 것 같다. 그러더니 신발 신은 발에, 뭔가 다른 게 밟힌다. 목을 콱 막히게 하는 뭔가가. 물렁거리고 실재적이다. 오해하려야 오해할 수 없는 살점과 근육의 감촉. 그녀는 화들짝 놀라 뒤로 물러선 뒤에야 뭔지는 몰라도 그게 인간이라기에는 너무 작다는 걸 깨닫는다. 아래를 내려다보니 어슴푸레한 빛을 받아 세모난 날개 끝과 둥근 머리가 보인다.

새다. 죽은 새.

집에 고대 그리스인의 스포츠를 다룬 도서관 책이 한 권 있다. 당시에는 죽은 새를 가지고 하키를 했다고 링컨이 말해주었다. 한편이 득점을 하면 새가 다시 살아나 멀리 날아갔다는 것이다.

링컨. 그녀는 억지로 다시 발을 움직인다.

바람이 우는 소리가 들린다.

외삼촌이 그녀를 시골로 태워다줄 때였다. 그녀는 얼마 전에 배운 텅 트위스터*—러버 베이비 버기 범퍼즈/러버 베이비 버기 범퍼즈—리듬과 정확히 똑같이 자동차 깜빡이가 똑딱거린다는 걸 발견했다. 매번 깜빡일 때마다 그 리듬에 맞춰 노래했다. 너무도 분명하고 명백했다. 마치 깜빡이가 그 단어들을 외쳐대는 것만 같았다. 이제는 그 운율이 링컨의 이름을 외친다. 발치의 낙엽들도 마찬가지다. 링-컨 링-컨 링-컨.

성공이다. 남자들은 이제 링컨에게서 멀리 떨어져 있다. 하지만 그다음은 생각해보지 않았다. 어떻게 저놈들을 따돌릴 수 있을까? 다시 링컨 쪽으로 데려갈 수는 없다. 게다가 놈들이 아직까지 그녀를 따라오는지도 잘 모르겠다. 실은 놈들의 소리가 더이상 들리지 않는다. 그녀의 발소리와 헐떡이는 숨소리뿐이다. 그녀는 멈춘다.

아무것도 없다. 나뭇잎과 바람의 울음소리뿐이다.

그녀는 오래 서 있지 않는다. 남자들을 따돌렸을 수도 있지만, 놈들이 지금까지 그녀를 추적하고 있을지도 모른다. 어쨌거나 링컨한테서 너무 오래 떨어져 있었다. 링컨 쪽으로 가야 한다. 놈들

---

* 발음이 유사한 단어들을 엮어 만든 어구를 빠르고 정확하게 발음하는 놀이.

의 자취가 조금이라도 보이면 그때 진로를 바꾸면 된다.

나무둥치와 덤불들을 피하면서 계획을 세우긴 어렵다. 방향을 잡는 것조차 어려우니까. 그렇다면 어느 쪽으로 가야 할까? 나무들은 전부 똑같다. 그런데 그때, 거대한 소나무의 비늘 같은 나무껍질에 어깨를 긁히는 순간에 개울 소리가 들린다. 방향감각을 너무 잃어 어느 쪽이 외부 울타리 방향인지, 어느 쪽이 링컨에게로 돌아가는 길인지는 알 수 없지만 개울을 따라가면 된다는 것만은 확실하다. 물소리가 발소리를 가리게 도와줄 것이다. 그러다가 아까 매달려 있던 거미가 보이면 링컨에게 가까워졌다는 걸 알 수 있을 것이다.

숲속의 이 구역에서는 어둠이 더욱 완전하다. 더이상 땅이 보이지 않는다. 그녀는 속도를 낮춘다. 발목이 돌아가도록 방치할 여유가 없어서다.

어느 순간부턴가 더이상 팔에 아무런 느낌이 없고 어깨부터 손까지 아예 무감각하다. 걱정해야 할 문제인지도 모르지만 지금은 오히려 대단히 다행한 일이다. 그녀는 계속해서 물소리를 따라간다. 그러다 너무 어두워서 하마터면 개울을 보지도 못하고 발을 담글 뻔한다. 나뭇잎에 살짝 미끄러지며 멈춘 그녀는 눈을 가늘게 뜨고서 물을 내려다본다. 개울이라고 해봐야 숲 바닥에 난 흠집일 뿐이다. 두 다리만 멀쩡했다면 뛰어서 쉽게 건널 수 있었다.

개울의 폭은 좁지만 기슭은 높이가 1미터쯤 되면서 가파르다. 물이 얼마나 깊은지는 알 수 없다. 번쩍이는 검은색의 무無일 뿐이다. 하류인지 상류인지, 멀리에 작은 다리가 보이는 것 같다. 저렇게 외진 곳의 다리를 누가 사용하는 건지 감도 오지 않는다. 하지만 그 다리가 링컨에게로 가는 길에 있다. 그런데 정말 이 개울을 건너야 하는 걸까? 링컨이 물 이쪽에 있던가? 아니면 저쪽? 그녀는 이마를 문지른다. 자신에게 화가 치민다. 고도의 예리함이, 집중력이 필요하다……

숲을 가로지르며 움직이는 발소리가 다시 들린다. 놈들이 그녀의 흔적을 놓쳤을 거라고 그토록 확신했는데. 놈들이 다가오는 소리가 들린다. 그녀는 다시, 비둘기 머리를 떼어버리던 아버지를 생각한다. 아버지는 손이 아주 컸다.

링컨, 링컨, 링컨. 나뭇잎들 속 놈들의 발소리도 링컨의 이름을 노래한다.

그때 놈들이 보인다. 걸어가는 두 그림자. 예상보다 가깝다. 그 중에 로비 몽고메리가 있는지 살필 여유는 없다. 대신 그녀는 배를 납작하게 깔고 엎드린다.

머잖아 놈들의 부츠가 죽은 새처럼 그녀를 짓밟을 것이다. 그녀는 양손바닥을 땅에 납작하게 대고 힘을 줘 몸을 개울 기슭으로 굴린다. 그리고 두 발이 먼저 물에 들어가도록 각도를 잡으며 속도를 늦춘다.

그렇게 아무 소리도 내지 않고 수면 아래로 들어간다.

한기에 숨이 멎을 것 같다. 쥐어짜듯 눈을 감는다. 콘택트렌즈를 잃어버리면 아무것도 볼 수 없으니까. 곧 그녀는 두 눈을 훔치고 깜빡이다 뜬다. 일단 두 발을 내리자 거동이 가능해진다. 일어서면 무릎에나 간신히 닿을 물이지만 그녀는 거의 수평이 되게 몸을 뻗고 잠수해 있다. 개울 기슭이 솟아오른 곳 너머가 보이지 않는다. 그림자들은 어둡고 안전하다. 물속에서 두 손을 살짝 옮기자 개울 바닥이 손가락 사이에서 으스러진다. 그녀는 몸을 둥둥 띄우고 양손으로 바닥을 짚으면서 물개처럼 나아간다.

남자들이 그녀를 봤다면 총알이 날아들었을 것이다.

차가운 물 덕분에 기민해진다. 그리고 모든 것들이 의식에 잡힌다. 개울 바닥에 남기는 손자국, 무릎에 닿는 돌멩이 하나하나, 목에 튀는 물보라들, 다리와 가까워지는 거리 한 뼘 한 뼘이. 자기도 모르게 기발한 생각—죽지 않는지 봐야겠지만—을 해낸 것 같다는 생각이 든다. 이런 식으로 물에 떠서 소리를 전혀 내지 않고 링컨에게 돌아갈 수 있다. 남자들이 그녀를 지나치기만 하면 된다. 그다음에는 링컨을 찾으러 하류로 갈 수 있을 것이다.

그녀는 몇 초 안에 다리에 도달한 뒤 몸을 돌려 움푹 꺼진 부분으로 물러난다. 머리가 나무 널빤지 밑바닥에 스친다. 몸이 따뜻해지는 건 아니어서 그녀는 두 팔로 양무릎을 감싼다. 그때 어떤 부드러운 덩어리가 팔을 스친다. 조류藻類인가? 수면 아래에 있는 존재가 보이지 않는다는 게 마음에 들지 않지만, 그건 남자들도 아무것도 볼 수 없다는 뜻이다.

세찬 물소리를 제외하면 아무 소리도 나지 않는다. 그녀는 더 낮게 몸을 웅크린다. 바깥보다는 물속에 있는 게 더 따뜻하다. 다리는 아치 형태다. 그녀는 나무와 물 사이의 반원형 틈을 내다본다.

놈들이 온다. 개울 기슭의 발 두 쌍이 보인다. 무릎 위로는 아무것도 보이지 않는데 나무다리 때문에 시야가 잘린 탓이다. 한 쌍의 발이 개울을 뛰어 건넌다. 쉽고도 길게 펄쩍 뛰어 한 발을 딛고 나서 다른 발을 디딘다. 다리를 발견하지 못했거나, 굳이 다리를 사용하는 일이 시시하다고 생각한 모양이다. 기쁘다. 그녀는 두번째 다리 한 쌍도 도약하기를 기다리지만, 그 다리들은 움직이지 않는다.

가, 그녀가 생각한다. 어서.

하지만 두번째 놈은 개울을 건너지 않는다. 대신 첫번째 놈이 다시 물위를 뛰어 건너더니 두번째 놈에게 다가간다. 이놈이 부른 걸까? 이야기를 나누는 걸지도 모른다.

그녀를 발견하고도 가만히 서 있을 것 같지는 않다. 물론 이 와중에도 게임 타령일 수는 있다. 그녀를 지금 있는 곳에서 끌어내려고 말이다. 그녀는 뺨이 물에 잠기도록 머리를 돌리며 더 깊이 미끄러져 들어간다. 놈들이 더 잘 보인다. 놈들은 그녀에게서 고개를 돌리고 있다. 둘 중 하나는 로비 몽고메리처럼 딱 벌어진 체구에, 그 헐렁한 재킷을 걸쳤다. 다른 놈은 더 작고 어깨가 좁다. 로비의 친구일 거라고, 그녀는 생각한다.

결국 여기에 다 모였군. 그녀는 생각한다. 우리 셋 다.

저 바깥 어딘가에는 선생님과 소녀와 링컨과 방탄복을 걸친 얼굴 없는 괴물이 있다. 아마 경찰도 있을 것이다. 저 바깥 어딘가에는 쓰레기통 속에서 비명을 지르는 아기와 사라진 엄마가 있다. 조앤은 아들과 아들의 플라스틱 인간들 한 더미를, 그리고 그들이 가끔은 있으리라 기대했던 곳에 존재하지 않는다는 사실을 떠올린다. 이따금 토르가 소파 쿠션 뒤로 떨어지는 바람에 아이언맨이 쇼의 주인공이 된다. 가끔은 조커의 팔이 떨어져 포이즌아이비를 악당으로 쓴다. 배역을 다시 구한다. 다시 생각한다.

놈들은 7미터쯤 떨어져 있는 것 같다. 그녀는 문득 어딘가에 핸드백을 두고 왔다는 생각이 든다. 그리고 저체온증이 걱정되기 시작한다. 외삼촌이 아직 십대였을 때, 가장 친한 친구 래리와 함께 테네시강의 다리를 건너던 중 반대 방향으로 가던 여자가 방향을 틀어 중앙차선을 침범했다던 이야기가 생각난다. 외삼촌과 래리의 자동차는 다리의 난간을 들이받았고, 두 소년은 모두 앞유리를 뚫고 강으로 내던져졌다. 유리 뚫고 갈 때 아팠어요? 그녀는 묻곤 했다. 물에 부딪혔을 때는요? 강바닥까지 닿았어요? 외삼촌은 모든 질문에 대답하지 못했다. 처음 브레이크를 밟고 머리를 대시보드에 부딪힌 다음부터 신발 없이 강기슭을 기어오를 때까지 아무것도 기억나지 않는다고 했다. 외삼촌이 수영하다가 벗었어요? 날아갈 때 벗어진 거예요? 그녀는 그가 해줄 수 있는, 발가락 사이에 찐득한 감촉이 느껴졌다거나 다른 차를 몰던 여자가 백발이었다는 이야기에 매료되었다. 하지만 공상의 재료는 그가 이야기하지 못하는 부분들이었다. 그녀는 외삼촌 입장이 된 자신을 상상하며 그가 기억하지 못하는 모든 것들을 보았다.

외삼촌이 래리를 구해줬어요? 그녀는 그렇게 물었다. 도와달라고 소리쳤어요?

난 그냥 누워 있었어. 그는 그녀에게 말해주었다. 진흙탕에 그냥 누워서 지켜봤지.

생각이 다시 줄달음치고, 두뇌가 마비되려고 한다. 두 발도 감각이 없다. 너무 감각이 없어서 걷기는커녕 설 수조차 없을까봐 걱정된다. 걷지 못하는 그녀는 링컨에게 아무 쓸모가 없다.

남자들은 아직도 저기에 서 있기만 한다.

아니다. 놈들이 움직이면서 갈라서는 중이다. 깡마른 놈이 물에서 먼 쪽으로 가려 하자 로비 몽고메리가 그의 팔을 잡는다. 덩치가 더 작은 놈이 손을 뿌리친다. 그리고 뭔가 다른 움직임이 있는데 어둠 속에서는 잘 보이지 않는다. 이윽고 그녀는 시야에서 작은 놈을 놓친다.

로비는 잠시 서 있다. 그녀는 운을 걸고 하류로 가보려고 한다. 하지만 그때, 다가오는 다른 사람이 보인다. 한 쌍의 발과 다리가 조심스럽게 움직인다. 그녀는 비쩍 마른 두 다리와 꽉 끼는 청바지를 알아본다. 굵고 숱 많은 머리카락보다 먼저.

케일린이 눈앞에 선 로비를 발견하는 순간—소녀의 온몸이 굳는다—이 그녀의 눈에 들어온다. 다른 무장괴한도 거기 있다는 걸 알아차리는 순간—소녀는 몸을 돌린다, 90도쯤—역시 그녀의 눈에 들어온다. 소녀는 품안에 뭔가를 안고 있다.

놈들이 하는 말은 더이상 들리지 않는다. 다리 아래에서 조금만 더 뒤로 물러나면 아무것도 볼 수 없을 것이다.

어쩌면 그 편이 나을지도 모른다.

그녀는 물속으로 더 깊이 가라앉는다.

그 동물이 땅을 가로질러 솔잎을 바스락거리며 눈앞에 홱 나타났을 때, 케일린은 비명을 지를 뻔했다. 하지만 녀석이 앞발을 허공에 든 채 얼어붙는 순간 그 정체를 알아본다. 마멋*이다. 이 근처에 야생 마멋 같은 게 있을 것 같지는 않다. 다만 동물 체험마당에 마멋 무리가 한가득 있다. 남자들이 다른 건물들에 그랬던 것처럼 체험마당도 박살내고 부쉈을 수 있겠다는 생각이 든다. 어쩌면 양과 염소와 셰틀랜드 조랑말들도 주변을 돌아다니고 있을지 모른다. 이제는 마멋이 살금살금 다가온다. 그녀는 가만히 서서 녀석이 자기 다리를 찔러보게 해준다. 어린이 구역의 마멋들이 우리 뒤쪽의 벽에 웅크리는 것 말고 무슨 행동을 하는 걸 한 번도 본 적이 없

* 털이 회갈색인 다람쥣과 동물.

다. 체험마당의 모든 동물들은 어린이들을 싫어하니까.

어쩌면 이 녀석도 정신적 충격을 받았는지 모른다. 어쩌면 위안이 필요한 걸지도.

그녀는 아주 천천히 손을 아래로 뻗는다. 개한테는 손을 내밀고 녀석이 알아서 다가오게 해주어야 한다. 가끔은 어린애들도 비슷한 것 같다. 그리고 이 마멋도 그렇다는 생각이 든다. 그녀는 녀석을 조심스럽게 제대로 집어든다. 마멋은 안기는 걸 좋아한다. 숲을 가로지르는 동안 녀석이 더 깊게 파고들면서 작은 발톱으로 머리카락 끄트머리를 잡는다. 여동생도 그런다. 겁에 질릴 때면 몸을 가까이 딱 붙인다. 케일린은 앞으로 몇 발짝 나아간다. 오랫동안 달리지 않았다. 그럴 필요가 없으니까. 그녀는 여기가 어딘지도, 어디로 가야 하는지도 모른다.

아니, 사실이 아니다. 링컨과 그 엄마를 찾아야 한다. 오 분 전, 그들이 넘어지는 걸 보았을 때 멈추었어야 했지만 다리의 속도가 맘처럼 늦춰지지 않았다. 마침내 몸을 다스릴 수 있게 되었을 때는 완전히 혼자였다. 아마 지금쯤 그들은 죽었을지도 모른다. 그 링컨이라는 아이는 머리카락이 참 예뻤다. 그녀에게 미소를 지어주었다. 아마 창고로 데려오지 않았으면 죽지 않았을 텐데. 그게 착한 일인 줄 알았다. 사람들을 도우려 한 일이라고 스스로에게 말했다. 하지만 그게 아닐지도 모른다. 단지 혼자가 되는 게 싫었을 뿐인지도. 동생은 케일린에게 혼자 쓰는 방으로 짐을 옮기지 말아달라고 애원했다. 그애는 가끔씩 한밤중에 겁에 질렸고 파고드는 걸 좋아했다. 마멋처럼. 하지만 케일린은 계속 그 방에 남은 이유가 동생의 애원 때문인지 확신이 서지 않았다. 케일린 본인을 위해서였는지, 여동생을 위해서였는지 어떻게 안단 말인가? 둘 중 하나가 맞다면 그녀는 좋은 사람이 되고 다른 하나가 맞다면 이기적인 사람이 된다. 만일 이기적인 거라면, 꼬마와 그 엄마는 바로 자신이 죽인 셈이다.

그녀는 마멋의 머리를 쓰다듬는다.

앞에 불빛이 보인다. 처음에는 동물원 주요 구역으로 돌아가는 길을 찾은 걸지도 모른다는 생각이 든다. 하지만 이윽고 그 불빛이 숲 한가운데의 널따란 형체에서 나오고 있음을 깨닫는다. 열 명은 들어갈 수 있는 군대식 텐트다. 그쪽으로 다가가며 속도를 낮춘다. 텐트 옆에는 고장난 지프가 있고, 텐트 안에는 불이 밝혀져 있다. 그리고 그 안에 둥글게 둘러앉은 세 남자의 실루엣이 보인다. 그녀는 잠시 겁에 질렸다가 그 남자들이 마네킹이라는 사실을 깨닫는다. 이것도 핼러윈 전시품이다.

그녀는 뒤로 물러난다. 약간 진로를 바꾸어 불빛에서 멀어진다.

동물 크래커가 더 있었으면 좋겠다. 오레오나 페이머스 아모스도 괜찮다. 입에서 느껴지는 감촉이 아주 싫다. 쿠키 생각을 하다니, 아빠라면 비웃었을 것이다. 틀림없다. 동생과 단둘이 집에 있을 때, 차를 따르던 중 놀이방에서 커다란 소음과 소름 끼치는 웃음소리가 들려왔던 순간이 떠오른다. 동생과 함께 화장실로 달려갔지만, 안에 들어가 문을 잠그는 순간 핸드폰을 두고 왔다는 걸 깨달았다. 경찰을 부르려면 핸드폰이 필요할 텐데 말이다. 그래서 케일린은 화장실 문을 아주 살짝 열었다. 코앞에 한 남자가 있었다. 그 순간 비명을 지르고 나서야 아빠를 알아보았다. 그는 웃고 또 웃었다.

아빠는 케일린과 동생에게 장난치는 걸 무척 좋아한다. 그렇게 장난을 치면 자신의 어린 시절이, 정장을 입고 교사 총회에 앉아 있거나 고양이의 토사물을 치워대기 전의 시절이 떠오르는 모양이다. 아빠는 목사의 아들이었으며, 열여섯 살도 되기 전에 자동차를 두 번이나 박살냈다. 그는 일부러 창문에 야구공을 던졌다. 언젠가는 오후 동안에만 고양이 스물세 마리를 잡아 꼬리를 빙빙 돌려 지붕 위로 던졌다.

개망나니. 아빠는 옛날의 자신을 그렇게 부른다. 다른 아이들은 그를 두려워했다. 어른들도 그를 두려워했다.

사람들은 그녀를 착한 아이라고 한다. 대체로 A나 B를 받으며, C를 받는 경우는 거의 없다. 은행에 저금도 한다. 하지만 지금은 숙제를 읽고 고치는 소녀가 아니라 물건에 불을 지르는 사람이었으면 한다. 사람들에게 겁주는 방법을 알았으면 좋겠다. 오늘이 아니라 어제 아르바이트를 했었더라면 좋겠고, 엄마 말대로 후추 스프레이를 가지고 다녔으면 싶고, 차가운 아몬드 조이가 있었으면 좋겠다. 우리집 잠자리에 부푼 베개를 베고 들어가 있었으면, 그 꼬마 링컨을 데리고 함께 달렸으면, 그 아이를 구해주었으면, 엉덩이와 가슴골에 권총을 찬 비디오게임 속 여자가 됐으면 좋겠다. 아빠가 지금도 그녀를 안고 가버릴 수 있으면 좋겠다. 하지만 그녀는 너무 무거워졌다.

마멋이 품안에서 몸을 떤다. 들리는 모든 소리가 발소리 같다.

케일린은 멈춰 서서 귀를 기울이고는 그저 낙엽 소리일 뿐이라고 판단한다.

아빠는 커서 사이코패스가 될 만한 꼬마였다. 다들 그렇게 말하지 않는가? 동물을 괴롭힌다는 건 언젠가 연쇄살인범이 될 거라는 뜻이라고. 하지만 그는 연쇄살인범 대신 그녀의 아빠가 되었다. 그의 안에 사악함이라고는 없었다. 그녀는 아빠가 광고를 보고 우는 모습도 보았다.

저 위 앞쪽에서 물소리가 들린다. 그리고 다시 발소리가 들리는 듯하다. 나무 사이로 움직이는게 뭔지 보려고 그녀는 살금살금 다가간다.

개울이 보인다. 목소리가 들리는 것 같다. 하지만 멈춰 서서 귀를 기울이자 그뿐 아무 소리도 들리지 않는다. 그녀는 나무 뒤로 가서 가만히 기다리며 지켜본다. 길게만 느껴지는 시간 동안 서 있다가 마멋을 쓰다듬으며 조심스럽게 걸어 물가에 바짝 다가선다. 물을 건너야 하는지 고민하면서. 그때 문득 눈을 들어 보니—선생님들은 그녀의 주의력에 문제가 있다고, 가끔씩 정신을 딴 데 판다고 말했다—로비가 빤히 보였다.

"안녕." 그녀가 말한다. 사물함에 책을 쑤셔넣는 도중에 그가 곁에 나타나기라도 한 것처럼, 그의 어깨에 총과 총알처럼 보이는 물건들이 걸쳐 있지는 않은 것처럼. 그녀는 인사를 한 것에 당황하고, 당황하는 게 멍청한 일이라고도 생각하지만 취소할 수는 없다.

그때 등뒤에서 인기척이 느껴진다. 돌아서서 보니 다른 남자가 있다.

그는 로비보다 작다. 앞서 식당에 들어왔던 인물인지는 모르겠지만, 만일 그렇다면 지금보다 그때가 더 커 보였다. 지금 다시 보니 그녀보다 힘이 셀 것도 없어 보인다. 팔씨름을 한다면 이길 수도 있는 소년이다. 하지만 양손에 총을, 큰 총과 작은 총을 들고 있다. 그가 그녀에게 씩 웃어 보인다. 그녀의 입을 더 바싹 마르게 하는 친근한 미소다.

"친구 사귀냐?" 로비에게 말하는 게 틀림없다.

로비는 아무 말도 하지 않는다. 여태 한마디도 하지 않았다.

케일린은 둘을 계속 지켜볼 수 있도록 몸을 튼다. 그리고 뒤로 두 걸음 물러나 개울로 떨어지지 않게 돌아선다. 마멋을 너무 꽉 잡고 있어 녀석이 버둥댄다. 놈들이 마멋을 해치지 않았으면 좋겠다. 세번째와 네번째 걸음을 떼어놓는데 발밑에서 나뭇가지가 부러져 그녀는 화들짝 놀란다.

놈들은 그녀를 지켜보기만 한다. 나무가 드리운 그림자가 놈들의 얼굴을 가로질러 움직인다. 그 그림자들이 너무 짙어 표정을 전혀 읽을 수 없다.

"마지막으로 하나 해버려?" 모르는 놈이 말한다. 처음에는 마음이 놓인다. 놈이 총 두 자루를 모두 땅에 던졌으니까. 그러더니 놈이 다가온다. 손을 들 겨를도 주지 않고 빠르게 다가와 그녀의 몸을 돌리고는 자기 가슴에 그녀의 등을 갖다붙인다. 그 가슴이 금속처럼 단단하다.

"그 대단한 탈출 계획은 어쩌고?" 로비가 말한다. 그녀는 눈길을 계속 로비에게 둔다. 절대 시선을 떼지 않을 것이다. 이유는 알 수 없지만 그렇게 하는 게 중요해 보인다.

"이건 머리카락까지 빌어먹을 땅딸보 같잖아!" 그녀를 붙든 놈이 말한다. "맨손으로 사람 목을 부러뜨릴 수 있을까 궁금했던 적 없냐? 우리 사촌형 말로는 영화에서나 나오는 일이라던데. 목에는 근육이 너무 많다고 말이지. 근데 내가 보기에 앤 별로 근육이 없는 것 같네."

놈이 케일린을 붙든 방식 때문에 그녀는 말하는 그를 볼 수 없다. 놈은 케일린의 머릿속에서 두 손을 꼬아대더니 땋은 머리를 그러쥐고서 뒤로 세게 당긴다. 붙인 머리가 일부 떨어져나가는 게 느껴지면서 두피가 따끔거린다. 놈은 그녀의 얼굴이 나무를 향한 채 목이 뒤로 꺾일 때까지 계속해서 잡아당긴다. 그리고 그녀는 계속해서 로비에게 시선을 둔다, 간신히.

뭔가 용감한 말을 하고 싶다. 자기를 붙잡은 남자에게 침을 뱉거나, 물거나, 그 이쑤시개 같은 팔로는 힘이 너무 약해서 아무것도 못할 거라고 말해주고 싶다. 하지만 입을 열 수 없다. 이제는 놈이 목에 손가락을 대고 누른다. 멍이 들 것만 같다.

그녀는 로비를 본다. 그는 아직도 손에 총을 들고 있다. 그의 얼굴에서는 아무것도 알아낼 수 없다.

"도와줘." 그녀가 애써 말한다.

"바다사자 쪽으로 가랬잖아." 로비가 말한다. 아니, 그렇게 말했다는 생각이 든 걸까?

케일린이 발길질을 한다. 덩치 작은 놈의 정강이에 적중한 것 같다. 하지만 그건 별로 중요하지 않은 모양이다.

나무 위로 구름이 움직인다. 그녀는 남자의 양손목을 두 손으로 감고서 손톱으로 놈의 피부를 쥐어뜯는다. 마멋은 벌써 떨어뜨렸다.

그녀는 아빠를 생각한다. 아빠가 고양이들을 빙빙 돌려 지붕으로 날리는 생각을 한다. 한 마리씩을 원반처럼 휘둘렀다고, 손을 놓았을 때 고양이가 허공을 가로지르며 날아가면 아주 만족스러웠다고 했다.

그녀의 손톱 밑에 살갗이 붙었다. 손톱 위에는 피가 묻었다. 놈이 그녀의 귀에 대고 신음소리를 낸다. 이제 느껴지는 건 놈이 그녀를 감싸안고 있다는 것뿐이다. 그리고 실제로 그녀의 머리를 양손으로 돌리고 있다. 놈의 손가락 하나가 귀의 부드러운 부분에 파고든다. 그녀는 숨이 막혀 헐떡인다. 아프다.

로비가 뭔가 말한다.

"거의 다 됐어." 귀 옆에서 목소리가 나지막하게 들려온다.

그때 누군가가 고함을 지른다. 잘 들리지도 않는데다 그 목소리가 실제인지조차 확실하지 않다. 하지만 목둘레의 두 손이 헐거워진다. 그녀는 넘어지며 두 손을 짚고, 피투성이 손가락에 나뭇잎들이 달라붙는다.

길게 숨을 들이쉬자 인간 같지 않은 소리가 나온다.

나뭇잎 속에서 마멋을 찾아보지만 보이지 않는다. 이어서 시선을 들어 로비를 보니 그는 그때까지도 그냥 제자리에 서 있다. 그녀의 몸에서 머리를 뜯어내려던 놈보다 그에게 더 화가 난다.

하지만 로비는 그녀의 뒤쪽을 보고 있다. 고개를 돌려보지만 아직 숨쉬는 게 끔찍이도 힘겹다. 웬 늪지 괴물처럼 개울을 건너가는 여자가 보인다.

"로비 몽고메리!" 여자가 소리친 말은 그것이었다. 단 한 차례의 외마디 소리. 아니, 어쩌면 여러 차례 그 말을 했고 케일린의 귀가 이제야 처음 제대로 작동한 건지도 모른다.

링컨의 엄마다. 푹 젖은 채다. 여자가 링컨을 데리고 있지 않아 케일린은 공황에 빠진다.

마멧이 발 옆에 있다. 그녀는 마멧을 집어든다. 따뜻하다. 그녀를 제외한 모두가 움직이고 있다.

링컨의 엄마가 물에서 기어나온다.

케일린의 목을 조르던 남자가 총을 떨어뜨렸던 곳으로 몸을 날린다.

로비는 여자에게 자기 총을 겨누려 한다.

"파월 선생님이 전해주라고 하셨어……" 링컨의 엄마가 입을 연다. 케일린에게도 나뭇잎에 물이 떨어지는 소리가 들릴 정도로 가까이에 있다.

목을 조르던 놈이 권총을 손에 넣었다. 하지만 반대쪽 끝을 잡았다. 놈은 여자 쪽으로 몸을 돌리며 손에 쥔 총을 바꿔 잡는다. 로비는 총을 홱 젖혀 하늘을 겨누고 있다. 하지만 그걸 쥔 손아귀는 아직 풀지 않는다. 케일린은 목구멍 안에서 뭔가 박살난 것만 같다.

"너랑 얘기하고 싶으시대." 링컨의 엄마가 말한다. "파월 선생님이, 너랑 한번 더 얘기하고 싶으시대."

케일린은 문득 깨닫는다. 링컨의 엄마는 그녀의 앞을 막아서려고 애쓰는 중이다. 그 여자가 천천히 다가온다. 이제는 여자의 머리에서 떨어지는 개울물이 케일린의 신발과 허벅지로 후드득 튄다.

로비 몽고메리가 그들 모두를 지켜본다.

"상관없어." 그의 총이 그들을 향해 내려온다. 케일린은, 뭐, 약간은 상관있었던 것 같은데, 한 삼 초쯤은, 하고 생각한다. 이제는 목을 조르던 놈이 권총을 조준한다. 케일린은 아빠와 그 고양이들을 생각한다.

그녀는 마멋을 던진다.

조준이 엉망이다. 목을 조르던 놈도, 로비도 맞히지 못한다. 하지만 마멋이 목을 조르던 놈의 얼굴 근처를 스치면서 놈이 뒤로 확 물러나 균형을 잃고 잡초 위로 넘어진다. 로비 몽고메리가 친구를 내려다본다. 케일린은 더이상 아무것도 보이지 않는다. 링컨의 엄마가 그 무겁고 젖은 몸으로 그녀를 깔고 올라타 있어서다. 보기보다 힘이 세다. 이내 여자가 케일린을 일으켜 끌어당기더니 귀에 대고 소리를 지르면서 개울 기슭 너머 물속으로 떠민다.

케일린은 얼굴부터 처박혀 물을 삼키고 그때 총이 발사된다.

8:05 p.m.

총성이 들린다. 하지만 총알이 느껴지지는 않는다. 총알들은 넓은 간격을 두고 발사되었다. 조앤이 고개를 낮추자 턱이 물을 스친다. 두 손과 두 발이 진창과 조류들 속으로 가라앉는다. 로비 몽고메리와 다른 놈에게 그들이 또렷하게 보일지 궁금하다. 물을 가르는 자신의 두 손조차 거의 보이지 않으니 놈들도 그녀 이상으로 잘 보지는 못할 게 분명하다. 이로써 그녀가 아직 죽지 않은 이유가 설명된다.

돌 하나가 허벅지에 박혀들면서 통증이 확 번지는 게 느껴진다. 케일린은 물위에서 웩웩거린다. 토하는 모양이다. 하지만 동시에 소녀는 조앤이 미는 대로 가능한 한 빨리 다리를 향해 헤엄쳐간다.

이제 그들은 다리 아래에 있다. 안전하지는 않지만 전보다는 낫다. 최소한 몇 초 정도는. 총알은 멈추었다.

“계속 가.” 그녀가 케일린에게 속삭인다. 이미 두 쌍의 발이 다리 쪽으로 오고 있다. 그럼 그렇지. 그녀와 케일린에게는 다리 말고 갈 곳이 없다.

그녀는 소녀를 다시 뒤로 떠밀어 함께 다리 아래에서 나와 뒤쪽으로 종종거리며 움직인다. 놈들을 살펴보지만 나무 널빤지에 잠시 시야가 완전히 가려진다. 이어 흐릿한 머리 윤곽이 보이더니 놈들이 더이상 움직이지 않는다. 둘 사이에 승강이 같은 것이 벌어지고 있다. 한 놈이 다른 놈을 딴 방향으로 끌고 가려는 걸까? 말다툼이 있었는지는 모르겠지만 그렇더라도 오래가지는 않는다. 머잖아 둘은 개울을 건너뛰어 반대편 숲속으로 향한다.

자기도 모르게 그녀는 로비 몽고메리가 한 번이라도 총을 쏘았을지 궁금해진다. 물 밖으로 나왔을 때, 아주 약하고 무력했던 그때에도 로비는 그녀를 죽이지 않았다. 하지만 이런 생각을 할 시간은 없다.

“괜찮아.” 그녀가 케일린에게 말한다. 소녀는 넘어져 물속으로 들어갔다가 물을 튀겨대며 나왔다. 그녀는 소녀의 등 아래쪽으로 한 팔을 집어넣어 들어올리며 얼굴에서 쏟아져내리는 물을 닦아준다. 소녀의 머리카락이 그녀의 팔에 무겁게 닿는다. 그녀는 소녀의 목이 너무 연약하게 느껴지지만, 멈출 수 없으므로 계속해서 소녀를 앞으로 민다.

그들은 다시 움직이고 있다. 동시에 조앤은 로비 몽고메리와 다른 놈이 개울에서 멀어져 숲속으로 더 깊이 달려가는 모습을 지켜본다. 하지만 믿을 수 없다. 왜? 아무것도 믿을 수 없으니까.

이제는 다리가 욱신거린다. 돌멩이 때문에 난 상처가 아닐지도 모른다는 생각이 슬슬 들기 시작한다. 그녀는 물의 한기와 양손의 끈적끈적한 물질과, 처음 호수로 여행을 갔을 때 링컨이 의심스러운 듯 물을 바라보며 미국에도 하마가 있어? 하고 물었던 일에 집중한다. 이 세상에서 그녀가 링컨의 무게만큼 원하는 것은 없다.

그녀와 케일린은 이제 다리에서 한참 떨어진 채 아직 검은 물속에서 배를 위로 하고 누워 있다. 두 무장괴한은 거의 보이지 않는다. 놈들은 그저 그림자로 변해버렸다. 억지로 두 손과 두 발을 더 빨리 움직이는데, 한 놈이 개울 쪽으로 팔을 든다. 누군가가 물수제비를 뜬다.

그럴 리가 없다는 건 조앤도 즉시 알지만 소리가 그렇게 들린다. 돌이 물에 부딪치고 있다, 세 번인가 네 번쯤. 이내 첨벙거리는 소리가 나고 일 초쯤 후에는 허공에서 연달아 네 차례 탕 소리가 들린다. 그러더니 한 놈이 크게 신음소리를 내며 무릎을 꿇고 주저앉는다.

그때에야 그녀는 이해한다.

총알이 수면뿐 아니라 땅도 때린다. 나뭇잎도 차올린다. 총알 세례라고는 할 수 없다. 영화에서 본 것과는 전혀 다르지만 그래도 총격이 이어진다. 그리고 윤곽이 드러난다. 오히려 그녀가 기억하는 비둘기 사냥과 더 비슷하다. 탕 하는 총소리, 아버지의 재장전, 이어서 또 탕 하는 소리.

그녀는 남자들 쪽을 본다. 이제는 땅에 무릎을 꿇고 주저앉은 로비 몽고메리를 알아볼 수 있다. 그의 널찍한 어깨선과 펄럭거리는 재킷이 보인다. 다른 놈은 도망치는 중이다.

누군가 총을 쏘던 자들에게 총을 쏜다.

반딧불이들이 있다. 총소리에 놀라 뛰쳐나온 게 틀림없다. 녀석들이 나무 너머에서 반짝인다. 로비 몽고메리는 팔꿈치를 짚고 쓰러져 더는 움직이지 않는다. 더이상은 사람으로 보이지 않는다. 흙속의 어두운 형체다. 나뭇잎더미. 통나무.

다른 놈은 아직도 달리고 있다.

조앤은 개울 반대편으로 고개를 돌린다. 이제야, 드디어 다가오는 경찰이 보인다. 경찰은 두 조로 나뉘어 삼각 대형으로 움직인다. 한 명이 앞에 서고 그의 양쪽으로 뒤에 두 명이 따른다. 그걸 보고 있으니 거위가 생각난다. 경찰은 뒤에 한 조가 더 있다는 것만 다를 뿐이다.

세번째 조도 숲을 가로질러 온다. 사방에서 구원자들이 다가오지만 형체는 불분명하게 얽혀 있고 치켜든 팔과 무기들, 몸통에 걸친 방탄복의 덩어리로만 보이기에 이질적이다. 그리고 너무 조용하다. 총알이 계속 날아온다. 탕 하는 총성과는 별개로, 한 발씩 공기를 가르는 쉭 소리가 들리는 것만 같다. 총성은 점점 커질 뿐이다. 총들은 더 많아지고, 더 많은 총알이 위로 날아가 1미터쯤 떨어진 곳에 떨어진다. 처음 퍼부은 총알 이후로는 한 발도 물에 닿지 않았지만 너무 가깝긴 하다.

그녀는 할 수 있는 한 깊이 가라앉는다.

달리던 남자가 고함을 지르지만 한마디도 알아들을 수 없다.

반딧불이들이 확 타오른다. 율동이라도 하는 것 같다.

그녀는 간신히 사지를 다스려 몸을 뒤쪽으로 더 멀리 밀어낸다. 하지만 망가진 손목이 풀썩 꺾이면서 몸이 아래로 가라앉는다. 이제는 케일린이 그녀를 도와 일으킨다. 팔에 조류가 엉켜 있다. 아니, 손목에 감긴 건, 소녀가 감아준 붕대를 감싼 건 케일린 자신의 손가락이다. 조앤은 코를 풀어 물을 빼낸다.

가, 가, 가. 그녀는 자신을 타이른다.

아무도 이런 얘기는 해주지 않았다.

착한 놈과 나쁜 놈을 구분할 수 없다는 얘기, 소음이 너무 심하면 귀가 안 들릴 뿐 아니라 어쩔 수 없이 눈을 감아야 하므로 눈까지 먼다는 얘기, 소리와 움직임이 사방에서 줄달음칠 때는 가야 할 방향을 알 수 없다는 얘기.

왜 그렇게 연기가 많이 나는지 잘 모르겠다.

남자 하나가 개울에 거의 다다라 겨우 몇 발짝 떨어져 있다. 착한 놈일까? 키가 매우 커 보인다. 그는 삼각형의 꼭짓점이다. 딱히 뛰는 것도 걷는 것도 아닌, 그 둘이 혼합된 걸음걸이로 빠르고 매끄럽게 움직인다. 거리가 충분히 가까워지자 남자가 귀마개 비슷한 무언가를 착용한 게 보인다. 하지만 얼굴은 보이지 않는다. 그녀는 그의 얼굴이 보고 싶다. 하지만 펄쩍 뛰어올라 그를 놀래키고 싶지 않다. 그녀 역시 어둠 속 또하나의 형체일 뿐이니까. 놀라면 그가 무슨 짓을 저지를지 누가 알겠는가?

그는 총을 들고 있다. 방아쇠를 당기자 실제로 섬광이 보인다. 총에서 총알이 나오는 모습이 실제로 보일 줄은 몰랐다.

그것들이 반딧불이가 아니었음을, 그녀는 깨닫는다.

로비 몽고메리가 아닌 놈이 땅에 쓰러지는 게 보인다. 그런데도 놈은 계속해서 총을 쏜다. 그러더니 소나무 뒤로 몸을 뺀다. 그녀의 시야에서는 소나무 뒤가 거의 보이지 않는다.

움직여. 그녀는 스스로에게 상기시킨다.

앞쪽 공중에서 돌풍이 일더니 그 순간 뺨 옆에서 공기를 덥히는 한줄기 열기가 느껴진다.

그녀는 링컨이 숲속을 헤매고 다닐지 모른다는 생각이 든다. 만일 링컨이 이 사람들이나 다른 총 쏘는 남자들 무리를 향해 곧장 걸어들어간다면…… 이제는 이리로 내려오는 경찰이 얼마나 많은지 도저히 헤아릴 수도 없다. 경찰은 이제야 승리를 거두기로 결심한 모양이다. 이 순간 놈들이 허튼짓을 하지 않으리라는 건 분명하다. 그런데 링컨은 총소리가 무얼 뜻하는지 전혀 모른다. 아무것도 모른다. 놈들이 눈 깜빡할 사이에 링컨을 죽여버릴 것이다. 아이는 너무 작고 잘 안 보인다. 지금처럼 연기와 몸들이 회오리치고 있으니 당연한 일이다.

발 근처 물에서 또 한번 뭔가가 첨벙한다. 그녀는 이제 두 손과 무릎을 짚고서 여전히 자세는 낮추고 있지만 속도를 올리는 중이다. 그리고 케일린이 옆에 있다. 조앤은 총격이 멈추면 큰 소리로 도움을 요청할 생각이다. 경찰이 여자 목소리는 알아들을 거라고, 그녀를 쏘지는 않을 거라고 믿는다. 그렇게 믿으라고 스스로를 타이른다. 하지만 총격은 멈추지 않는다. 이제 그녀와 케일린의 두 손과 양무릎은 익숙해져 카누의 노처럼, 안으로 밖으로 움직인다.

그녀는 한기를 무시한다. 온몸을, 불안정한 손목과 약해진 두 발과 신체의 모든 약하고 불성실한 부위들을 무시한다. 어깨 너머를 보니 인간 같은 형체는 하나도 보이지 않는다. 어쩌면 경찰이 무장괴한을 숲속 더 깊은 곳으로 쫓아갔는지 모른다. 이제 남은 건 나무들과 점점 잦아드는 총성뿐이다.

그들은 잠시 물속에 머무른다. 느낌으로는 몇 킬로미터쯤 온 듯하지만 아마 겨우 백 미터도 안 될 것이다.

"여기서 나가자." 그녀가 케일린에게 속삭인다. 처음으로 소녀가 여태 한마디도 하지 않았다는 생각이 든다. "너 괜찮니?"

"링컨은 어디 있어요?" 진흙투성이 기슭으로 몸을 들어올리는데 소녀가 묻는다.

조앤은 균형을 잃어 어쩔 수 없이 말이 끊긴다.

"덤불 아래에 숨겨놨어. 가서 데려와야 해. 총알이," 그녀가 말한다. 숨이 모자라다.

조앤이 일어서자 치마가 달라붙는다. 어째서인지 아직도 찢어지지 않았다. 케일린도 땅을 짚고 일어난다. 조앤은 한 팔로 도우면서 소녀가 링컨과는 정반대라고 생각한다. 링컨은 밀도가 높고 단단하다. 소녀의 뼈는 도자기처럼, 공예유리처럼, 찻잔의 손잡이처럼 느껴진다.

그녀는 소녀가 온갖 소중한 것들 같다. 왜 이렇게 늦게야 그게 보이는지 알 수 없다. 눈앞의 이 소녀를 볼 수 없었으니 아무것도 못 본 게 당연하다. 빨간 리본 같은 머리카락의 소녀, 종이접기하듯 다리를 접는 소녀, 닭튀김을 만드는 소녀, 피를 흘려줄 아버지가 있는 소녀.

"숨기셨다고요?" 케일린이 되묻는다.

"그놈들이 오고 있었어." 조앤의 시야가 약간 흐려진다.

그녀는 몸을 가눈다. 주먹으로 치마를 움켜쥐고서 무릎 위로 걷어올린다. 그리고 아래를 내려다본다. 발밑에 솔잎이 있지만 더는 신발을 신은 발과 그렇지 않은 발 사이의 차이가 느껴지지 않는다. 좋은 일이다. 그러니까, 감각의 부재는 도움이 된다. 그녀는 달린다. 느낌이 좋다. 15킬로미터 정도를 달리고 난 것처럼 몸이 없는 듯, 정신의 연결이 끊어진 듯 느껴진다. 다만 계속 비틀거리다 나무를 붙잡고 몸을 세울 뿐이다. 그래도 아직은 정신이 몸에 연결되어 있는 게 틀림없다. 몸이 망가진 게 느껴지는 걸 보니.

"찾아낼 거야." 그녀가 케일린에게 말한다.

"찾아낼 거예요." 케일린이 대답한다. 소녀가 달리자 머리카락이 오르내린다. 조앤은 무슨 부적처럼, 로비 몽고메리를 굴복시킬 마법의 검처럼 파월 선생님의 이름을 말해야겠다는 생각만으로 무작정 무장괴한들에게 달려갔다. 그게 얼마나 끔찍한 계획이었는지 생각한다. 그녀도, 케일린도 죽지 않은 건 순전히 운이다. 어쨌든 죽지 않았으니 그렇게 엉터리 계획은 아니었을지도 모른다.

몸의 다른 부분은 전혀 느껴지지 않지만 그녀의 다리와 엉덩이를 향해 쏘아올라오는 통증은 느껴진다. 그녀는 계속해서 발을 헛디딘다. 그러면서도 달린다. 익숙해 보이는 건 아무것도 없다. 하지만 극심한 막막함이 형체를 갖추는 바로 그 순간, 나무 사이로—형체 없이 빛나는 방울일 뿐이지만—걸려 있는 거미가 보인다. 그녀는 그리로 나아간다. 조용히 속도를 늦추며 아이의 이름을 부른다. 3미터 남았다. 1.5미터, 다시 아이의 이름을 부른다.

아무도 대답하지 않는다.

"여기 있었어요?" 케일린이 말한다.

"여기 있어." 조앤이 말한다.

그녀는 거미로 다가가 손을 뻗고는 다리 하나를 건드려 거미를 흔든다. 같은 거미가 확실하다. 그녀는 숲을 훑어본다. 덤불, 어떤 덤불이었지?

저기다. 그녀는 저기라고 생각한다.

멀리서 총격은 팝콘이 거의 다 될 때처럼 느려진다.

그녀는 덤불로 달려간다. 아니, 어째서인지 기어가고 있다. 나뭇가지에 손이 닿을 때쯤에는 머리를 땅에 댄 채 두 무릎은 흙으로 파고든다. 그러고는 나뭇가지를 들추고 아래를 살핀다.

없다.

"링컨? 링컨?" 어쨌든 그녀는 소리친다. 텅 빈 흙과 텅 빈 나뭇가지에서, 아이가 없는 공간에서 눈을 돌릴 수가 없다.

"링컨?"

더 큰 소리로 말하려 하지만 목소리가 제대로 나오지 않는다. 그녀는 다시 일어나 어느 한쪽 방향으로 가기 시작한다. 멈춘다. 다른 방향으로 가본다.

아이를 찾을 방법이 생각나지 않는다. 따라갈 패턴이 없다. 아이는 절대 길을 헤매고 다니지 않는다. 언제나 그녀의 손을 잡는다. 아이의 흔적을 놓친 건 딱 한 번, 축제에서였다. 그때도 삼십 분 후에는 찾아냈다.

"링컨?" 그녀가 속삭인다. 목소리는 커지는 대신 작아진다.

"링컨!"

그녀가 소리를 지른다. 갑자기 목소리가 제대로 나온다. 아이의 이름이 크고 길게 울린다. 누가 소리를 듣든 말든 상관없다. 케일린도 그 이름을 부른다.

그녀의 아들은 말을 너무 잘 듣는다. 어디에 있는지는 모르지만 소리를 내지 않는다. 그녀는 아이가 겁에 질려 밖으로 나오지 않을 거라고 생각했다. 단단히 확신했다. 하지만 오판이었다. 이제 어떻게 해야 하나?

떠올리기조차 싫은 가능성들이 있다.

계속 움직이는 한 그런 가능성들을 생각하지 않아도 된다.

그녀는 원을 그리며 아이를 남겨두고 간 덤불을 중심으로 점점 넓게 달리기로 결정한다. 그러다 앞으로 쓰러져 양손을 세게 짚으며 내려앉는다. 이내 몸을 일으킨다.

조앤은 덤불들 아래를 살피고 흔들리는 모든 가지로 손을 뻗으며, 대롱거리는 그 거미를 다시 지난다. 똑같아 보이는 나무 스무 그루를 지난다. 속이 빈 그루터기가 있고, 어린나무 위에 드리워진 기다란 담쟁이덩굴 장막이 있다. 그리고 거기에는 조명이 켜지지 않은 종 모양 플라스틱 유령이 매달려 있다.

그녀는 멈추고서 발을 옮긴다. 뭔가 잘못된 게 분명하다. 아래로 손을 뻗어보니 발가락이 피범벅이다. 하지만 느껴지지 않으니 중요하지 않다.

케일린은 지금도 근처 어딘가에서 아이의 이름을 부르고 있다.

조앤은 땅에 집중한다. 땅은 한때 끝없이 반복되는, 나뭇잎과 죽은 나무들로 된 동일한 조각들처럼 보였으나 뚫어지게 들여다보는 지금은 서로 구분되는 미세한 차이들이 보인다. 버섯과 기다랗게 띠를 이룬 맥문동이 보일 만큼 달빛은 충분하다. 아직도 실이 붙어 있는 터진 풍선. 뒤집어지고 휘어진 마녀의 플라스틱 솥. 어둠을 가르고 지나가는 단 한줄기의 흰색 조명. 그녀는 빛을 피해 버드나무 가지들을 들어올린다. 담쟁이덩굴로 뒤덮인 어린나무들을 지나며 담쟁이를 당겨 벌려본다. 빽빽해서 통과할 수 없다. 아이가 있을 가능성은 없다.

갈비뼈로 밀려드는 느낌을, 그 박동을 표현할 단어는 없다. 비명과도 비슷하지만 주먹과 발톱이 달려 있다. 절대 내보내지 않을 것이다.

그녀는 빛나는 거미를 다시 본다. 이제는 그저 나무들 사이의 흐릿한 형체일 뿐이다. 그녀는 지나온 모든 것을 돌아본다. 아무 의미 없는 흰색 조명 줄이 있다. 죽은 등나무가 틀림없는 어떤 덩어리가 보인다. 이내 그녀는 등나무 쪽으로 걸어간다. 등나무는 링컨을 감춰줄 만큼 넓다. 왼쪽으로 떨어진 곳에는 다시 마녀의 솥단지가 있다. 이번에는 처음에 보이지 않던 것들이 보인다.

그녀는 가까스로 멈춰 선다.

솥단지가 기우뚱하다. 아래에 뭔가 숨어 있을 법도 하다. 작은 발목이나 발에 걸려 있을지도 모른다.

나는 거북이다, 나는 거북이다, 나는 거북이다.

그녀는 둥그런 의자 아래로 머리를 내밀고 숨어 있는 아이를 생각한다.

솥단지를 들기도 전부터 그녀는 자기 생각이 맞다는 걸 알고 있다. 자신이 따라온 건, 자기 뇌에서 아이의 뇌로 이어지는 어떤 희미한 실이라는 걸 안다. 둘 사이에는 뇌에서 뇌로 이어지는 이러한 실이 백만 가닥쯤 있다. 아이가 배가 고프거나 울기 일보 직전일 때 알려주는 실, 마시멜로를 작은 우주인 인형의 부츠로 쓰면 아이가 좋아하리라는 걸 알려주는 실. 물론 그 실들도 가끔씩 엉킬 때가 있다. 어쨌거나 아이가 덤불 아래 얌전히 있을 거라고 말해준 것도 그 실이니까. 하지만 이번 실은 완벽하다. 강아지 인형 사지의 털처럼 부드럽고 따뜻하며 토르의 투구처럼 은빛이다. 그 실이, 그녀를 실제로 링컨에게 이끈다.

그녀는 싸구려 플라스틱 솥단지를 한 손으로 들어올린다. 그 밑에 링컨이 소라처럼 동그랗게 몸을 말고 있다. 어린 시절 그녀가 토네이도 대피 훈련 때 보고서 기억하는 것과 같은 자세다. 아이는 두 팔로 머리를 꽉 감싼 채 눈을 들지 않는다.

그녀는 솥을 옆으로 던지고서 털썩 무릎을 꿇는다.

"링컨?"

"엄마." 아이가 눈을 들어 미소를 지으며 말한다. 이번에도 그녀의 몸은 말을 듣지 않는다. 아이에게 손조차 뻗지 못한다. 그때 아이가 움직이고, 그녀도 따라서 움직인다. 아이의 팔 아래 몸통을 잡고서 나뭇잎들을 가로지르며 아이를 끌어당긴다. 아이가 그녀에게 기대고 있다, 아주 따뜻하다. 아주 단단하고 무겁다.

아이가 전해주는 느낌에, 마음속 비명 같던 무언가가 증발해 다시 공기와 피와 뼈 속으로 녹아든다. 그녀는 아들을 손으로 쓸어본다. 목소리는 충분히 침착하지만 얼굴은 축축하다.

"나 뭐였게?" 아이가 그녀의 귀에 대고 묻는다.

처음에는 말이 나오지 않아 그녀는 침을 삼킨다.

"거북이."

"맞아!" 아이가 황홀한 듯 속삭이며 두 손을 그녀의 머리카락에 파묻는다. "엄마 왜 이렇게 젖었어?"

아이가 그녀의 젖은 머리카락에서 두 손을 빼낸다. 그러자 그녀는 두 손으로 아이의 손을 붙들고서 자기 몸으로 아이를 감싼다. 뼛속까지 춥지만 이렇게까지 안도감이 든 적도 없었던 것 같다.

"엄마가 개울에 넘어졌어."

"아. 저 소리는 뭐야? 총소리? 총이 더 있어?"

그녀는 거의 총소리를 잊고 있었다.

"경찰이 왔어." 그녀가 속삭인다. "엄마가 불렀을 때 왜 대답 안 했어?"

"엄마 소리 못 들었어. 나는 없어졌으니까."

그녀는 땅을 짚고 일어서서 아이의 손을 잡는다. 아이를 안을 수 있을지 확신이 서지 않아서다. 동물원 정문으로 가야 할지도 모른다. 뭔지는 몰라도 거기서 일어나는 일은 당연히 끝났을 테니까.

"링컨 괜찮아요?" 케일린이 숨을 헐떡이며 등뒤로 다가와 말한다.

"응." 조앤이 한 발을 떼어놓으며 말한다. "괜찮아. 가자."

케일린이 그녀와 보조를 맞추어 걷자 그애의 머리카락에 붙은 나뭇잎이 보인다.

"뭐가 잘못됐어요?" 케일린이 말한다.

조앤은 소녀가 왜 그런 질문을 하는지 모른다. 하지만 그때 문득 자신이 다시 무릎을 꿇고 있다는 걸 알아챈다. 처음에는 땅의 축축한 느낌에 혼란스럽다.

아프다.

총을 맞아도 딱히 느낌이 나는 건 아니라는 얘기를 들어본 적이 있다. 누가 한 말이더라? 실존 인물이었나? 아니면 허구의 인물? 이제야 그녀는 감각이 돌아온다. 그녀는 어렸을 때 아버지의 실수로 자동차 뒷문에 손을 쾅 찧었던 일이 생각난다. 아버지는 그녀가 뒤에 있는 걸 몰랐다. 그때는 통증이 너무 심해서 대체 어디서부터 시작되는 건지도 알 수 없었다.

케일린이 그녀의 손을 잡아당긴다. 조앤이 아래를 보니 땅에 고이는 게 보일 정도로 다리에서 피가 너무 빠르게 흘러나온다.

케일린은 당기기를 멈춘다.

"어," 말을 하는 소녀의 얼굴이 너무 가깝다. 그리고 손길이 부드러워진다. "어."

조앤이 옆구리를 만지니 그곳도 젖어 있다. 어떻게 해도 다리를 움직일 수가 없다. 동시에 숲속에서 발소리가 들려온다. 충분히 먼 거리는 아니다. 총격이 정말로 멈춘 건지 확신이 서지 않는다.

여기에 머무는 건 안전하지 않다.

"애기 데려가." 그녀가 케일린에게 말하며 링컨 쪽으로 고갯짓한다. "전시관 쪽으로 돌아가. 어디든 앉아서 경찰이 도와주러 올 때까지 기다려."

마음에 드는 상상이다. 숲속의 그림자 같은 경찰들이 아니라, 총 없는 제복 차림의 남녀 경찰관들로 이루어진 단단하고 안전한 벽 말이다. 그 사람들이 아들에게 다 끝났다고 말해줄 것이다. 아이를 안전하게 해줄 것이다. 파월 선생님을 찾아 그녀의 무릎을 돌봐주고, 모든 구석과 갈라진 틈과 쓰레기통을 확인할 것이다. 아기를 안아들고 엄마를 찾아낼 것이다. 물론 아기와 엄마는 다시 함께 있게 된다. 당연히 그런 식으로 마무리되어야 한다.

링컨이 두 손으로 그녀를 꼭 붙들고 있다.

"싫어." 아이가 말하며 고개를 젓는다. 눈이 휘둥그렇다. "싫어."

"어서." 그녀는 그렇게 말하며 아이를 밀쳐낸다. 그런 다음 다시 끌어당긴다. 어쩔 수 없어서다. 안아보지 않고 그냥 보낼 수는 없으니까. 그녀는 한쪽 무릎을 꿇고 다른 다리는 뒤로 뻗은 채다. 아이에게 두 팔을 두르고 관자놀이에 얼굴을 붙이고서 아이의 향기를 들이마신다. 언제나 다르면서도 같은 그 향기가 지금은 빵냄새와 비슷하다. 그녀는 온몸의 모든 세포가 이 순간을, 자신의 머리카락 안에 들어 있는 아이의 손, 광대뼈 위로 펼쳐진 부드러운 살, 엄마라는 말을 기억하도록 애쓴다. 단 하나만 영원히 간직할 수 있다면, 바로 지금과 같은 아이의 느낌이기를.

"착하지. 케일린하고 가." 아니, 그녀는 문득 깨닫는다. 이건 공평하지 않다. 아이에게는 그 이상의 설명이 필요하다. 아이도 이해해야 한다. "엄마는 여기서 기다려야 해, 아가. 지금은. 의사가 올 때까지는."

아이는 울고 있다.

그녀는 억지로 아들의 손가락을 놓는다. 억지로, 아이를, 통째로 놓아버린다. 아이와 자신의 살갗이 서로 독립된 존재가 되는 순간을 견딜 수 없는데도.

"엄마랑 같이 있고 싶어." 케일린이 손을 뻗어 링컨의 손을 잡고는 둘의 손가락을 한데 엮는다. 아이가 케일린과 함께 간다. 특유의 떨리는 목소리로 "응"이라고 말하며. 머리가 어지러워진다. 그녀는 길게 눈을 깜빡이는 동안 많은 것들을 놓쳐버린다. 그런 다음에야 두 눈이 다시 뜨인다.

이제야 나무에 걸린 조명들이 아름다워 보인다. 왜 전에는 못 봤을까. 기다란 백색 밧줄들이 진주나 달 같다. 멀리서는 밝은 주황색 공이 보인다. 빨간색과 파란색 조명이 어딘가에서 번쩍이며 나무에 반사된다.

그녀는 아직 무릎을 꿇고 있다. 아니, 배를 깔고 엎드려 있다. 곧 일어날 것이다. 하지만 잠시 동안은 케일린의 손을 잡고 달리는 링컨을 지켜본다. 예상보다는 빠르게 움직인다. 그녀가 사랑하는 모습 그대로, 평소처럼 볼품없이 달린다. 두 발을 양옆으로 날려대며. 아이는 재빠르지도 않고 직선으로 가지도 못하면서 온몸을 움직인다. 어깨와 두 발과 두 손과 두 팔꿈치가 사방으로 향한다. 공기역학에 딱 맞게 만들어진 아이는 아니다, 그녀의 아들은.

피맛이 난다. 어쩌면 다시 입술을 깨물었는지도 모르겠다.

아이가 멀어질수록 더욱 커 보인다. 그럴 리 없다는 걸 알 정도로는 그녀도 의식이 있다. 하지만 아이가 눈앞의 화면을 가득 채운다. 덮쳐내리는 소나무 가지들을 완전히 가려버린다. 존재하는 건 링컨뿐이다. 그리고 조명들. 6학년 메이폴 댄스 행사 때 기둥에 달린 리본처럼 하늘을 가로질러 펼쳐진 밝은 조명들. 그때 그녀는 라벤더색 드레스 차림으로 자신이 들고 있던 길고 구불구불한 리본을 올려다보았다. 집중해야지, 얘들아. 그 고생스러운 일을 책임지고 있던 매닝 선생님이 말했다. 이건 까다로운 일이야. 그녀는 자신의 리본을 다른 아이들의 리본과 한데 엮었다. 안으로, 밖으로. 그러자 서벗 색깔의 리본들이 하늘을 가득 채웠다. 그리고 리본의 끝마다 그걸 붙든 한 쌍의 손이 있었다. 그녀의 셔츠를 비틀어 짜는 케일린의 손가락, 링컨의 손에 잡힌 케일린의 손, 꼬여가는 리본들. 지금 조명들이 바로 그때와 같다. 아름답다.

아름다운 것들이 있어. 집중해야지.

머리카락이 입속으로 들어와 그녀는 고개를 휙 젓는다. 아래에 있는 땅이 축축하다.

링컨. 아이가 어디에 있는지 모르겠다. 고개를 들어야만 한다.

그녀는 다시 생각의 흐름을 놓친다. 그리고 다시 고개를 돌렸을 때, 멀리서 아이가, 흐트러진 곱슬머리가 힐끗 보인다. 무릎 아래까지 내려오는 어두운색 옷을 입은 사람들에게 둘러싸여 있다. 어른들이 아이를 높은 데서 내려다보지 않으려고 노력할 때면 기분이 좋다. 하지만 아이가 정말로 거기에 서서 경찰과 말을 하고 있는 건지, 그녀의 생각이 지나치게 감상적으로 변한 건지 잘 모르겠다.

이건 커서 호스맨이 되는 스티브라는 꼬마 이야기예요.

이건 로봇과 레이저가 나오는 이야기예요.

이건 내가 결혼할 때 이야기예요, 엄마. 나는 아내가 생길 거예요. 아내 이름은 루시이고요. 나는 아들 다섯 명이랑 딸 다섯 명을 낳을 거예요. 근데 그 아기들은 루시가 아니라 내 뱃속에서 자랄 거예요, 해마처럼요.

링컨의 이야기를 듣고 싶다. 눈을 감으면 아이의 목소리가 더 잘 들릴 것이다.

눈을 감고 있어야겠다, 빛의 리본이 너무 밝다.

리본들이 아니지. 그리고 불빛 하나.

한 남자가 손전등을 들고 그녀의 위로 몸을 숙이고 있다.

"부인?" 남자는 무릎을 꿇고 있다. 조명은 사라졌다. "괜찮습니다." 뭔가가 다리를 세게 누르는 게 느껴진다. "잠깐만 기다리세요. 지원이 오고 있습니다."

남자는 어두운색 셔츠를 입고 있었고, 가슴에서는 무언가가 반짝반짝 빛난다. 그녀는 그 남자가 5학년 때 담임인 시먼스 선생님일지도 모른다고 생각한다. 시먼스 선생님은 그녀의 작문 숙제를 읽고서 언젠가 뭐라도 될 아이라고 말했다.

"링컨." 그녀가 말한다.

"아드님이요?"

남자가 그녀의 얼굴에서 머리카락을 쓸어넘겨준다. 손길이 아주 부드럽다.

"머리카락이 짙은 남자아이 말이죠?" 그가 그녀에게 묻는다.

그녀의 눈이 감겨 있다. 곧 눈을 뜰 것이다.

"링컨."

그녀는 말을 한다고 생각한다.

시간이 흐르는 것 같다. 몸이 일으켜져 땅에서 들리는 게 느껴진다. 목소리가 들리지만 진짜 단어들을 말하지는 않는다. 더 많은 불빛이 있다. 주변에서 움직이는 형체들이 있다.

그리고 그녀의 손에 닿는 작은 손가락의 감촉.

살짝 자세를 바꾸니 링컨의 손이 그녀의 손에 딱 맞게 들어온다. 아이가 그녀를 부르는 것 같다. 아이의 숨결이, 따뜻하게 느껴지는 것 같다. 그녀의 살갗에 와닿는 아이의 살갗을 느낀다. 아이의 손가락 끝이 그녀의 손바닥에서 움직거리며 그녀가 들어본 모든 이야기를 전해준다.

감사의 말

계속 기다리면 아주 유능한 동시에 파자마파티에 불러도 재미있을 편집자를 만나게 될지 모른다는 터무니없는 꿈을 좀더 이어가게 해준 나의 친구, 로라 티스델에게 하고 싶은 말이 있습니다. 이 책을 쓰는 과정 전체가 바로 훌륭한 장시간의 파자마파티였어요. 프랭키 그레이와 앤 콜린스는 이 책을 매끈하고 더 나은 모습으로 조각해내는 데 도움을 주었습니다. 여러 요소들을 더 복잡하게 만들라고 이야기해주고, 전반적으로 능력과 매력의 인상적인 결합을 이루어낸 킴 위더스푼에게 큰 감사를 전합니다. 윌리엄 캘러핸은 세련되고 사려 깊게 원고를 읽어줌으로써 이 책이 한없이 풍부해지는 데 도움을 주었습니다. 총기 관련 지식을 제공하고 초기의 사실관계를 확인해준 제이슨 위클리, 고맙습니다. 마찬가지로, 다양한 사물들을 쏘았을 때 무슨 일이 일어나는지 설명해준 대브니 필립스도 고마워요(염소 얘기도).

사십 년 이상 교직생활을 하며 있었던 모든 이야기들을 전해준 어머니, 지나 케이 필립스 여사께도 감사를 보냅니다. 초기에 유익한 대화를 해준 해너 울프슨과 고양이로 엉뚱한 짓을 벌였던 도니 필립스에게도요. 또한 마거릿 와이즈 브라운의 『잘 자요, 달님 *Goodnight Moon*』, 앨프리드 노이스의 『하이웨이맨*The Highwayman*』, 로버트 블록의 「지옥으로 가는 열차That Hell-Bound Train」를 참고 자료로 삼을 수 있었던 것도 고마운 일입니다.

마지막으로, 최고의 남편이자 최고의 독자인 프레드에게도 감사를 전합니다.

진 필립스

옮긴이의 말

이 소설은 2009년 『우물과 탄광*The Well And The Mine*』으로 반스 앤드 노블 디스커버상을 수상한 미국 작가 진 필립스의 최신작으로, 필립스는 『숨겨진 여름*The Hidden Summer*』과 『아주 멋진 것 아주 조금*A Little Bit of Spectacular*』 같은 청소년소설 외에 뉴멕시코의 고고학자가 12세기 도공의 환시를 경험하는 미스터리 소설 『들어와서 지켜줘*Come In And Cover Me*』를 썼다.

『밤의 동물원』은 진 필립스 특유의 속도감 있는 전개와 세련되고 섬세한 인물 구성이 두드러진 소설이다. 아들 링컨의 모습을 엄마 조앤의 시점에서 그려나가는 대목들을 읽다보면 작가가 실제로 큰 애정을 가지고 자기 아이를 살핀 결과를 글로 담아냈다는 생각이 든다. 그 시선을 따라 소설을 읽으면 (실제 부모가 아닌 독자라도) 아이에 대해 느낄 수 있는 감정들을 자연스럽게 경험하게 된다.

손에 땀을 쥐게 하는 전율이나 허를 찌르는 기발한 트릭을 기대하며 읽기보다는 이처럼 조앤에게 이입하는 것이 이 소설을 가장 재미있게 즐길 수 있는 방법이라고 생각한다. 액션 영화나 미스터리 소설에 쓰이는 여러 장치들이 동원되기는 하지만, 사실 『밤의 동물원』은 일종의 '로맨스 소설'이라는 생각이 들기 때문이다. 로맨스 소설이나 영화를 볼 때 사람들은 상대방의 사소한 말이나 몸짓 하나에도 설레는 주인공의 모습에서 그 감정을 '함께' 느끼고 대리 만족한다. 마찬가지로 이 소설을 통해 독자는 엄마라는 존재가 느끼는 감정들, 때로는 희열에 가깝고 때로는 가슴 저미는 그리움에 가까운 감정들을 간접 체험할 수 있다. 나 역시 번역을 하면서 링컨의 행동 하나하나에 어린 아들 생각이 떠올라 무심결에 흐뭇한 미소를 짓곤 했다. 끝나버린 옛사랑을 추억하는 사람이나 연애 경험이 없는 사람도 로맨스 영화를 충분히 즐길 수 있듯, 아이를 길러본 사람이나 아이를 키운다는 게 어떤 기분일지 기대감과 호기심을 품은 독자들에게도 이 소설은 즐거운 읽을거리가 될 것이다.

한편 『밤의 동물원』은 엄마 버전의 무용담, '엄마 영웅 서사'로도 읽을 수 있는 매력적인 작품이다. 아이를 구하는 영웅적 아빠들의 이야기는 할리우드와 한국 극장가에 시즌마다 개봉되어 이제 별로 새로울 것도 없는데, 나는 이런 이야기들을 볼 때마다 항상 의아함을 느낀다. 한국은 물론 미국에서도 아이와 긴밀한 관계를 맺고 생활하는 사람은 아버지보다 어머니인 경우가 많은데, 아이의 영웅으로 그려지는 사람은 항상 아버지라는 게 왠지 부자연스럽기 때문이다.

따라서 총을 든 괴한들에 맞서 침착하고 대담하게 아들을 지켜내는 조앤의 모습은 이런 의아함을 품어본 적 있는 이들에게 하나의 유의미한 상으로 다가온다. 조악하게 말하자면 "리엄 니슨이나 브루스 윌리스만 아이들을 구할 수 있을까?"라는 질문에 아들을 구하는 영웅 조앤의 모습이 전복적인 답변으로 제시될 수 있을 것이다.

또한 조앤이 링컨을 지키려고 고군분투하는 가운데 본의 아니게 부재중이면서 문자메시지로만 연락을 해오는 남편 폴이 등장한다. 대부분의 아빠 영웅 서사에서 엄마가 배제되어 있듯이 그도 존재감이 희박한 편이지만, 언제 괴한에게 들켜 총질을 당할지 모르는 급박한 상황에 자꾸 문자메시지로 안부를 물어대는 바람에 결국 조앤에게 극심한 짜증을 유발하고 만다. 이때 조앤은 일상생활과 육아에서 자신이 혼자 떠맡아온 수많은 일들을 떠올리며, 목숨이 달린 상황에서까지 그녀의 대답을 기다리고 있는 남편의 모습에서 복잡한 심경을 느낀다. 혹시 독박 육아의 전쟁터에서 하루하루 생존에 성공하고 있는 오늘날의 독자들에게도 이 소설은 이입의 여지가 큰 무용담이 될 거라고 생각한다.

강동혁

옮긴이 **강동혁**
서울대학교 영문학과와 사회학과를 졸업하고 동 대학원에서 영문학 석사학위를 받았다. 옮긴 책으로 『우리가 묻어버린 것들』 『타인의 외피』 『일곱 건의 살인에 대한 간략한 역사 1, 2』 『신비한 동물 사전 원작 시나리오』 등이 있다.

문학동네 세계문학
밤의 동물원

1판 1쇄 2018년 5월 29일 | 1판 4쇄 2018년 8월 23일

지은이 진 필립스 | 옮긴이 강동혁 | 펴낸이 염현숙

책임편집 고선향 | 편집 김정희 이현정 오동규
디자인 엄자영 최미영 | 저작권 한문숙 김지영
마케팅 정민호 정진아 함유지 김혜연 박지영 김수현 | 홍보 김희숙 김상만 이천희
제작 강신은 김동욱 임현식 | 제작처 영신사

펴낸곳 (주)문학동네
출판등록 1993년 10월 22일 제406-2003-000045호
주소 10881 경기도 파주시 회동길 210
전자우편 editor@munhak.com | 대표전화 031) 955-8888 | 팩스 031) 955-8855
문의전화 031) 955-8862(마케팅) 031) 955-1917(편집)
문학동네카페 http://cafe.naver.com/mhdn | 트위터 @munhakdongne
북클럽문학동네 http://bookclubmunhak.com

ISBN 978-89-546-5150-9 03840

www.munhak.com